等我・遇繁 Wait for me, Towards Light

目录 Contents

第一章　坐近点看
>>>> 001

第二章　我不怕凶
>>>> 043

第三章　想一直跟你坐同桌
>>>> 097

第四章 怎么脏兮兮的
>>>> 143

第五章 喻繁，你教不乖是吧
>>>> 193

第六章 我觉得这样挺好的
>>>> 261

Wait for Me 等我
Towards Right 遇繁

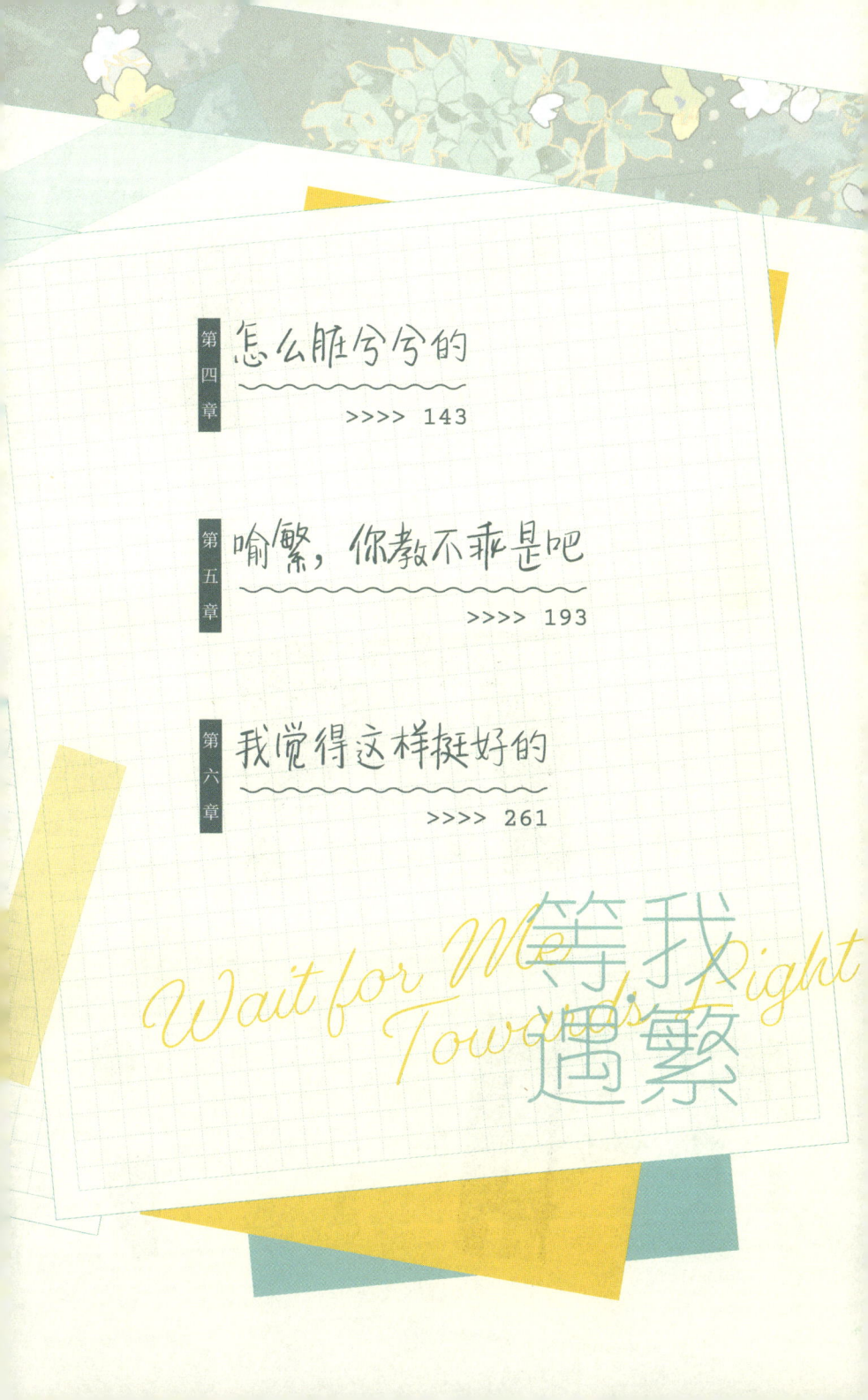

第 一 章

坐近点看

一

狭窄的小巷。

两侧墙面斑驳，贴着被撕了一半的小广告。

王潞安赶到时里面正好传来一声呜咽。他心里一抖，边往巷子里冲边喊："喻繁你撑住，我来——"

看清巷子中的场景后，王潞安步子硬生生停下，将未说完的话咽进肚子里。

巷子里以平头男为首站着几个人，但都安安静静没什么动作。

二十分钟前，王潞安给喻繁打了通电话，想约喻繁去上网，谁知刚聊两句，电话那头就出了事——喻繁被人堵了，听动静，对方还带了好几个人。

喻繁匆匆扔下一句"等会儿说"就挂了电话，给王潞安着急得不行。还好他事先问了一下喻繁的位置，当即火急火燎打了辆车过来。

王潞安尴尬地看了眼他兄弟，这儿竟然什么也没发生。

喻繁转身经过他时丢下一句："走了。"

直到喻繁走出一段路，王潞安才回过神来，回头追上。走出小巷几百米就是熟悉的街道，再往右走几步就是他们学校大门。因为还没开学，学校周边冷冷清清。

两人进了平时常去的奶茶店。

跟老板娘打了声招呼，王潞安看着熟悉的店铺和来来往往的行人，心里那口气终于松了下来："吓死我了！你怎么不等我啊？"

喻繁买了包纸巾，随便挑了张摆在店铺外面的长椅坐下："等你？

就你这速度，来了够干什么？"

王潞安说："又没让你干站着等，你跑不行吗？他们人这么多……"

"累，不想跑。"

喻繁衣服脏污一片，身边偶尔路过几个行人，都不禁注目。

他拿出纸巾敷衍地擦了两下："你刚刚说去哪儿上网来着？"

"你都这样了还去？算了吧。"王潞安拿起手机，按下语音键道，"哎，你们都别过来了啊，喻繁他没事儿，别来了，别来了。"

"你还叫了人？"

"那当然，哎……"

喻繁没再说话，从口袋里掏出手机。

还好，手机没坏。

手机屏幕上显示有二十多条微信消息提示，一猜就是王潞安拉的讨论组的消息，他懒得看。

旁边的王潞安倒是聊得起劲，他又按下语音键，嗤笑道："还能是谁？隔壁学校那帮人。上回那边不是有两个人来我们学校附近搞勒索吗？勒索到我们头上了，当时就跟他们理论了一番。你们是没看到他刚才那样，被喻繁震慑得都不敢吱声。"

王潞安放下手机，又坐了回去。

王潞安又说："明天就开学了，访琴看到你这样，不骂你才怪。"

访琴是他们班主任，姓庄。班里的人私底下都喜欢叫她的名字。

说到开学，喻繁下意识往学校那头瞥了一眼。

"校门怎么开着？"喻繁挑眉。

"高三学生在里面上课呢，他们提前半个月开学。"王潞安吸了口奶茶，"我们年级也有提前开学的，好像是学校挑出来的几十个尖子生，组了个什么寒假班。当尖子生可真倒霉。"

喻繁收回目光，淡淡地"哦"了一声。

临到放学时间，对街烧烤摊开始营业，孜然包裹着的肉焦味隔着一条马路飘了过来。

王潞安出门太急，没来得及吃晚饭，他动动鼻子，坐不住了："你这半天一定累了,走,咱去吃点东西补补。"

"我不吃,你自己去吧。"喻繁朝他摆摆手。

"行,你等我,我打包回来。"

兜里的手机一直在响,叮叮咚咚听着烦。喻繁打开讨论组扫了一眼,王潞安买个烧烤都能在讨论组跟人吹牛吹到九十九条信息以上。

他打开消息免打扰,把手机塞回口袋。

放学时间到了,穿着校服的学生陆陆续续从校门离开。

两个女生手挽着手,说说笑笑地出来。

"这次随堂测试考得怎么样?"

"别提了,难死了,最后一道大题我都是乱蒙的。你呢?"

"我?估计又垫底了。唉,我到底怎么混进寒假加强班,我和你们这些天才根本不在同一个世界啊!"那人说完,伸了个大大的懒腰,"算了,反正等明天正式开学,我就回普通班继续当咸鱼了。我想去买杯热奶茶,一起吗?"

另一个女生点头答应,转身刚朝奶茶店走了两步,同伴突然用力攥住她的衣摆,硬生生把她又拉了回去。

"怎么了?"女生愣怔了。

"算了,我们别去了……"同伴目不转睛地看着奶茶店的方向,压低声音道,"你看那里坐着谁!"

她按同伴的示意朝奶茶店看去。

这家奶茶店在学校旁开了很多年,味美价廉,每到放学时间,店铺的桌椅基本能坐满人。

而此时此刻,奶茶店虽然还是有客人在点单,但都是拿了就走,店外只有一人坐着。那人坐姿散漫,一双长腿随意舒展着,额间碎发长得都快贴上他的睫毛了。

四周的人都穿着规规矩矩的冬季校服,只有他是一身脏透了的白色卫衣。

女生虽然不认识他,但下意识后退了一步:"他是……"

"喻繁！"同伴道，"七班那个！你没听说过喻繁？"

"没有，"女生摇头，想了想道，"不过好像在升旗仪式上听过很多次他的批评通告。"

同伴装作在挑小卖部的商品，却用余光偷看着那边："我有个朋友跟他同班，听说他……平时不是睡觉就是旷课，脾气还很差……总之，特浑！"

这么可怕？

女生呆呆地听完，刚想说那我们还是别喝奶茶了，远处的男生突然有了动作。

女生倒吸一口冷气！她还没来得及做出反应，就见喻繁拧着眉，抬起眼来——看向了她们这边。

抬起头，女生才终于看清喻繁的脸——其实在升旗仪式上也见过，但远没现在看得清楚。

喻繁眼睛狭长，右眼眼尾有一颗很小的痣，再往下的脸颊上还有一颗。他眼皮很薄，这么一眼看过来，女生只觉得心里一凉——

完了。

他要把奶茶泼我身上了。

但很快，她又发觉不对。

喻繁好像……不是在看我们？

女生愣了两秒，回过头去，才发现在她们身后还站着一个男生。男生个子很高，站在人群中像棵笔挺的松树。他单肩背着包，身上的校服整洁干净，甚至没有几道褶皱。她还闻到了淡淡的皂香。

此刻，他的目光跟刚才的她们一样，落在奶茶店那边。

女生微微睁大眼——她不认识喻繁，对这人却印象深刻。毕竟在每次按照成绩排座位的考试中，这人永远都坐在一班的第一排第一个。

喻繁老早就发现旁边有人在盯着自己。

只是没想到当他看过去时，对方仍旧坦坦荡荡、面无表情地跟他对视着。几秒后，不知道为什么，男生还疑似嫌恶地拧了一下眉。

这一下，让喻繁心里没来由地冒火。片刻之后，确定那男生的确是在明目张胆地打量自己。喻繁点了点自己旁边的位子对那人说："这么喜欢看，要不你坐近点看？"

二

此刻周围来来往往的都是学生，怕被殃及，他们不敢停下脚步，又忍不住想要看看热闹。

有些做题做蒙了的学生，自动把喻繁这句话放进脑子里做了一下阅读理解，得出的意思大致是"你再看一眼试试，看我能不能把你眼珠子卸下来"。

被夹在中间的两个女生对视一眼，当即决定跑路。但在她们之前，身后的男生先动了。只见他抬起手，用拇指钩了钩书包的肩带，在众人惊讶害怕的目光中，一脸淡定地朝喻繁那边走去。

喻繁没什么表情地盯着他，见他过来，慢腾腾起身——

"放学了不回家，都围在这儿干吗呢？"

中气十足的嗓门打断了这一次会面。

喻繁的眼皮跳了一下，歪着脑袋往那男生的身后扫了一眼，人还没见着，先看到一个亮堂堂的脑袋。他刚绷起来的那股劲儿瞬间散了，懒洋洋地又坐了回去。

那人显然也认出了这道声音，停下了脚步。

一个身材略微矮胖、手上拎着深蓝色公文包的中年男人从校门走来。他边走边瞪着那些看热闹的学生，周围的人眨眼间就散了个干净。

来人是他们学校的教导主任，看见引起骚动的人，他眉毛一下就竖了起来："喻繁？怎么又是你！今天还没开学，你来学校做什么？"

喻繁先回头看了一眼奶茶店，又看向他："这店是学校盘的？"

教导主任哑了两秒，看清他的脸后又瞪起眼："你这衣服是怎么回事？"

"摔的。"

"你少糊弄我，在哪儿能摔成这样？"

喻繁思考了一下："不远，我带您去看看？"

 006

教导主任做了个深呼吸。放了这么些天假，又刚过了个好年，他都快忘记被喻繁气到胸口疼的滋味了。

"你等着，明天开学我就找你们班主任。"他指着喻繁放完话，又转头去看自己身边站着的另一个学生。

有那么一瞬间，喻繁以为自己是在看川剧变脸。

"景深，准备回家了？"教导主任亲切地笑着。

喻繁看到那个长得很欠揍的同学终于把目光从他脸上挪开，垂下眼帘没什么语气地应了一声："嗯。"

教导主任拍拍他的肩说："等等吧，我正好有事找你，你先跟我回学校一趟。"

说完，教导主任再看过来时，眉毛又拧起来："还有你！没事赶紧回家去，不要跟个混混儿一样到处乱晃！"

喻繁抬起手，敷衍地晃了两下，跟教导主任摆手道别。

周围的学生："……"

你是觉得这人现在浑身上下哪处不像混混儿？

目送着教导主任离开，喻繁正准备扭回脑袋，跟在主任身边一块回学校的人突然回过头来。

喻繁扬眉，刚要放下的手又抬起，大大方方地送了他一个"国际友好手势"。

王潞安回来的时候看到的就是这一幕。

王潞安气喘吁吁地把包装盒放到桌上，着急道："胖虎怎么出来了？不会是来抓你的吧？你们说什么了？"

教导主任叫胡庞，王潞安私下都叫他胖虎。

"打了个招呼，"喻繁看了他一眼，"你跑什么？没付钱？"

王潞安松一口气，坐到他旁边："我刚才隔条马路都感到紧张，还不得跑快点？哎，刚才谁招惹你了？有棵树挡着，我都没看清……"

王潞安边说边往学校大门望去，只捕捉到一闪而过的身影。

他愣了愣，脱口道："陈景深？"

喻繁："你认识？"

007

"不就一班那个……"王潞安一顿,"你不认识他?"

接收到喻繁看傻子般的目光后,王潞安才想起他这兄弟在一个班待了三个学期,恐怕连班里同学的名字都没记完。

但是——

"你还记得自己上学期在全校面前念过六次检讨吗?"

喻繁沉默了一下:"不记得。"

"那你再好好想想,"王潞安说,"你每次念完检讨下来,就轮到他上台领奖发言了。"

"……"

哪来这么多奖可领?

"还有那个年级成绩排名表,他的名字每次都在第一个……哦,这个你不知道正常,你也不看那玩意儿。"

哦,优等生。

喻繁了然,怪不得他看着这么招人烦。

王潞安饿得前胸贴后背,埋头吃了几口烧烤,才想起来问道:"陈景深刚怎么惹着你了?"

"没怎么。"喻繁低头玩手机,"你能安静吃东西吗?"

"太辣了,我得张嘴缓缓。"

王潞安看了一眼身边的人,随即吃了一惊,伸手去扯他的衣袖道:"你手怎么了?怎么划了一道?"

喻繁头也不抬道:"不小心划的。"

王潞安看他跟个没事人似的,震惊道:"这也能不小心,这么长一道口子……你不疼啊?"

"来,把手伸过来,我帮你呼呼两下。"王潞安说着,作势朝他的手背上吹了两口气。

喻繁推开他凑过来的脑袋:"别恶心。"

他确实没感觉到疼,可能是刚刚不小心在哪儿划到的。

喻繁盯着手背看了几秒,再回神看向手机时,他操控的那条巨长贪吃蛇已经撞到手机边缘,游戏结束。

他兴味索然地关了游戏，起身说："我回去了。"

"这么早？"王潞安说，"你家里没人，回去多无聊，要不去我家？我刚买了几个新的游戏卡带。"

"不去。"喻繁干脆地拒绝道。他身上脏透了，"走了。"他说。

南城的二月天气多变，下午出了太阳，没一会儿却阴雨绵绵。

喻繁把卫衣帽子扣上，双手抄兜，左弯右绕，最终走进一条老街道。破旧的小店，低矮的楼房，卖二手手机的铺子还放着不知哪首倒霉歌曲的 Remix（混音）版。

喻繁拐进街边的老小区，看见一辆小货车停在楼道门口，几个搬家工人正往楼上扛家具，还有两个中年女人站在车后聊天。

喻繁看了一眼被堵住的楼道，干脆让到一旁，打算等这户人搬完了再进去。车旁两人并未发现身后多了个人，还聊得火热。

"以后有事你只管上楼找姐。咱们这儿环境是差了点，但人情味儿浓啊，街坊邻居住得近，一些小事能帮上忙的，大伙儿都会帮。"

"谢谢姐，我包了点饺子，等我把屋子收拾好了，挨家挨户给大家送去。"

"客气什么……哦，对，二〇一那屋你别去。"

"啊？有什么说法？"

"也没什么，"那人犹豫了一下，压低了声道，"那户住了对父子，都不是什么好东西！那男的老婆跑了，天天就知道喝酒、赌博，三五天才回来一次，小的也是个整天闹事、不学无术的社会败类！早几年的时候，那对父子天天在家吵吵，那动静，吓得我一整天都不敢出门……"

"妈妈！"一道稚嫩的声音从小区破旧的大铁门传来。

被衣服包裹成球的小女孩拿着刚买的棒棒糖一蹦一跳地跑过来，可能是因为装备太笨重，跳着跳着就成了顺拐。还没几步，她就前脚绊后脚，小身板直直往地上摔——

喻繁手疾眼快地弯腰，用食指钩住她棉袄后面的小帽子。

小女孩被稳稳拽住，她身子倾斜在半空中，手里还紧紧握着糖，表情茫然又可爱。

女人心脏都要跳出来了，赶紧上前查看情况。她蹲下来把女儿抱进怀里，确定没事后抬头感激道："谢谢你……"

对方已经转身上了楼，她只看到一个高瘦的背影。

"社会败类"回到家，把顺路买回来的面包扔向一边，进浴室冲了个澡。

出来时桌上的手机嗡嗡响个不停，家里没人，喻繁到桌旁拿起手机，边看边擦头发。

王潞安：寒假作业抄不抄？发你一份？

王潞安：你要是再不写几个字应付应付，估计明天又得在黑板报旁站一天，何必呢？

王潞安：人呢？

王潞安：我刚在学校大群里看到个消息，说是教育局严抓，我们学校的尖子班不让办了，要散了，那些尖子生要散落到我们普通班里来了。

王潞安：不知道我们班里会不会来新同学。

王潞安：对了，明早八点有开学仪式，七点四十分要在教室集合，你别迟到啊。

王潞安：啊？

喻繁咬了口面包，慢吞吞打字。

喻繁：发我。

王潞安：啥？

王潞安：你终于回了，我以为你又被人堵了。

喻繁：作业。

对方"唰唰唰"发来十几个文档。

喻繁：这么多？

王潞安：你抄访琴那科的作业就行，其他老师反正也不管你。

王潞安：不是，你看到我前面说的没？班里要来新同学！

喻繁翻箱倒柜找了半天，才摸出一支能用的笔。

喻繁：看到了，不感兴趣。

翌日八点，喻繁站在紧闭的校门前，听着里面响起的《运动员进行曲》，拿出手机看了一眼。

王潞安：大哥，全校师生都在操场站着，校长都到位了，你人呢？

喻繁：睡过头了。

王潞安：那咋办啊，校门这会儿都关了。升旗的时候你爬墙进来不太好吧？

这会儿进去跟直接缺席升旗仪式没什么区别。

喻繁想也没想，回了一句"升旗结束了叫我"。他把手机丢进口袋，盘算着找个地方打发时间，等人都散了再进去。他一抬头，却跟学校铁门另一端的人对上了视线。

胡庞将两手背在身后，关切地问他："干吗去？"

喻繁沉默了两秒："升旗。"

胡庞点点头，把铁门右侧的小门打开："进来。"

"……"

胡庞像是怕他跑了，一路跟着他从人群后面往高二的年级队列走。全校师生都已经在操场排好队，后排的同学见他经过时，都忍不住多看一眼。

喻繁对这些注目视若无睹，吊儿郎当地走在胡庞面前。

"大清早臭着张脸，"胡庞说，"怎么，我耽误你逃学了？"

"没，"喻繁困到没表情，"一会儿升旗的时候我一定多笑笑。"

"……"

胡庞懒得跟他多说，指着几步外的队伍说："你们班在这儿，赶紧去站好！迟到的事我晚点儿再反映给你们班主任。

"记得队伍按身高排，你自己找好位置，一会儿学校摄影部要拍照！"

胡庞说完话就走了，喻繁走到他刚才指的队伍末端站定，低头打了个哈欠。

那户刚搬进楼里的人家住在楼上，家具挪动的声音持续到半夜三点才消停。他在那房子里睡得不安稳，有一点儿动静就会被惊醒，被迫跟着熬了个大夜。他正准备站着睡会儿，只听见主席台上的音响发出一道刺耳的"吭"声，是话筒落地的声音。

这一声震得喻繁耳朵疼。他烦躁地抬起脑袋，想看看是哪个校领导，竟然连话筒都拿不好——

他对上了一个后脑勺。

这一刻，喻繁有一点蒙。

他们学校有个传统，班级队列都按身高排，喻繁是他们班最高的那个，所以每次站在队伍屁股的永远是他，往前是王潞安。

喻繁打量了一下面前这人的背影：肩膀宽阔，头发剪得干净利落，校服外套白得发亮，有一股洗衣皂的香气。

这人是谁？

下一瞬，对方就像听见了他的疑问似的，转过身来。

因为太困，喻繁的反应有些迟钝。他跟那双没什么情绪的眼睛相看了很久，才后知后觉——这张欠揍的脸他见过。

是昨天的那个人。

叫陈什么深来着？

喻繁还没想出来，对方先动了。

只见陈什么深突然侧开身，往旁边让了让，他们之间空出一块地方。

喻繁本想确认一下是不是自己站错队伍了，却见状单手抄兜，语气冷冷道："找事儿是吧……"

"矮的站前面。"

对方的一句话，直接让喻繁没了声。

三

全校师生挤在操场上，队伍排得密密麻麻。

听见动静后，周围几个学生偷偷地朝他们看过来。

喻繁其实并不在意自己站哪儿。只要庄访琴愿意，让他站到班级第一个他都没意见。换作其他人，他肯定头也不抬就往前站。

喻繁盯着他道："你哪只眼睛看见我比你矮？"

陈景深闻言敛下眼皮，随即重新抬起："两只。"

又吃了一记打量，喻繁点头道："挑个时间我帮你看看——"

"看什么？看哪儿？"喻繁后背被不轻不重地拍了一下，严厉的女声从身后传来，"什么东西比校长还好看？给我看主席台！"

听见熟悉的声音，喻繁撇了一下嘴，应付地看了一眼主席台。

庄访琴今天穿了一身黑，只有丝巾带了点紫色，她头发一丝不苟地盘在脑后，手里拿着一本名册，皱眉看着面前的人。因为长期戴眼镜，她的眼睛显得有点小，微微有些龅牙，模样看起来非常严厉。

庄访琴出现的那一瞬间，陈景深能感觉到面前的人忽然放松下来，刚漫上来的戾气通身消散，又变回了懒散的神态。

庄访琴低头，看到他身上穿的黑色套头衫，脸色顿时更差："你的校服呢？"

"忘了。"

"你怎么不把开学也忘了？"庄访琴说，"你自己看看，全校学生都穿了校服，就你特殊！等会儿学生会的人来了，又要扣咱班仪容仪表的分数了！"

旁边隔壁班的班主任打趣道："今天有领导来视察，托你的福，你们班主任开学第一天又要被开会批评了。"

喻繁本来没怎么在意，闻言蜷了一下手指道："那我先避一避？"

"闭嘴，"庄访琴头疼，抬了抬手指，"跟同学借件校服外套。"

喻繁扬起下巴找人："王潞安。"

"别喊了，他自己也就穿了件外套，"庄访琴莫名其妙道，"你借身边同学的不就行了？"

身边同学？

喻繁看都不看旁边人一眼："借其他班同学的外套，不好吧？"

"什么其他班？"庄访琴说，"他是你同班同学。"

"……"

"新转来的，转班生，以后都在我们班里读。"庄访琴说完，征询地看了一眼陈景深，"陈同学，校服能借他穿会儿吗？当然，不同意就算了，不勉强。"

喻繁皱了一下眉,借东西的人的表情比被借的人还嫌弃。

喻繁:"我不借……"

"可以。"陈景深瞥他一眼,"他不嫌外套太长的话。"

喻繁:"你现在脱下来。"

半分钟后,喻繁接过外套,胡乱地往身上一套,穿好后他低头确定了一眼。

不长,正好,跟他的校服外套应该是一个码数。

"短了点,"他抬头道,"解散了还你。"

喻繁的套头衫中间印了个掉了点皮的骷髅头,黑色长裤,整洁的校服外套穿在他身上,显得不伦不类。

脱了外套,陈景深里面是学校的衬衫校服,纽扣系到顶端。背脊挺拔,板正规矩。

陈景深的手顿在半空,然后自然垂落到一侧:"衣领。"

喻繁本想说关你什么事,想想自己穿的还是别人的校服,于是敷衍地整理了两下。

庄访琴瞧着,满意了:"行了,你好好穿着,别弄脏了,结束了记得还给人家。"

过了一会儿,她又觉得哪里不对。

片刻,她恍然,用本子一角戳了戳两人:"等等,队伍按身高排,你俩换个位置。"

喻繁:"……"

两秒后,他木着脸放弃挣扎,让出了队列最后一位的宝座。

《运动员进行曲》终于停止了。升完旗,校长清了清嗓子,开始了他的激情演讲。

平常这时候,喻繁都该站着睡着了,但他现在强撑着眼皮,双目无神地盯着校长的发际线发呆。

今天学校的麦克风声音比平时要响得多,吵得他没法睡。

校长这次是有备而来,洋洋洒洒讲了半小时。喻繁站得不耐烦了,习惯性地把手揣进外套口袋——然后碰到了一个物件。

很薄，平滑的触感，带点边角。

他困得头疼，顺手就将它抽了出来。

看清手里的东西后，喻繁微微一顿。

那是一个信封，上面没有任何字迹，但从手感判断，里面应该塞着一封信。信的封口处有一张很小的贴纸，同信封的底色一样。

这是……

什么时候塞进来的？

喻繁拧眉想了一下，没想起这封信的来处。

他正想再仔细看看，余光却扫到自己那跟周围人格格不入的、像被漂白剂洗过的校服衣袖上。

喻繁倏地回神——他现在穿的是陈景深的外套。

这封信是陈景深的。

喻繁飞快地反应过来，把这封信原原本本又揣回口袋，然后下意识回头看了一眼。

陈景深正看着主席台，听没听不知道，模样看着倒是挺认真的。

学校摄影部最喜欢拍这种学生，他们态度端正，像书呆子。

感觉到他的视线，陈景深的眸光淡淡地垂下来："干什么？"

看样子，对方并没发现他刚才的动作。

喻繁很快转回脑袋："没。"

开学仪式结束的那一刻，喻繁脱了外套塞进身后人的怀里："还你。"

陈景深拿着校服等了两秒："不客气。"

"……"

队列中的王潞安一回头，就看到他好兄弟离开的背影。

他连忙追上去："你怎么走这么快？你不是说不来升旗吗？"

王潞安总在升旗仪式上讲小话，害班级被扣分，今早庄访琴一见他就给他下了警告，讲一句话就多一份作业。他被迫憋了一整个升旗仪式。

喻繁："被胖虎抓了。"

"这么倒霉？"王潞安看了一眼教学楼的楼梯，人头攒动，密密麻麻，"这挤的……要不我们先去趟食堂吧，我正好早餐没吃饱。"

015

"不去。"喻繁头也没回,"困,我回去睡觉。"

庄访琴一进教室就看到最后一排那个趴着的脑袋。

她把名册往铁制讲台上一扔,用那被隔壁几个班老师投诉过数次的音量道:"困的同学,自觉去厕所洗把脸。动作快点,我们还要开班会。"

喻繁慢吞吞地坐起来,太阳穴被这动静扰得突突直跳。

他揉了把脸,拧着眉起身。

"喻繁,你不准去。"

喻繁停在原地,挑了一下眉——为什么?

"你去了还会回来?"庄访琴指了指黑板报道,"困就往后站,过会儿就清醒了。"

喻繁原地思考几秒后,又坐回去了。

他坐姿懒散,脑袋半垂,看着就没精神。

庄访琴忍了忍,弯腰把自己的 U 盘插进电脑:"开班会之前,我先说两件事。

"第一件,班里来了两位新同学,陈景深、吴偲,都是从一班转过来的。这里我就不多介绍了,课下你们再互相认识吧。两位新同学成绩都特别优异,学习态度也好,你们多跟人家学学。"

"第二件,"庄访琴点开一个名为"高二七班上学期期末成绩年级排名"的 Excel 表格,"就是你们上学期期末成绩的排名。"

班里顿时一片哀号。

喻繁对排名没什么兴趣,他粗略瞥了一下,一眼就看到了排在顶端的名字。

"陈景深,数学一百五十分,语文一百一十分,英语一百四十八分,理综……满分?"王潞安震惊道,"喻繁,你照着答案抄都拿不到这成绩啊!"

喻繁:"你拿你自己做对比。"

"基本操作了。"前桌回过头来,"这人贼恐怖,除了语文,没有别的弱点。"

王潞安点头表示理解:"看来学霸也不喜欢背课文。"

"也不是，"对方想了想，"我听一班的朋友说，他写作文总离题。"

"……"

"这次的年级第一在我们班，就是陈景深同学。"

说出这句话，庄访琴自己都有一种不真实感："我大致看了眼卷面，除了语文作文离题，丢了比较多的分数之外，其余科目都没什么问题。在各科老师讲题之前，你们可以先借他的试卷看看。"

这话一出，班里人都忍不住朝第三组第四排看去。

陈景深头都未抬，手里夹着笔，正在翻阅某本题库，似乎对投影屏幕上的内容没半分兴趣。

装酷有一套。

喻繁收回视线。

"其他同学发挥得就比较一般了，班级平均分甚至还没上一次考试高。我希望你们都好好想想，拿这个分数去高考，你们能上个什么学校！"

台下有人嘀咕："高考要是有这次卷面这么难，我直接搬砖去好了。"

"别人考满分，我题都看不懂。"

"还有一小部分同学……"庄访琴把表格拉到底下，将鼠标停留在最后一名的名字上。

她看着数学下面那个数字九，憋了很久还是没忍住："喻繁，你毕业之后是打算去捡垃圾吗？"

"没想好。"喻繁思考了一下，"但可以考虑。"

四

四十分钟的班会过得很快。

下课铃响起，庄访琴无视掉这刺耳的声音，继续说着："过两天我会重新调整一遍座位，对座位有想法或有意见的同学可以私下去办公室找我。班干部还是原来那一批……"

一个人影停在教室门口。

庄访琴转头跟胡庞目光相撞，瞬间心领神会。

"行了，那就先散会，各科课代表把寒假作业收上来。"

听见"散会"两字，喻繁脑袋直接往下栽——

"喻繁，我有话跟你谈。"庄访琴的声音冷冷扔下来，"你去我办公室等着，我跟胡主任谈完事情就过去。"

"……"

班会刚结束不久，教师办公室空空如也。

庄访琴的办公桌上摞着高高一摞册子，另一边放着电脑和教案，整个桌子只留下了中间一块。凉风从窗缝钻进来，舒服惬意。

喻繁盯着这块空地看了一会儿，毫不犹豫地趴了下去，睡着了。

…………

"在新的班级还习惯吗？"

"嗯。"

"普通班的学习进度比一班要慢得多，你要保持刷题量，别受影响。"

"嗯。"

"你家长对这件事也很上心，今早专门给我打了电话，我也跟她说了，班级重组不一定是坏事。"

喻繁闭眼等了很久，都没等到那句死气沉沉的"嗯"。

他从臂弯中抬头，带着被吵醒的不悦，隔着如山高的练习册朝前看。看清前面站着的人，喻繁眯了一下眼睛。

你还阴魂不散了是吧。

陈景深沉默地站在办公桌前，正在跟曾经的一班班主任谈话。

喻繁动作不大，加上他们中间隔了三张办公桌，有隔板挡着，前面的人才一时之间没发现他。

"不过你家长还是有顾虑，她的意思是让我帮你转到一个好一点儿的班级，毕竟你现在的那个班……"

"不用。"他终于有了反应。

一班班主任顿了顿："但是你妈妈……"

"都是普通班，没有区别。"少年语气冷淡，薄薄的单眼皮向下绷着。

喻繁支着下巴，懒洋洋地看戏。

"你刚转到那个班,或许还不知道,"一班班主任犹豫了一下,"虽然都是普通班,但七班的风气……比其他班级都要差一些。平均分常年垫底,班级卫生、纪律评选也总是最后一名,班里还有几个出了名的刺头——有个叫喻繁的,你应该见过,经常在升旗仪式上做检讨。你母亲的担心也不无道理,都是为了你好……"

"啪嗒!"笔落地的声音。

一班班主任声音一顿,两人一起扭头朝后看去。

喻繁弯腰捡起笔,抬起头跟他们对上了视线。看见他,陈景深微微绷直的肩背忽地一松,又恢复了沉默时的表情。

一班班主任还保持着张嘴的姿势。

她想起曾听说过的喻繁顶撞老师的传闻,心里隐隐有些发怵,好半晌才出声:"你……"

喻繁:"我觉得您说得对。"

"嗯?"

没等她反应过来,喻繁又说:"我这穷凶极恶的,吓到尖子生多不好,我赞成他转走。"

"谁穷凶极恶?谁要转走?"庄访琴的声音从门口传来,看清里面情形,她怒喝道,"喻繁!谁允许你坐老师座位的?"

庄访琴把手里的东西搁桌上:"怎么,还不起来?我站着说,你坐着听是吧?"

喻繁"啧"的一声,慢腾腾起身站到一边。

陈景深收回视线:"老师,我不转班。如果没什么事,我先回去了。"

一班班主任还在回神,没来得及说什么,对方已经转身,头也不回地走了。

许是觉得尴尬,半分钟后,她也抱着教案匆匆离开。

办公室只剩两个人。

庄访琴虽然没听全,但看刚才的情形也猜了个十之八九。

"看看你,把我们班的形象糟蹋成什么样了?"她拿起保温杯喝了一口。

喻繁看向窗外，没吭声。

"我跟你说了多少次，你是个学生，不要总跟外面那些社会青年闹在一起，能不能做一点你这个年纪该做的事情？"

面前的人吊儿郎当地站着，满脸漫不经心，一副死猪不怕开水烫的德行。

庄访琴气得又灌了一口热水："还有，刚才教导主任跟我说，你昨天在校外威胁新同学是怎么回事？"

喻繁："他这么能编，怎么不出书？"

"这本——"庄访琴点了点桌上某本练习册，"就是胡主任编写的数学讲义。"

"……"

僵持半晌，喻繁没什么语气地说："我没威胁他，不认识。"

庄访琴盯着他看了一会儿，心里微微一松。

带了这个班这么久，她对班里同学都有点了解，尤其是喻繁，看他这语气表情，应该确实没做什么。

不过结合今早升旗时的情况看，他对新同学不是那么欢迎。

"姑且信你。"她脸色未变，"新的学期开始了，有什么学习计划没有？"

"背九九乘法表。"

"你再多说几句，看能不能把我气进医院。"庄访琴白他一眼，打开抽屉，拿出一本崭新的辅导书放到他面前，"这是我特地去书店给你找的，上面的题型都很基础，讲法也简单，你拿回去多看多做，不会就来办公室找我。"

喻繁盯着书封看了一会儿，把"别浪费钱"咽回喉咙："哦。"

临走之前，庄访琴又叫住他。

"还有，"庄访琴想着怎么开口，"这次的转班生都是成绩优异的好同学，你要把他们当作榜样，尽量别和人家起冲突……"

"您放心，"喻繁头也没回道，"我对尖子生过敏。以后他近我一尺，我远他一丈，致力给新同学创造一个和谐美好的学习环境。"

开学后的第一节体育课，喻繁直接逃了。

实验楼一楼的厕所烟雾缭绕。这边平时没什么老师，常来巡逻抓人的胖虎开会去了，几个男生站在厕所里。

"隔壁学校那群人，不敢正面'刚'，就会玩阴的，下次我们找个时间，去学校后门找他们去。"

"他们也真逗，堵谁不好，堵南城七中最牛的男人……"

"谢邀，人在现场，我兄弟能把他们吓得半死。"王潞安看向旁边的人，"是吧，兄弟？"

"滚。"

喻繁从隔壁的空教室拉了张椅子来，跷着二郎腿懒散地坐着。他低着脑袋，操控着手机里的游戏人物："聊你们的，别扯我。"

最右侧的男生蹲在地上，盯着手机屏幕里的成绩排行表："为什么高二下学期还有转班生啊？我们班还一次来了四个，害我班级排名直接从五十七暴跌到六十一！"

王潞安嘲笑他："区别不大，都是最后一名。"

"滚滚滚，"那人起身道，"马上放学了，去打球不？"

一呼百应，其他人纷纷跟上。

看到椅子上纹丝不动的人，那人问："喻繁，你不去啊？"

"不去，打游戏。"

王潞安立刻表示："那我也不去了。"

其他人浩浩荡荡地走了。

喻繁靠着椅背，在游戏里"杀人"杀得正爽，只听见旁边传来一阵噼里啪啦的打字声。

王潞安有个怪癖，喜欢听打字时手机默认的敲击音，那声音吵得要命。

喻繁暂停游戏，扭头问他："你在发电报？"

"我聊天呢，"王潞安说，"在跟人打听陈景深。"

喻繁莫名其妙："打听他干吗？"

"你说呢？"王潞安说，"人家可是年级第一！我不得打听打听他好不好说话，看以后小考、作业什么的能不能帮帮忙。"

喻繁没什么兴趣："哦。"

过了片刻，王潞安放下手机，叹了口气。

他找的是以前也在一班的朋友，对方想也没想，就委婉告诉他：没戏。

这位学霸在一班是出了名的人冷话少，性格跟长相完全一致。平时拿几道不会的题目去请教他，他或许能腾出手来帮个忙，其他就算了，聊不过十句。

"哦，对了，我朋友还跟我说，陈景深家里好像特别有钱。"王潞安说，"他说上次家长会，陈景深妈妈那阵仗，特牛……哎，你手背这道伤，好得还挺快。"

喻繁侧了侧手腕。

这种小伤很快就能痊愈，他昨晚回去的时候就已经开始结痂。

他盯着这伤看了一会儿，不知怎的，突然很想伸手抓两把。

伤口被撕开，应该会冒血，然后溃烂、发炎。

喻繁另一只手刚曲起来碰到伤疤时，肩膀忽然被身边人用力撞了几下。

他猛地回神，失神两秒才问："找死？"

"不是，你看窗外！"王潞安用气音说，"真不能在背后说人，那是陈景深吧？"

喻繁下意识往外看。

都不用看脸，仅看到那件像漂白过的冬季校服，喻繁就能确定是谁。

从这个角度他们只能看到陈景深高瘦挺拔的侧影。

他面前站着一个女生。

王潞安眯起眼道："他旁边是章娴静？"

高二七班两个最让庄访琴头疼的人，一个是喻繁，另一个就是章娴静。

和她的名字正好相反，章娴静高一就比较叛逆，和男生不对付。她长得漂亮，高一的时候还有一帮追她的男生，名声远扬后，大多数男生看到她就绕道走。

"他们干吗呢……"王潞安喃喃道。

他话音刚落，章娴静就朝陈景深走了一步，漂亮的鬈发伴随动作在风中晃了晃。

"哎，你叫陈景深是吧？"她笑起来，嘴唇明艳地向上扬，"我喜欢你，你能不能跟我谈恋爱？"

喻繁眼皮跳了一下，起身要走。

王潞安连忙抓住他："去哪儿？不看完再走？"

"没兴趣。"

"别啊，再看看。"王潞安道，"你说章娴静是不是疯了？陈景深这种好学生，怎么可能跟人早恋！"

五

"不能。"没有起伏的两个字从窗外飘进来。

"你看，我说吧！"王潞安得意道。

喻繁没搭理他，重新拉过椅子，抱着胳膊靠后坐下。

章娴静遗憾地撇嘴："你有女朋友了？"

"没。"

"那为什么不能？你不想谈恋爱？还是有喜欢的人？"章娴静看着他的校服猜测道，"或者，你不喜欢成绩差的？"

"没，"陈景深说，"只是不喜欢你。"

章娴静："……"

王潞安："……"

他看着年级第一冷酷的侧脸，心里想找对方帮忙作弊的念头彻底破灭："这学霸说话也太直了吧？"

喻繁一点儿也不意外。

欠揍的脸说欠揍的话，挺搭的。

章娴静的沮丧只维持了两秒："我知道，没关系，只是暂时不喜欢嘛，我们还要同班一年多呢，慢慢来，我很有耐心的。其实我高一的时候就开始注意你了,运动会的时候我还去看过你的项目,没想到这学期你会转到我班上……"

陈景深的表情终于有了一丝变化。他轻轻地挑了一下眉,盯着她看了两秒,像是在思索什么。

良久,他问:"我们是一个班的?"

章娴静:"……"

章娴静笑容僵硬,陈述道:"我坐你前面一天了。"

陈景深想了一下:"抱歉,没印象。"

"你是不是脸盲?我一整天回头转得脑袋都快断了,你说你没印象?"

章娴静的脸快绷不住了,她张嘴刚要说什么,就被突兀的下课铃声打断。

陈景深也听到了,他向操场方向看了一眼,又回过头来:"还有事吗?"

"有,"章娴静告诉自己要冷静,"那我们应该可以做朋友吧?能不能加个微信?"

"没有。"

"什么?"

"我没有微信。"

陈景深走了,章娴静站在原地半天没动。

王潞安看满意了,刚准备离场,只见章娴静突然转头,直奔他们这儿来。

"王潞安!你说!"章娴静站在窗外,把手伸进来,抓着王潞安的衣服道,"我好不好看?"

"好看,好看,好看!"王潞安耸起肩来。

"那陈景深凭什么这样对我?"

"就是!"王潞安问,"你怎么知道我们在这儿?"

"早看见了。"章娴静松开他,看向另一个一直没开口的人,"喻繁,你说,我好不好看?"

喻繁说:"得了吧。"

王潞安"嘿嘿"一笑，问章娴静："哎，你真从高一就喜欢陈景深啊？"

"怎么可能，从高一就喜欢我还能憋到现在？"章娴静说，"随口说说。"

王潞安蒙了："那你这是一见钟情？"

"也不算。"

章娴静挽了一下头发，又恢复了平日漂亮张扬的模样。

"我这不是觉得他长得挺帅嘛，学习又好，要真能跟这样的人在一起，那以后作业、考试都不用愁了。"章娴静这么一想，还是有点心动，"你们说我还有机会吗？"

喻繁头都不抬："没有。"

"我也觉得……"王潞安说到一半，对上章娴静威胁的眼神，立刻话锋一转，"主要吧，这些学霸的品位都挺特别的，万一陈景深就是不喜欢你这样的呢？"

"那他喜欢哪样的？"

王潞安越说越来劲，他用手比画着："就那种把头发全部绑到脑门后，小眼睛，厚嘴唇，戴八百度眼镜，一天只知道学习，瘦瘦小小的脸上有几颗痘——"

"胡说。"章娴静顿了一下，又说，"那我现在去配副眼镜还来不来得及？"

听烦了，喻繁腾地站起身朝外走。

王潞安衣袖还在章娴静手里，见状忙问："你去哪儿？"

"回家，"喻繁说，"你们慢慢玩。"

"谁跟她玩，等等我，我们一块儿走啊，万一你又被堵……哎哎哎，祖宗，我衣服都要被你扯破了……"

章娴静没松手，她想到了什么，就朝着那个背影说："喻繁，刚才的事不准往外说！不然我就把你……"

"随你！"喻繁双手抄兜，拐弯上楼。

"学霸，你是不是把手机带学校来了？"吴偲看着刚回教室的人问。

025

因为庄访琴要求一学期要换两次座位，目前班里学生都是自己乱坐座位。

吴偲身为转班生，自然而然地和另一个转班生坐在了一起。

他们在一班时的座位都是按成绩排的。转班之前，吴偲没想过自己有朝一日能跟陈景深同桌。

陈景深坐下来，低头收拾东西："嗯。"

"我刚才听到几声振动，"吴偲说，"你书包里的。"

陈景深拿出手机，上面有五条未读短信。他盯着发件人的备注看了一会儿，才把手指摁到屏幕上。

吴偲没有偷看的想法，但因为座位挨得近，他一转眼就不小心瞄到了陈景深的手机屏幕。那是个短信界面，隐隐约约能看到"妈""帮你转班""早点回家"这几个字眼。他虽然没看清全部，但把字义串联起来非常易懂——学霸的家长对这次分班不太满意，想让陈景深转班。

这很正常，他爸妈也想让他转班，只可惜他家没陈景深家那么厉害，不能说转就转。

吴偲正感慨自己还没怎么占到学霸便宜，人家就要转走了。只见陈景深把手机重新扔进书包，随便抽出一本题库，低下脑袋沉默地刷起题来。

他愣了愣："学霸，放学了，你还不回家吗？"

"嗯。"

良久，陈景深感觉到身边那道灼热的目光，便扭过头："有事？"

吴偲笑了一下，有点紧张："没事儿，就是有道题……我一直没解出来，我刚去办公室，老师也不在，想问问你能不能帮我看一看。当然，你如果忙的话就当我没说……"

"拿来。"

"啊？"吴偲愣了愣，立刻反应过来，双手递上自己的题库，"噢噢噢，您请。"

吴偲问了个爽。

他抱着书包心满意足地离开了，教室只剩陈景深一人。

手机又在书包里振了一声。陈景深像是没听见似的，继续晃着笔刷题。

落日余晖给整座校园铺上了一层金光。

又刷完一张卷子，陈景深翻转手腕，看了眼沾在手掌侧面的笔墨，起身朝厕所走去。

洗完手回来，瞥见对面楼下的人，陈景深脚步一顿，停在了原地。

教导主任办公室门口。喻繁靠着墙壁单手插兜，一脸不耐烦地站着。

而他另一只手正被教导主任拎在手里，并往自己的鼻子前送——

"你不觉得自己像个变态吗？"喻繁问。

"胡说八道什么！"胡庞抓着他的手，质问道，"你说你这手上的味道是怎么回事？"

喻繁把脑袋歪到另一边，不吭声了。

多亏了王潞安道别前的那一句 Flag①，喻繁人还没出学校就被堵了。他跟刚开会回来的胖虎撞个正着，对方隔着十米远就咬定他身上有烟味。

"不狡辩了？"胡庞松开他，"明天把你家长叫过来！"

有一瞬间，喻繁的表情出现一丝难以掩饰的烦躁和厌恶。

只是很快，他又恢复了原先的脸色："叫不了。"

"怎么，非要我让庄老师给你家里打电话通知家长是吧？"

"打了也没用。"

"什么意思？"

"家里没人。"

"我没妈，"喻繁转回头来，朝他笑了一下，"另一个也早死了。"

"……"

胡庞看着他的笑，愣愣地站在原地，半天才回过神来。

"你……"他还在震惊之中，"我怎么没听庄老师提过……"

喻繁无所谓道："可能是想帮我保密吧。"

---

① 一个网络流行词，指说一句振奋的话，或者立下一个要实现的目标。

胡庞沉默了好一会儿，才不知所措地摸了摸自己的光头："这，我确实不知道……那你现在是一个人生活？"

"算是，"喻繁看了眼渐渐暗下去的天，"我不用叫家长了吧？"

这谁还敢叫啊？

胡庞咳了一声："不用了。"

喻繁站直身，刚准备跟胖虎道别，他的肩膀就被人捏住了。

"不过你破坏学校纪律，还是得受罚。"胡庞安慰似的拍了拍他的肩膀，"这样吧，你现在上楼写份两千字检讨给我，意思意思，交了再回家。"

"……"

"我就在校门口下棋，写完直接拿过来给我。"

喻繁慢吞吞地挪到教室走廊，低头往校门口看去，然后跟一直盯着他上楼的胡庞对上了视线。

胡庞跟老校警在校警室外面摆了一桌围棋，见到他立刻摆摆手，用口型催促道——赶紧写！

喻繁"啧"了一声，扭头进了教室。

他没想到这个时间教室里还有人。

陈景深坐在夕阳里，听见动静也没抬头，整个教室只有他笔尖落纸发出的"沙沙"声。

喻繁目光下意识地从陈景深的桌面上一扫而过，只看到薄薄一张纸，像是草稿。

两人谁也没想和谁交流。喻繁旁若无人地走到自己座位，用脚拉开椅子坐下，掏出手机打发时间。

上面有几条未读信息。

王潞安：你被胖虎抓了？

王潞安：哎，你怎么又回教室了？我在校门口等你一块儿回去呢。

喻繁：他让我写两千字检讨。

王潞安：……那咋办？你得写多久啊，要不从网上随便找份抄吧。

喻繁：不写，懒得抄。

喻繁：你回去吧，我晚点儿从后门走。

学校后门除了周五放学开放外,平时都不开放。不过得等胖虎下棋入了神,他才能从对方后背偷偷溜去后门。

回了消息,喻繁点开手机自带的《贪吃蛇》小游戏,用比平时上课还要认真百倍的态度玩了起来。

周围十分安静,因为没有干扰,他这局的手感特别好。到了后面,贪吃蛇长得都快占满屏幕了,手机右上角不断提示他,还差一点点分数就能破纪录。

椅脚摩擦地面的刺耳声划破教室的宁静。

喻繁没太在意,细长的手指还在屏幕上划来划去。他听见教室里的另一个人站起来,然后是翻动纸张的声音。

终于要走了?

喻繁正想着,就听到了对方的脚步声,愈来愈近,像是在朝他这边走来。

教室前门不走,非走后门?

因为教室里没其他人,喻繁的坐姿比较散漫——他大半边身子露在课桌外,腿随意舒展,挡住了过道。

感觉到对方在靠近,喻繁懒洋洋地把腿往回收了收。

两秒后,对方停在了他的课桌前。

"喻同学。"从头顶处落下的陈景深的声音,语气冷淡,跟他之前听到的没什么区别。

游戏进行到关键时刻,离破纪录只差三百分。

喻繁专注地盯着手机屏幕,没理他。

大约过了半分钟,发现那人还站在自己课桌前,喻繁拧了一下眉,习惯性地扔出一句:"我不交作业。"

班里其他人每次跟他搭话,十有八九都是催作业。

"我不收作业。"

"那你干吗?"

陈景深盯着他浅浅的发旋沉默了一会儿,从口袋里拿出一封信,单手递了过去。

东西递过来的那一瞬，喻繁条件反射地抬了下头。

喻繁觉得自己可能就分神了一秒钟，他甚至连那玩意儿是什么都没看清，就飞快地重新看回游戏——

然后他就看到自己苦心经营了十来分钟的宇宙超级无敌巨型贪吃蛇迎面撞壁，游戏结束。

距离最高纪录，只差七十七分。

喻繁把手机扔桌上，忍无可忍地站起身："没看到我在忙？"

他瞥了一眼陈景深递过来的信封，抬头质问："什么意思？挑战书……"

喻繁保持着那股强横的气势，又低下头，仔仔细细看了一眼。

陈景深手指细长，腕骨突出，指甲剪得很干净，此刻正捏着一个信封。

"喻同学。"

喻繁抬起脑袋。

陈景深单肩背着书包，把信放在桌上，往前一推："请你收下我的信。"

六

死寂的沉默。

一阵凉风掀开窗帘，扔在桌上的手机又嗡嗡响了两声，这才把喻繁从震惊里拽出来。

他盯着陈景深看了很久。

陈景深脸色毫无波澜，要不是那封信还被压在他手指下，喻繁都要怀疑刚才那些都是自己的幻听。

双方无言地僵持半晌。喻繁拳头握紧又松开，反复几次后，他重新坐了回去。

手机吵得人头疼，他腾手把手机调成静音，才回道："你是不是有毛病？知道我是谁吗？"

陈景深把信留在桌上，站直身："我知道。"

"知道你还……"喻繁停顿了一下，"你没事儿吧？"

陈景深垂着眼沉默了一会儿,然后从喉咙里迸出一个冷冷的音:"嗯。"

"……"

陈景深问:"你讨厌我?"

"算不上,"喻繁半晌才出声,他一把拿起在桌上躺了半天的信封,跟拎炸弹似的放到陈景深面前,"这个,赶紧拿走。"

陈景深没接。

喻繁举着那封扎手的信十来秒,觉得自己像个傻瓜:"你要不要?不要我撕了。"

陈景深盯着他看了一会儿,然后说:"撕了吧。"

反正这一版被涂涂改改,他也不是特别满意。

喻繁做了个深呼吸,低头找陈景深的口袋,想把东西塞回去——

"喻繁!"熟悉的大嗓门响彻三楼整个楼道。

喻繁还没碰到陈景深的衣服,闻声手一抖,一下僵在了半空中。

眼见外面那道身影就要进门,喻繁把信倏地收回来,塞进自己的口袋。

同时,王潞安从门外进来:"喻繁,我给你发消息你怎么不回——"

看清里面的情况,王潞安一愣:"干吗呢?"

"你怎么又回来了?"喻繁扭过头,烦躁地问。

"作业落教室了,回来的时候正好看到胖虎去上厕所,就想让你帮我拿下来顺便跑路……"王潞安盯着他看了一会儿,震惊地问,"你耳朵怎么这么红?"

"什么?"喻繁捂住耳朵,拧起眉,"你看错了。"

"真的!"王潞安忽然想起自己进门时看到的场景,两人表情微妙,挨得也近,看着像是情形不妙——

他看向陈景深,难以置信地问:"你拧我兄弟耳朵?"

喻繁想把兜里的东西掏出来塞王潞安嘴里。

陈景深扫他一眼,没说话。

这在王潞安眼里等同默认。他刚要继续发问,就被喻繁抓住衣服往后拽。

书包里的手机开始一阵又一阵地持续振动,这次是来电。

陈景深没在意,他用手指掂了一下书包,继续面无表情地说:"我从高一的时候就想认识你了。"

喻繁:"……"

王潞安一脸问号。

"运动会的时候,我看过你的项目。"

喻繁:"……"

"我是认真想和你交朋友的。"陈景深手垂在身侧,"希望你可以好好考虑下。"

胖虎这趟厕所去了很久,喻繁最后是从学校大门正大光明离开的。

他表情不善,周围同学见了都下意识往旁边偏两步。

王潞安看了他不知第几眼后,终于忍不住开口:"你觉不觉得陈景深刚才说的话有点耳熟……"

"不觉得。"

"是吗?"王潞安挠挠脑袋,"他找你干吗?"

喻繁脸更臭了,他抿了抿嘴,半天才憋出一句:"约打游戏。"

王潞安茫然:"那他说高一的时候就想认识你……"

"高一的时候就看我不爽。"

"他运动会还看你项目……"

"想看看我有多厉害。"

"他最后让你考虑……"

"考虑跟他一起打游戏。"

王潞安:"……"

奇奇怪怪,又合情合理。毕竟他也想不到这两人之间还能有别的什么事。

王潞安随口一问:"那最后你们谈成没啊?"

"谈个屁!"

他们经过一家超市,王潞安想起家里的零食快吃完了,要进去买一些。

喻繁站在门外等。

傍晚凉意重。

喻繁攥了攥口袋里的信，忽然有些烦躁。他偏过脸吐了口气，看见了角落的垃圾桶。他犹豫了会儿，走到垃圾桶旁，用两根手指从口袋里把那封信夹出来，吊在垃圾桶上方。

风吹过来，信封跟着晃了晃。

两秒后，他轻轻地"啧"了一声，又收回手——

"这是什么？"

喻繁动作很快，王潞安冲上来的时候，东西已经回到他的口袋。

王潞安拎着塑料袋："谁给你的啊？刚才？我怎么没看见？"

喻繁朝前走："你看错了。"

"不可能，我视力五点二！"

王潞安很早的时候就跟喻繁在一起玩了。

喻繁这人，站几千人面前念检讨毫不怯场，从来都是一副酷了吧唧的拽样，让人觉得他天不怕地不怕——直到有女生跟他告白。

那是他第一次看到喻繁脸红。

他垂着脑袋，耳根红透，对着一个一米五几的小女生说抱歉，甚至不敢看向别人。

从那天起他就知道，他这个看起来很厉害的兄弟，背地里却是个无敌纯情男高中生。

"有完没完？"正好到了分岔路口，喻繁扭过身，头也不回地朝另一个方向离开，"走了。"

喻繁回家冲了个澡，出来时，楼上还叮叮咣咣响个不停。

廉价居民房没有隔音这回事，他早已习以为常，便到镜子前看了一眼。

喻繁用毛巾使劲儿揉了把脸。他趿拉着拖鞋走出浴室，顺手拎了桶方便面，刚要撕开包装，门突然"砰砰"响了两声。

这两声门响像敲在他太阳穴上。

喻繁一顿，再抬头时，脸上的懒散已经收了个干净，眼底多出几分

033

冷漠和警惕。

他盯着门缝下面那道黑影，安静地等了一会儿——

"砰。"又是一声。

喻繁放下方便面，转身去开门。他抓着门把手，不是很温柔地拧开，绷着眼皮看向门外——什么也没看见。

喻繁皱了一下眉，刚准备关门，却瞥见一个黑乎乎的小脑袋。

他缓缓地低下头，跟面前的小女孩对上了视线。她是刚搬进来的那户人家的小孩，昨天在楼下见过，扎着两个小辫子，脸蛋肉嘟嘟的。

喻繁表情太凶，小女孩耷拉着眉，有些胆怯。

一大一小对视了一会儿。

"干什么？"喻繁先开了口。他刚才的那股情绪还没完全散去，语气还是绷着。

小女孩抖了一下。

喻繁叹了口气，蹲下身跟她平视："说话。"

小女孩手里捧着一个比她脸还大的塑料袋，鼓起勇气："妈妈说，昨天她收拾房子，很吵，今天晚上不会了，让我给你饺子……哥哥你不要生气。"

"知道了。"喻繁看了一眼袋子，"你带回去，我不要。"

小女孩站着没动，眼巴巴地看着他。

喻繁拧眉道："听不懂？"

小女孩抱着饺子，又抖了一下。

片刻之后，喻繁拎着塑料袋回屋，把饺子全塞进冰箱，又回头去煮方便面。

楼上那家人说到做到，晚上再没发出一丝声音。

但喻繁直到凌晨两点还没睡着，不知是不是"开学效应"，他这几天的睡眠都很差。他抓了一把头发，决定放弃挣扎，起床去客厅喝水。

看到水壶旁的东西，喻繁倒水的动作微微一顿。

他洗澡前习惯把口袋里的东西全扔在餐桌，此刻桌上凌乱地躺着一串钥匙、学校饭卡、一些零钱和一个信封。

喻繁盯着那些东西看了一会儿，拿起水杯走人。

片刻之后，他又木着脸折回身，从一堆玩意儿中抽出信封，转身回屋。

他躺在床上，盯着手里的信封，忽然想起陈景深那身过于板正的校服，以及他拒绝章娴静时那副不近人情的姿态。他倒要看看，这样的人能写出什么玩意儿来。

喻繁单手撑在脑后，懒洋洋地平躺着，手指随意一翻，揭开了信封的口子。

这封信的信封和封口都花里胡哨的，里面却只是一张普通的信纸——放学后陈景深在教室里写的那张。

"……"早知道当时就走了。

陈景深字迹劲瘦，工整中透着几分潦草，像是练过的。

喻繁捏着那张信纸，从头看起——

高二七班的喻同学：

　　你好，我是高二七班的陈景深。

信上有一深一浅两种笔迹，深色的应该是放学那会儿加上的。

后面"高二七班"里的"七"原先应该是"一"，深色笔迹又添了一笔，变成了"七"。

不知你对我是否有印象，我们曾在升旗仪式上见过几次面。

高一第一次升旗时，你在主席台上对检讨书倒背如流的身影，深深地刻在了我的脑海中。

也是从那时起，我想认识你。

不知不觉，对你的关注已持续一年。

某次大考，我发现你的成绩排名靠前了一名，我由衷地为你感到开心和喜悦。

所以我决定写下这封信，希望我们能成为朋友，以后可以共同进步。

　　这之后都是深色笔迹。

　　上学期的期末考试，你虽然又回到了最后一名，但我相信你有学习天赋，尤其是数学。毕竟九分这个成绩常人考不出来。
　　所以，你只要愿意努力，就一定能获得更好的成绩。
　　以下是我给你推荐的辅导书和题库：
　　《菜鸟如何学数学》《笨鸟先飞》《初中数学知识点汇总》。
　　祝：考试顺利，学习进步。

陈景深

　　喻繁："……"
　　活该你语文得一百一十分。

七

　　第二天，喻繁不出意外地又起晚了。
　　他破罐子破摔，慢悠悠地朝校门走，心里盘算着要怎么跟老校警商量，才能免去翻墙这道没意义的流程——
　　"这才开学第几天，啊？"胖虎的嗓门一路传到了附近的小卖部，"刚开学就迟到！后面是不是打算直接翘课不来了？"
　　校门口站了一排男生，一眼过去都是熟脸。一帮人驼背低头，吊儿郎当，站姿各有千秋，表情都不怎么爽，估计都没想到开学第二天，胖虎就亲自来校门抓迟到。
　　这群人看着就浑，让站在最右边的人一下就脱颖而出。
　　胡庞骂累了，背手走到那人面前，语气一时缓和七分："景深啊，这次是怎么回事呀,起晚了?"

看见那道笔挺的身影,喻繁又想起那封晦气的信,当即做出决定,绷着脸正准备扭头去后门。

陈景深却似有所感,眸光一抬,直直地朝他看了过来。

两人视线撞上,喻繁心觉不妙,下意识加快脚步——

"喻繁。"陈景深叫了一声。

一直在使眼色想让兄弟快逃的其他几人一脸疑惑。

胡庞灵活地转身:"嗯?"

喻繁:"……"

你是故意的吧?

半分钟后,喻繁一脸倒霉地加入其中,他看都没看陈景深一眼,径直站到了队列最左边。

"队列从低往高排,要我说几遍?"胡庞指了指陈景深旁边,"你站那儿去。"

喻繁:"……"

你这该死的强迫症到底什么时候能改掉?

喻繁极其不情愿地挪了过去。

"你刚才想跑是吧?"等他就位了,胡庞才继续道,"昨天迟到,今天又迟到,还欺骗老师!你自己说,你有没有学生的样子!"

喻繁问:"我骗你什么了?"

"我问过你们庄老师了,她说你父母只是在外打工,你昨天怎么跟我说的?"

"……"

"连那种丧尽天良的话都说得出来,我看你真的是没救了。"胡庞说,"也就你们庄老师还肯管你,我跟你这种学生多说一句都嫌累!"

喻繁刚想说什么,旁边几人立刻疯狂挤眉弄眼地暗示——别说了哥,再说得站一上午了。

喻繁在心里"啧"了一声,偏开眼,闭嘴了。

连续说了这么久的话,胡庞有些喘。他拧开保温杯喝了口水,顺便

037

看了眼腕表上的时间。

"站好，站直！别吊儿郎当，拿出一点青少年的精气神来！"

胡庞说完，转头看向旁边的人："景深，你先回教室吧，不然赶不上第一节课了。下次要注意时间，别再迟到了。"

"哎，胡主任，你这么说我可有意见了。大家都是迟到，凭什么他能走，我们还要站着？"中间锡纸烫发型的男生开了口，"这不公平。"

男生叫左宽，隔壁八班的，他在胡庞眼中是比喻繁更让人头疼的存在。

喻繁虽然也浑，但一般不主动惹事，忽略逃课睡觉这些小事不计，还算让人省心。但左宽不是，他是方方面面都不让人省心。

左宽说完，下意识去找同一阵营的人："是吧，喻繁？"

喻繁脱口而出："我没意见。"

如果可以，他希望陈景深跑着走。

胡庞刚要发作，就听见陈景深淡声说："不用，主任，我愿意受罚。"

"看看，你们看看别人。"胡庞一脸满意，他走到左宽面前，"公平？你几个科目的成绩加起来都没别人一科高，还有资格跟我谈公平……"

胡庞转移目标，絮絮叨叨骂了左宽半天，喻繁在一旁听得直犯困。胡庞没看这边，他干脆向后靠去，倚在墙上懒洋洋地打哈欠。

一个人忽然往他这边靠了一下——

"我的信你看了吗？"陈景深低着声音说话时会带着一些沙哑。

你还有脸提？

还是在学校大门口，教导主任面前？

喻繁头都不抬，语气恶劣道："撕了。"

"嗯，"陈景深手伸进口袋，"我昨晚重新写了一封。"

"什么？"

喻繁倏地站直身，在他掏出东西之前眼疾手快地抓住他的手腕，把他的动作摁住了。

喻繁手心有点凉，陈景深瞥他一眼，停下动作。

"你听不懂人话？"喻繁磨牙，"说了我不……"

"喻繁！干吗呢？"

听见动静，胡庞匆匆走过来，震惊道："你抓着别人干什么？赶紧松开！"

喻繁哪敢松，万一他松开了，陈景深反手又掏出个信封来，谁负责？

"我，"喻繁死死握着陈景深的手，憋了半天，"我手冷。"

胡庞一脸不解："手冷就揣兜里去，不要干扰其他同学。"

喻繁还是没动，他攥着陈景深的手腕，整个人都有些僵硬。

他正在想怎么说时，手里的人忽然用了力，喻繁居然没制住他。陈景深抽出手时，喻繁心里跟着猛跳了一下——

还好，他什么都没掏出来。

喻繁松开他的手，心累得不行。

胡庞看出一些端倪，皱眉问："你们刚才在说什么？"

这是什么魔鬼听力？

喻繁张嘴就扯："他给我推荐适合男生的辅导书。"

陈景深眼皮跳了一下，没说话。

"胡说八道，什么辅导书还搞性别歧视？再说，你还会看辅导书？"胡庞狐疑地看着他，"他给你推荐什么辅导书了，说来我听听。"

喻繁："《初中数学知识点汇总》《菜鸟如何学数学》《笨鸟先飞》。"

旁边几人顿时一脸蒙圈。

胡庞没想到还真是辅导书的事。

他愣了半响，点头赞同："这些书……确实挺适合你的，不错。"

喻繁的一句脏话都到嘴边了，临到头又忍了回去。

有陈景深在，胡庞没有罚他们站太久，第一节课上课铃一响就挥挥手放人了。

一帮问题学生走在一起，阵势浩大。这年纪的男生还停留在集体被罚倍儿有面儿的幼稚阶段，上楼时故意加大嗓门，惹得教室里的学生纷纷往外看。

喻繁走在最前面，嫌吵，加快了脚步。

左宽紧跟上来："喻繁，你们班那个学霸怎么走这么快？赶着去上课？"

喻繁没理他。

左宽看了一眼他的脸色:"我还想教训教训他呢,害我被胖虎骂半天。哎,你是不是也讨厌他,要不我们……"

前面的人忽然停下脚步,左宽下意识也跟着停了下来。

他还想说什么,喻繁扭过头,冷冷地扫了他一眼。

喻繁本来就高,还比他站高了两级台阶,垂下来的眸光带着隐晦的凶狠与威胁,只一瞬又消失了。

左宽一下像被钉在原地。

"我跟你说过吧。"半晌,喻繁懒洋洋地开口道。

左宽:"什么……"

"不要动我班里的人。"

这句话像是在帮他回忆,又像是一个警告。

喻繁转身走了。直到看不见他的背影,左宽才回过神来,小声地骂了句脏话。

喻繁一路走上四楼,看到楼梯口立着的身影,他微不可见地一顿。

陈景深站在那儿,手里捏着一张非常眼熟的信纸。

你还没完了是吧?

果然,喻繁刚走上楼,又听见那一句冷淡的:"喻同学。"

喻繁忍无可忍,转身抓起他的衣领:"你是不是觉得我不会……"

陈景深任他抓着,单手铺开手里的信纸送到他眼前。

喻繁心说真是防不胜防——

《轻轻松松学物理》《初中必刷题》《小学生都能背的英语词典》……

陈景深面不改色道:"这些是我昨天重新挑出来的辅导书。"

喻繁:"……"

"都很适合你这样——"陈景深顿了一下,像是在找合适的词语,"零基础的人。"

喻繁:"……"

"希望能够对你有帮助。"

喻繁:"……"

一整天，喻繁都没往座位前排看一眼。

某人长得太高，他一抬头就能看到那讨厌的后脑勺。

"这破游戏你玩不腻啊？"王潞安单手撑在椅背上，"玩一天了。"

喻繁："少管别人的生活。"

最后一节课的下课铃响了，庄访琴踩着物理老师离开的步伐准时进来了。

王潞安立刻撞他："别玩了，访琴来了！"

"别碰我，"喻繁说，"关键时刻。"

好在庄访琴也没注意这头。

她一进教室就直奔电脑，打开U盘里的文件："放学之前，先把你们的座位换了。"

一张新的座位表出现在投影屏幕上。

"换座位了，喻繁，我俩缘分也尽得太快了吧。"王潞安眯起眼找自己的名字，"我怎么跟纪律委员坐一块了！访琴她是不是故意的？

"我看看你跟谁坐——

"喻繁！你快看你新同桌！"

喻繁暂停游戏，不耐烦地抬头："你烦不烦……"

他的话在看到第三组第四排的人站起来后戛然而止。

全班都还伸着脑袋在找自己的新位子，只有一个人抱着书起身，朝教室后面走去。

王潞安的桌面太乱，只有一个角是干净的。陈景深把书本放在那个角落里，无言地看了王潞安一眼。

王潞安福至心灵道："学霸您稍等，我马上收拾……"

喻繁伸出手，按住王潞安皱巴巴的课本。

"你什么意思？"他拧眉看着陈景深。

陈景深："不是你说的吗？"

王潞安夹在中间，左看右看，一脸茫然。

喻繁："我说什么了？"

"你说，"陈景深说，"可以坐近点看。"

第 二 章

我不怕凶

八

周三下午,上完其他班的课,庄访琴抱着教案回到办公室。

看到倚在自己办公桌旁的人,她微微扬眉。

"哟,稀客。"庄访琴拆掉自己的小蜜蜂扩音器放在桌上。

喻繁:"我昨天不是来过?"

"我是说你难得主动来一次。"庄访琴坐到座位上,"说吧,什么事?"

喻繁开门见山道:"我要换座位。"

"换哪儿?"

"最后一排,讲台旁边,随便。"

庄访琴喝了口水:"你要不然就给我一个合理的理由,要不然就别在这儿浪费彼此的时间。"

喻繁:"新同桌影响我学习。"

"什么?"

庄访琴诧异地看着他,想不明白他是怎么面不改色说出这种话的。

"他哪里影响你了?"

"写字太吵,身上臭,看不起差生——"

"胡扯!"庄访琴拿起教案拍了他一下,"这次座位是陈景深自己跟我申请调的,人家怎么会看不起你?"

喻繁沉默了一下,重复:"他自己申请的?"

庄访琴:"不然呢?"

这人怎么这么烦?

"凭什么他想坐哪儿就坐哪儿?"喻繁说完,突然觉得这话有点耳熟。

昨天左宽好像也说过类似的话。

"你说呢?"庄访琴说,"学习成绩好的同学主动提出想帮助学习能力差的同学,这不是天大的好事?"

"这好事你给别人吧,我不要。"

"由不得你。"庄访琴挥了挥手中的钢笔,干脆地说,"回教室去,等你哪天数学分数后面加个零再来跟我说调位子的事。到时你想坐哪儿就坐哪儿,就是想坐在胡主任的办公室,我都会想办法帮你把这事儿办了。"

喻繁回教室的时候脸很臭。

他看到自己座位旁边坐着的人后,顿时脸更臭了。

课间,班里的人不是在睡觉就是在聊天,还有一些人去食堂买吃的。全班只有陈景深一个人还端端正正坐着,在做题。

"喻繁,你去哪儿了?"

王潞安被调到了旁边一组,这会儿喻繁两个前桌都不在,他就先坐了别人的位子。

喻繁坐到座位上,一眼没看旁边的人:"厕所。"

"哦,怎么不叫我一块去?"

"叫你干什么?望风?"

"也不是不行。"王潞安转了个身坐下,他双手搭在椅背上,吐槽道,"哎,你不知道我有多惨,我那纪律委员同桌上课哪儿也不盯,就看我,我连手机都没法玩……不行,我必须找访琴换位子,这倒霉座位谁爱坐谁坐。"

"我坐。"喻繁说,"你跟我换?"

王潞安一愣,下意识看了一眼喻繁旁边的人。

陈景深垂着眼,连笔都没停。

他瞄了一眼陈景深手底压着的题库,好家伙,一眼就给他看困了。他总觉得这新转来的学霸跟喻繁之间有点奇怪,但又不像喻繁说的那样。

"也不是不行。"王潞安顺杆道,"那不得问问学霸愿不愿意?"

喻繁皱眉:"跟他有什么关系……"

"不换。"旁边沉沉地飘来一句。

喻繁："……"

没想到陈景深会理他，王潞安也愣了一下。

"不换，不换，我们就是随便说说，访琴定下来的位子基本没人能调走。"王潞安往旁边挪了挪，抓住机会问自己憋了一晚上的问题，"对了学霸，你昨天说坐近点看……是看什么啊？"

"砰！"喻繁手一晃，刚拿出来的手机掉到了地上。

陈景深说："看——"

喻繁："胡主任。"

陈景深："……"

王潞安迷茫地眯了一下眼："胡主任？胖虎？他跟这座位有什么关系？"

"嗯，"喻繁脸不红心不跳，"我这位子，站起来就能看到楼下的办公室。"

王潞安："我怎么没发现？"

正常，当事人自己也没发现。

陈景深瞥了一眼喻繁的嘴，想不明白这人怎么还是这么能扯。

王潞安站起来试了一下："看不到啊。"

喻繁："你太矮。"

王潞安看向陈景深："学霸，你喜欢胖……胡主任啊？为什么，他不是不带班吗？"

感觉到身边人恶狠狠的视线，陈景深手指夹着笔，沉默了两秒。

"嗯，"他毫无感情地说，"我喜欢他编写的数学讲义。"

王潞安："……"

喻繁拿起校服扔在桌上，铺成枕头的模样，开口赶人道："回你位子去，我要睡了。"

课间结束，上课铃响了，物理老师抱着课本走了进来。

班长喊了一声"起立"，陈景深站起身，发现自己身边空荡荡的。

喻繁趴在桌上，已经睡着了。

他原本是抱着外套脸朝下睡的，睡熟了觉得闷，又扭了扭脑袋露出半张脸。

男生闭着眼,鼻梁挺翘,眼尾和右脸颊的两颗小痣保持着一种微妙的平衡,比醒着时少了许多攻击感。

原来有的痣不会随着年龄生长。

"坐下,"物理老师重复了一遍。他推了推眼镜,看着后排还站着的人:"陈景深?"

陈景深收起视线,坐了回去。

喻繁是被拍桌子的声音吵醒的,他一抬头就吃了庄访琴一记冷眼。

见他醒了,庄访琴停下用教案拍讲台的动作,举起手中的试卷:"都把桌面上的东西收起来,这两节自习课先用来考试,放了这么久的假,我要看看你们忘了多少知识点。这次考试我要批分的,都认真答题。每组第一个同学上来拿试卷,往后传。"

喻繁手指动了动,脸重新埋进手臂里,直到试卷传到他面前才艰难地坐起身。

庄访琴监考严格,视线四处乱瞟,但很少往喻繁这儿看。

因为老师们心里都很清楚,喻繁在考试这方面非常坦诚——该是几分就几分,从来都懒得作弊。

喻繁掏出笔写上名字,打算趁庄访琴不注意再睡会儿。因为犯困,他的字写得歪歪扭扭,像被切成几段的毛毛虫。

几秒后,喻繁忽然想起什么,慢吞吞抬起脑袋回忆——

今天访琴说了什么来着?

数学考过九十分,他以后想坐哪儿就坐哪儿。

喻繁支着下巴,越想脑子越清醒。

他揉把脸坐直身,低头,难得认认真真地翻阅了一遍手里的数学试卷——

好。

一道题都看不懂。

喻繁捏着笔,换座位以来第一次观察自己周围的同学。

右边那桌的两人成绩就比他好一点儿,左边是王潞安和纪律委员,前桌是章娴静和一个三学期与他交流不过三句、看起来内敛沉默的短发女生。

要么不能抄，要么考不过九十分。

喻繁撑着眼皮干坐了一会儿，直到台上的庄访琴换了个坐姿，他才不情不愿地挪了挪眼珠子，偷偷地看向了身边的人。

周围的同学都还停留在卷子第一页的选择题，陈景深已经做到了第二页末尾。

喻繁心里没怎么挣扎，他现在只想抱着桌子赶紧滚到黑板报下面坐着。

两分钟后，确定庄访琴没看这一边后，他单手撑着挡在自己眼前，眼睛朝陈景深手底压着的试卷瞥去。

托不爱学习的福，喻繁的视力很好。他刚要看清第一道选择题——

陈景深捏起草稿纸轻轻一盖，把试卷上写完的部分遮住了。

喻繁："嗯？"

他下意识看向卷子的主人。

陈景深低头做题，连个余光都没有给他。

陈景深："自己的卷子自己做。"

庄访琴监考，不能玩手机也不能睡。

喻繁认命地朝后一靠，两手插兜开始看窗外风景。

"某些同学，把心收回来，真想出去捡垃圾也得忍到毕业。"庄访琴的声音凉凉地从讲台上飘下来。

"某些同学"百无聊赖地把脑袋转回来了。

试卷上全是线条数字，看得他头晕，于是他视线乱瞟，开始巡视教室。

班里其他人都在认真做卷子，只有两个人跟他一样在分神。

章娴静蒙完选择题，这会儿在整理她那分叉的发尾；王潞安将手掌挡在眼前，隔绝了庄访琴的视线，在偷看纪律委员的试卷。

王潞安脑袋保持不变，眼珠拧巴成了一个诡异的角度，要不是看得仔细，喻繁都没发现他在偷看。

当然，纪律委员也没发现。

那么，陈景深是怎么发现的？他明明看得这么小心。

而且，不是说想和他成为朋友吗？连试卷都不让抄？

这样想着，喻繁又往旁边瞥了一眼。

陈景深手下压着草稿纸，还在认认真真做题。大多数人的草稿纸很乱，不是本人看不懂，但陈景深不同，他的草稿纸干净工整，不知道的人还以为他是在写卷面答案。

陈景深此刻的眸光垂落在卷面最后一道题上，他嘴角绷着，抬起右手撑了下太阳穴，像是要沉思的样子。

仅仅两秒，他眉间松开，指尖灵活地转了一下笔，扯过草稿纸落笔开写。

"一分钟后收卷。时间一到就放下笔，一画都不要多写，到了高考考场没人会给你们时间。"

庄访琴声音一出，喻繁这才回神似的，收起视线。

什么学霸，不也是到了最后一分钟还在解题？

他拎起校服外套，准备一收卷就走人。

忽然，只听"唰"的一声，一张写满了的草稿纸被放到他面前。

喻繁穿外套的动作一顿，他视线在草稿纸上停留了一会儿，认出了这是陈景深刚才一直在写的那张，上面密密麻麻全是公式。

确定纸上没写什么辅导书书名后，他才冷冷地问："什么东西？"

"卷子的答案和解法。"陈景深把笔扔进笔袋里，转眼看他，"你不是想看？"

"……"

——是，我想看，我想在考试最后一分钟看。

九

放学后，一帮人坐在学校后门的台球馆里打牌。

王潞安后仰靠在椅子上，脑袋软绵绵地往后垂："刚开学就考试，访琴真变态。"

"你们班是不是每次考试成绩都要传到家长群？"

"别提了，我爸又得用棒球棍伺候我。"王潞安满眼感激地看向身边的人，"还好，有我兄弟在，我永远不是倒数第一名。"

喻繁没理他，低头丢牌。

章娴静是这帮人里唯一的女生。她跷着二郎腿喝奶茶："你同桌不是纪律委员吗？没抄点？"

"抄个头，就他还纪律委员呢！"王潞安提到他就气，"字写得跟喻繁有得一拼，我都快憋成斜视了，一个字都看不——我就出个三，你直接出个王炸炸我？"

"看你烦。"喻繁说。

章娴静笑得花枝乱颤："不过喻繁，你刚开学就交白卷，连选择题都不蒙，真打算气死访琴啊？"

提起考试，喻繁又想到某人，扔牌的动作重了一点。

他问："选择题蒙得出九十分？"

章娴静眉毛抽了一下："选择题总共都没九十分。"

那就是了。

上不了九十分，写不写都一样。

手痒，喻繁摸进口袋，结果碰到一张粗糙的纸，他心里骂了一声，又把手飞快地抽了出来。

是陈景深递过来的那张草稿纸。

他本意是想攥成团扔了的，正巧庄访琴从后门经过，叫了他一声，他条件反射地把那团纸又塞进了自己口袋里。

喻繁觉得自己以后可能都要对陈景深手里的纸质玩意儿过敏了。

"试卷有什么好写的？我也从来不写，"左宽不认输，"老师压根儿不敢管我。"

王潞安："你们老师是懒得管你吧。"

左宽："那不更好？你们班主任，我听你们说都觉得烦，她要是我班主任，我老早——"

"啪！"喻繁把最后的牌扔到桌上。

"别废话,"喻繁说,"把脸伸过来。"

左宽:"……"

半分钟后,左宽脸上多了一只用马克笔画出来的王八。

"再来——"左宽说完,他旁边的人突然撞了撞他的胳膊,左宽拧眉,"干吗?"

"宽哥,你快看,外面那个女的,是之前追你的女的不?"

"谁啊?"王潞安往外看了一眼。

"是她,"看清台球馆外匆匆离开的女生后,左宽扬眉道,"没谁,三班一女的。追我追了两个月,她天天给我送水送零食,烦死了,长得还丑,我好不容易才把她甩掉。"

"那女的瞎了眼?"章娴静低头玩手机,凉凉地说。

"我这么帅,追我的人多了去了。"左宽看着牌道,"最恶心的是什么,三班你们知道吧?都说是隐形的文科重点班。那女的一周给我写一封信,里面一堆古诗、文言文,我看都看不懂——"

喻繁:"怎么甩?"

一直没出声的人忽然开口,左宽愣了一下:"什么?"

"我说,"喻繁重复,"你是怎么把她甩掉的?"

"这还不简单,"左宽说,"我把她写给我的信糊掉名字,贴她们班黑板报上了。"

章娴静白他一眼:"你真贱。"

"谁让她一直缠着我。"左宽说,"喻繁,你问这个干吗,有女生追你?"

"废话,追我兄弟的女生还能少了?"王潞安得意地扬眉,像被追的是他自己,"不过这次不是情书,喻繁刚收了一封信——喻繁你又炸我?我这次跟你一队!我也是农民!"

喻繁:"吵死了。"

章娴静放下手机,好奇地靠到他们牌桌边:"有这事?喻繁,谁给你的信?"

喻繁:"没谁。"

"说说嘛,"章娴静追问。"高一、高二的?好不好看?我认识吗?

难道是——陈景深?"

喻繁直接把牌全扔了出去。

他下意识想反驳,只听见章娴静接着说:"那是陈景深吗?"

喻繁闻言一顿,回头朝台球馆外看了一眼。

陈景深背对着他们,就站在后门不远处。他肩上背着书包,两手自然地垂在身侧。

他一动不动,面前站着三个流里流气的男人。

"还真是,"王潞安凑到玻璃前看,"他前面那几个……是不是隔壁学校的?他们干吗呢?"

"隔壁那破学校的人来我们这边还能干吗?"章娴静说,"勒索呗。"

喻繁将手肘撑在后面的沙发上,懒洋洋地看戏。

他们学校附近有所技校,挺乱,经常来这边惹事。胡庞有段时间三天两头在附近巡逻抓人,只是最近刚开学,比较忙,这事就给搁置了。

堵陈景深的那三个男的都染着奇奇怪怪的发色,身穿五颜六色的长T恤和黑色小脚裤,左转进理发店能直接上岗。

——显得身边的陈景深更干净了。

左宽打量了一眼他的表情,试探地问:"喻繁,这你不管?他不是你们班的吗?"

喻繁没搭理他,仍看着那一头。

管个头,每个月被勒索的人这么多,管得过来吗?胖虎给他交保护费了吗?

再说了,陈景深虽然是个书呆子,但好歹营养跟上了,肩膀比面前那几个人要宽上一倍,个子也高出别人半个头,要不是身上那正儿八经的气质太显弱小,谁敢相信现在是那三个小瘦猴在勒索他?但凡陈景深有点骨气——

远处,高挑的身形顿了一下,低头掏钱。

喻繁:"……"

几个小混混儿看着面前的男生,其实心里也没底。

说实话,他们勒索一般只找低年级的人或女生,但这人……脚上那双球鞋太好了。据某位混混儿了解,它的价格快接近五位数。

再加上他这一身好学生打扮,三人一致决定——放手一搏!单车变摩托!

"你……听见没有?"为首的混混儿鼓起勇气,举起手中的微信二维码,"再不转五百元过来,我们可就要请你去别的地方详聊了。"

陈景深垂下眼帘,视线在他们脸上扫了一圈。

他们这才发现,这人好学生的气质完全就是靠那身整洁的校服撑起来的。他眼皮单薄,脸部线条流畅锋利,其实是很冷的长相。他居高临下地看过来时,让人忍不住心里一紧。

有那么一瞬间,他们有些后悔。

陈景深思量两秒,把手伸进了口袋。

可能是那一眼,为首的混混儿下意识觉得陈景深是要掏武器或掏手机报警,连忙后退两步:"你干什么?手拿出来,不然我——"

他的话在陈景深掏出钱时戛然而止,他们目瞪口呆地看着眼前的人轻飘飘从中数出五张红钞,递过来。

"没微信。付现。"男生终于开口,对他们说了第一句话。

为首的混混儿一瞬间有些恍惚。

他怎么觉得自己像是个被施舍的乞丐?而且,现在的高中生怎么回事?上个学能有这么多生活费?

"没微信?我信你的鬼话,你平时不跟别人聊天?不玩游戏?不谈恋爱?"说到最后,为首的混混儿顿了一下,觉得这人可能还真不会谈恋爱。

他接过五百元钱,眼睛还贪婪地盯着陈景深的手:"算了,你手里有多少?全拿过来……"

一个空牌盒腾空飞来,精准干脆地砸在了那人的额头上。

牌盒落地,发出"啪嗒"的声音。

那人被砸得愣了一下,边捂着脑门边往冤大头身后看:"谁——"

他看清来人的脸,一下闭嘴了。他们学校有人说过,去隔壁高中找点钱花可以,但看到脸上两颗痣、长得又凶的人,赶紧走。

不就是眼前这人？

陈景深一扭头，看到了他的新同桌。

此刻，他同桌脸上的表情跟他拒绝对方抄试卷时一样，不怎么友善。

喻繁没看他。

"把钱还他，"他对那三个人说，"然后滚蛋。"

三人脸色顿时就变了，站在中间的那个扬起下巴："你是谁啊？"

"不是吧，你不认识他？"跟过来的王潞安伸手搭了一下那人的肩，笑盈盈地说，"你们学校那个平头刚被他教育了，你没听说吗？"

"……"

"他们这几天估计还没去上学吧？我那天看他们好像被吓坏了。"

十来秒后，那人把钱递给喻繁。

喻繁没接："我的钱？"

那人顿了顿，将手平移，挪到了陈景深身前。

那群人扭头刚走，章娴静从台球馆过来："就这样走啦？真厌。"

"本来也不是什么厉害的人物……"王潞安的话在看到章娴静脸上那副突然出现的黑框眼镜后停了。

"也是。"章娴静推了推眼镜，带着虚伪的担忧看向身边的男生，"陈同学，你没吓着吧？"

陈景深把钱放回口袋："没。"

章娴静温柔地笑道："那就好，我们学校后门挺乱的，你以后一定要小心点。"

她这腔调听得王潞安一身鸡皮疙瘩。他撇了一下嘴，问："学霸，你刚才怎么这么老实，直接把钱给他们了？后门保安还在呢，你喊一声他就能来。再不然你挣扎一下也行啊，他们不敢闹大的。"

陈景深说："麻烦。"

他表情平静，语气冷淡，仿佛刚才一被勒索就马上给钱的不是他。

王潞安："……"

"这样吧陈同学，"章娴静眼睛弯起来，"要不咱们加个微信？以后你要是遇到危险可以找我，我第一时间带人来救你！"

她说完，顿了一下："哦，你没微信是吧？电话号码也可以。"

陈景深沉默两秒，报出一串数字。

章娴静没想到他这次这么轻易就给了，她怔了一下，拿出手机："等等等等，念慢点。"

喻繁几乎是过来的那一刻就后悔了。他在心里骂了自己一句"闲的"，单手抄兜，转身往回走。刚迈出一步，衣袖忽地被人抓住。

其他人都愣了愣。

喻繁下意识低头，看到了自己衣服上那只熟悉的、骨节分明的手。他使劲儿往回抽了一下衣服。

衣服居然没抽出来。

于是他蹙着眉抬起眼，冷飕飕地说："干什么……"

"可以加你微信吗？"陈景深问。

喻繁："……"

正往手机通信录里输号码的章娴静："……"

十

四周诡异地安静了半晌。

"不是，学霸，"王潞安最先回过神来，他眼神在两人之间乱瞟，笑道，"咱大校花的微信你不加，你非加喻繁的干吗？难不成真想跟他打游戏啊？"

陈景深看了他一眼："打游戏？"

王潞安还想再问时，他旁边的人忽然动了。

喻繁再次用力，把自己的衣服从他手里抽出来。

"要说几遍，我不……"说到一半，喻繁把话生生截住，磨牙道，"滚蛋，别再来烦我。"

王潞安刚想说，兄弟没必要这么大反应吧，喻繁已经扭头离开。他兄弟帅气的背影在旁边经过的自行车的衬托之下，略显慌忙。

回到家，喻繁躺到沙发上，拿起手机滑了两下。

055

一个他一年多都不看的讨论组此刻就在微信最上方，消息已经聊到了九十九条以上。

讨论组是左宽拉的，招老师烦的学生差不多都在里面，几十个人，喻繁有一半以上不认识。

此刻，左宽班里那几个聊得正嗨——

那个年级第一到底是什么情况？我看喻繁好像挺讨厌他的。

不会吧。讨厌他刚刚还帮他把钱要回来？

可是学霸找他加微信，他也没给啊，还口头问候了学霸的父母！

喻繁眼皮一跳，想起陈景深刚才抓他衣服时的表情。

他眸光淡淡地垂了下来，冷静地、直勾勾地看着他——跟递信时一模一样。

喻繁闭眼，揉了一把耳朵。

喻繁动动手指头，从这垃圾讨论组退出了。回到微信主界面时，好友那一栏突然多了一个红点。

他漫不经心地点开，是条新的好友申请，申请人是初始头像，简单的灰白色人物剪影，看起来像是个新建的号——

s申请加你为好友：我是陈景深。

来源：对方通过"章娴静"分享的名片添加。

喻繁眉心一抽，倏地从沙发上坐了起来。他想也不想就点了拒绝，截图，把它发给章娴静，然后发了个问号。

章娴静：嘿嘿。我说我能把你的微信号推给他，陈景深马上就加我了。

章娴静：学霸都申请了，你要不就加了呗。

喻繁：不加。

章娴静：噢，随你，反正微信号我拿到了。以后骗到他的考试答案，也给你这位功臣一份哦！

喻繁这才想起他校服口袋里还有一份考试答案。

他起身去掏，草稿纸既被揉又被塞，可怜巴巴地皱成一团。

他盯着这张纸看了两秒，轻轻地"啧"了一声，捏起它走到房间的书桌前,打开下层第三个柜子,将它粗鲁展开,然后扔了进去。

草稿纸被折腾得响了两声,最后安详地躺在了信封上。

喻繁随便煮了碗饺子,刚吃两口,晚上八点整,手机又亮了。

s申请加你为好友:我是陈景深。

拒绝理由:滚。

九点,喻繁正在洗澡。

s:我是陈景深。

定了闹钟是吧?

喻繁用毛巾擦干手,拒绝。

十点,喻繁刚打开《贪吃蛇》游戏。

s:我是陈景深。

十一点,喻繁结束《贪吃蛇》游戏。

s:我是陈景深。

十二点,喻繁忍无可忍地盯着手机屏幕,在好友申请弹出来的那一瞬间点了同意。

来。

喻繁面无表情地盯着他和陈景深空白的对话框。

我看看你到底要说什么。

十分钟过去,对面毫无动静。

二十分钟过去,没有消息。

三十分钟过去,没有消息。

…………

一小时后,喻繁看着他和陈景深那空空如也的对话框,面无表情地点开他的个人资料,把他拖进了黑名单。

半夜,喻繁在一阵窸窣声中睁开了眼睛。

刚冒出头的睡意一瞬间又收了回去,他拿起手机看了眼时间,三点半,鸡都没醒。

门外又是"哐啷"一声。

喻繁神色一冷,掀被从床上起来,从窗帘后拿出断了几根网的羽毛

057

球拍。他轻声走到门口,手刚握上门把——

"刚刚没听到电话,我刚到家,那场球你到底帮我押了没有?押什么……我不是跟你说了?波胆二比一买一万——押了就给你钱,我还能赖账不成?"

喻凯明的声音像猝不及防开始的电钻,透过门缝挤了进来:"哪个电视台有直播来着……知道了,知道了。"

听见熟悉的声音,喻繁把球拍扔回原位,脸色反而更冷了。

两分钟后,外面响起球赛直播员的声音。

喻繁开门时,喻凯明正拧开啤酒,两腿搭在桌上,舒舒服服地看着球赛。

嫌电视音量太小,喻凯明拿起遥控器往上又按了"+"号键。

喻繁倚在门边:"耳聋就去治。"

喻凯明喝酒的动作一顿,继续调大音量,他将手搭在沙发上,仍盯着电视:"老子在自己家就爱听这么大声,嫌吵你就滚出去。"

喻繁没有丝毫犹豫。他转身回屋,囫囵拿起桌上的东西,抓起外套转身出门。

关上门,他靠在电表箱旁前等了一会儿。在听到里面传来"射门——"的那一刻,他拉下电闸,然后拿出口袋里的锁把电表锁上了。

喻凯明从阳台探出头时,正好看到喻繁的背影。

他涨红脸粗鄙地吼道:"喻繁!滚回来!我让你滚回来听到没有——"

黑夜中,男生身影单薄,话都懒得应他一句,头也不回地走了。

喻繁去上网的地方开了一台机子,睡了两小时。

店里小,唯一的空位靠着一扇坏了的窗。

他在冷风里闭了两小时眼,周围断断续续飘来烟味,隔壁包厢的人玩游戏像打仗,嗓门比另一边 KTV 声音还大。

喻繁醒来时头昏脑涨,觉得自己还不如熬通宵。

初春的早晨凉意重,空中飘着毛毛细雨。

老板跟他是老熟人了,见到他出来,从前台探了个脑袋:"喻繁,要去学校了?你穿这么薄,不知道今天降温?外面下雨,你拿把伞去吧。"

"不用。"

喻繁拉上校服拉链，转身走进雨幕中。

陈景深到校时教室里没几个人。

看到趴在桌上睡觉的人，他微微一顿，抬头瞄了一眼黑板报顶上的钟。

喻繁整张脸埋在手臂里，头发凌乱，肩膀随着呼吸微微起伏，看样子已经在这儿睡了很久。

今天大降温，他身上单薄的校服外套跟周围格格不入。

陈景深从桌肚抽出课本，随便翻了两页。

一阵凉风飘进来，旁边的人动了动，把手指蜷进校服宽大的衣袖里。

陈景深起身，把旁边的窗户轻轻关上了。

班里人进教室见到平日迟到的人此刻已经在座位上，都有些惊讶。

"喻繁，你今天怎么来这么早？"章娴静回头看他，"太阳打西边出来了？"

喻繁垂在桌沿的手指动了动，半响才挤出一声："嗯。"

"困成这样，昨晚做贼去了？"

王潞安挑眉："他每天不都这么困吗？"

"平时好歹露会儿脸，今天只看见头发了。"章娴静伸了个懒腰，弯眼看向身边的人，"同桌，昨天的数学作业你写了吗？"

王潞安说："我写了，我给你抄啊。"

"得了吧，就你那数学……"章娴静嫌弃道，"马上要上早自习了，赶紧滚回你座位去。"

"嘿，你这不是狗咬吕洞宾？"

喻繁其实没睡熟，但就是觉得脑袋很重，浑身没力气，所以只能趴在桌上有一句没一句地听着。

周围的声音越来越远，最后化作他听不懂的音节，在耳边飘浮着。

没一会儿，庄访琴中气十足的声音隐隐约约传来："有些同学啊，看着来得挺早，其实在那儿睡了一早上。

"算了，让他睡吧，以后总有他吃亏的时候。"

过了一会儿她又后悔了:"这里是新的知识点,大家记下来……谁把教室的窗都关上了?后排的同学,把你们周围的窗户全打开,省得室内气温太舒服,有的人一趴下就起不来。"

"我关的,老师。"旁边传来一道低沉的声音,"我冷。"

庄访琴纳闷地看了眼陈景深身上的白色短款羽绒服:"哦……行吧,那别开了。"

"今天我讲的这张卷子,错的题全都回去把解法抄十遍,明天交上来,不交的同学下星期的数学课就站到黑板报旁边上。"

喻繁彻底睡了过去。

不知过了多久,耳边响起两声轻叩,叩得他太阳穴都跟着突突了两下。

王潞安的声音从头上飘下来:"兄弟,放学了。你这都睡一天了,还睡呢?走,我们去吃饭。"

喻繁头痛欲裂,脑袋轻微地摇了一下。

王潞安:"你不去?"

喻繁点头。

"你不饿啊?我听说街尾开了家麻辣烫,天这么冷,真不去吃?"王潞安说,"那我自己去了啊。"

喻繁眼睫动了动,懒得理他。

王潞安走之前,下意识瞥了一眼喻繁身边的人。

放学有一阵了,陈景深仍偏着头在学习。他坐姿比平时上课要散漫一些,下颚线冷淡地绷着,眸光落在练习册的题上。

不愧是学霸,王潞安心想。

年级第一放学还留在教室刷题,看来是铁了心要"卷"死其他同学。

班里人陆陆续续离开,教室只剩下最后两人。

做完手中的试卷,陈景深眼尾扫过去,身边人还在趴着,没有要醒的迹象。他往后一靠,从抽屉里又拿出一张新卷子,做了两道题后听见旁边人重重地吐出一口气。

陈景深笔尖一顿,转头看去,才发现喻繁有些不对劲。

喻繁觉得自己睡蒙了才会时冷时热，嗓子干痛，连呼吸都不顺畅。

一股冷气从门缝飘进来，他冻得缩了缩，刚想换个姿势，后颈忽然感觉到一股温热的触感。

喻繁挣扎地睁开眼，偏过脑袋，扭头瞥向旁边的人。

陈景深一只手搭在他的后颈，另一只手敲着手机，感觉到对方的视线后，眸光轻轻往上一抬。

喻繁的眼底已经烧得微红，淡淡地铺在眼尾那颗痣下面，漆黑的眼珠正一动不动地盯着他。

半晌，喻繁艰难地动了动嘴皮子。

久没说话的人嗓音发哑，气势也不足。

"你……"喻繁眯起眼，"想干吗？"

陈景深皱了一下眉，嘴唇抿成一条直线，过了一会儿才开口。

"喻繁，你在发烧。"

十一

喻繁其实隐隐约约有预感。

他从早上开始就头重脚轻，浑身没力，听人说话像念经。他很久没生病了，这种感觉比受皮肉伤还难受。嘴唇发干，喻繁吞咽了一下，喉间传来的闷痛感让他眉毛一拧："把手拿开。"

旁边人没说话，几秒后，陈景深抽回了手。

喻繁挪了挪脑袋，枕回手臂上。

"你该去医院。"

喻繁闭眼："少管闲事。"

旁边没了声音。

这会儿喻繁和早自习时一样，脑子昏沉又难以入睡。于是他迷迷糊糊地听见旁边的人合上课本，收拾东西，拉上书包拉链。

他偏了一下脑袋，正好看到陈景深双肩背着书包，单手拎起椅子把它反着放在课桌上。

等人走光,就把桌子拼在一起睡一觉。或者再找个地方将就一晚?我现在这个状态,回家不一定能打过喻凯明……

喻繁眼皮半垂,模模糊糊看见陈景深手搭到拉链上,把外套脱了下来,他厚重的羽绒服里面居然还穿了一件米色毛线马甲,马甲里面才是校服衬衫。

喻繁心想,这些书呆子怎么这么娇弱,才几度就裹得像粽子,粽子就弯下腰来,抓住了他的手臂。

喻繁猛地回神:"干什么?"

"去医院。"陈景深淡淡道。

"说了少管闲事,松开。"喻繁皱起眉,"你再碰我试试?信不信我——"

他盯着陈景深的脸,然后手腕被人一把握住。

他跟刚才那张椅子一样被陈景深拎了起来。

喻繁顿时觉得生病更麻烦了。

羽绒服被披到他身上,陈景深说:"抬手。"

教室外经过两个女生,听见动静,她们同时朝这边看了过来——

算了,挣扎反而更难看。

陈景深无视掉面前人忍无可忍的眼神,手指捏着外套拉链,直接拉到了顶端。

那是件高领羽绒服,喻繁的后颈又有了遮挡。

他感受着衣服主人残留的体温,嫌弃地抬了抬脑袋,冷着脸说:"想闷死谁?"

陈景深瞥他一眼,伸过手来把衣领压到了他的下巴底下。

为了满足部分老师的住宿需求,南城七中的教师宿舍就建在实验楼隔壁。

住在这儿的一般都是刚入职的年轻教师,以及一些将学校未来二十年发展道路规划得清清楚楚的热血老教师。

胡庞住在教室宿舍五楼,阳台就靠在学校这头,往外走两步就能看见学校大门。

这天傍晚,他一如往常,捧着碗漫步到阳台,看着校门那些学到忘我以至于现在才离校的祖国花朵下饭。

见到陈景深高瘦的身影,胡庞嘴角刚扬起来一点儿,又生生凝固住了。

陈景深旁边搂着个人,两人挨得很近,姿势就像他经常在学校花园抓到的那些早恋小情侣。

陈景深难道也——

胡庞心里一惊,连忙放下碗拿起眼镜,再次望过去,他看到了一头乱糟糟的头发,以及那张他一看就犯高血压的脸。

胡庞:"……"

这个姿势,喻繁是反抗过的,然后他差点摔下楼梯。

这个时间学校没几个人,但也没全走光,喻繁因为头晕一个都没看清楚。于是他干脆低着头,被陈景深带进计程车里。

他们去了离学校最近的医院。

喻繁测了一下体温,三十九点一摄氏度,高烧。

"体温有点高,烧多久了?"医生看了一眼他的脸色,"我先给你开点药,看能不能缓解,如果明天还没退烧,你再来医院验血输液……"

喻繁一刻都懒得等:"直接给我输液。"

十分钟后,喻繁坐进了输液室里。他将一条胳膊从衣袖里抽出来,递到护士面前。

护士瞄了一眼他里面穿着的校服。

喻繁手臂细瘦——实际上他整个人都瘦,身上没几两肉,趴在课桌上睡觉时肩胛骨会撑起校服。

喻繁垂着眼,看着那根针缓缓扎进皮肤,针头被胶带固定住,针留在了他的手背里。

"好了。"护士说,"多喝热水,穿好外套,捂点汗出来最好。"

喻繁:"谢谢。"

护士走后,喻繁往后一靠,整个人倒在输液椅上,羽绒服随着他的动作陷了下去。

烧了一天,他的状态比其他发烧的病人还要差一点。他躺在软绵绵的外套上,睡意又蔓延上来。

药和一杯热水被放到他面前。

"吃了再睡。"陈景深的声音从头上落下来。

喻繁懒得多说,拿起药一吞而下,歪着脑袋找了个舒服的姿势,闭眼睡去。

他再醒来的时候,天已经黑了。喻繁保持着睡觉的姿势,忍着困意,半眯着眼睛四处扫了一眼。

输液室里人不多,抱着儿子的母亲、牵着手的情侣、捧着电脑输液工作的成年人,以及低头写作业的高中生——

喻繁又扭过头看向最后那位。

用来给病人搭手的地方此刻放了张试卷和空本子。陈景深将袖子捋到手肘,低头握着笔写着。

喻繁那点厌学情绪一下就上来了,他嗓音沙哑地开口道:"你怎么还没走?"

陈景深:"作业没写完。"

怎么,换个地方写会打断你做题的思路?

吊着针睡了一觉,喻繁明显感觉好多了。他盯着陈景深手里晃动的笔看了一会儿,想到自己这次因为生病被这弱崽武力压制,觉得必须给他点儿警告。

他懒懒出声:"陈景深。"

陈景深笔尖没停:"嗯。"

"知道惹我的人是什么下场吗?"

陈景深转过头来。

喻繁歪着脑袋,盯着他的单眼皮,冷冷道:"反正你人都在这儿了,干脆先定个床位——"

冰凉的手背贴到他额头上。

喻繁的声音戛然而止,他还没反应过来,陈景深就已经收回手了。

"退烧了。"陈景深抬头看了眼药袋,"我去叫护士。"

"……"

量了体温,烧确实退到了三十七点九摄氏度。

护士来拔针的时候,随口问了两句:"你们是同学?"

喻繁懒洋洋地说:"嗯。"

"关系挺好啊。"护士说,"你睡着的时候,他一直帮你盯着药袋,都帮你盯完两袋了。"

刚恐吓完同学的喻繁眼皮跳了一下,不露痕迹地瞥了一眼旁边的人。陈景深做起题来眼都不眨,似乎根本没听他们这边说了什么。

于是他顿了一下,又敷衍道:"嗯。"

护士前脚刚走,王潞安的电话就进来了。

陈景深看见他拿棉签摁在另一只手背上,用肩膀夹住电话,懒洋洋地等对面开口。

王潞安的声音从电话那头传来:"你自己打开微信看看,我一晚上给你发了三十七条消息,你一条不回,我就像热脸贴你冷屁股!"

喻繁:"没看见,干什么?"

王潞安顿了一下:"你声音怎么怪怪的?"

"感冒了。"喻繁说,"有事说事。"

"也没啥,就是提醒你数学试卷记得抄,"王潞安说,"今天上课的时候访琴吩咐的,错的题每道抄十遍,明天不交,下星期就站着上数学课。"

十遍?

喻繁想到自己那张完全空白的数学试卷,便木着脸说:"不抄,下周课不上了。"

挂了电话,喻繁觉得差不多了,把棉签拿开准备扔掉。

一个新的、没写上名字的作业本递到了他面前。

喻繁盯着作业本愣了两秒后,才仰起头问:"什么东西?"

坐着的时候才觉得,陈景深是真的很高。他下颌线流畅漂亮,说话时凸出的喉结微微滚了滚。

"数学作业。"

"给访琴啊,给我干吗……"喻繁顿了一下,忽然反应过来,"你帮我写了？"

陈景深说："嗯。"

这人刚才坐在旁边奋笔疾书了半天，是在给他写作业？

喻繁怔怔地看着他，觉得刚退下去的烧又有回来的迹象："谁让你帮我写了？访琴又不是傻子，我们的字迹差这么多——"

"我是用左手写的。"

那我的字也没丑到那个程度。

陈景深说："当作你在后门帮我的感谢。"

"你别想太多，"喻繁拧眉，"我是看那帮人不爽。"

"嗯。"陈景深看着他躲闪的目光，应了一声。

话都说到这份儿上了，这份错题抄写陈景深自己反正也用不着，喻繁把作业抽过来。

"今天药费多少钱？"喻繁拿出手机，"我微信转你。"

陈景深报了个数字。

喻繁打开微信，在好友里翻了半天，才后知后觉想起来——

"对了。"陈景深问，"为什么我看不了你的微信动态？"

"……"

这人是白痴吗？

喻繁那句"拉黑了当然看不到"刚到了嘴边，在与陈景深对上视线后又咽了回去。

"不知道，Bug[①]。"他举着手机，把陈景深从黑名单里拖了出来，"钱转了。"

陈景深收钱的时候，点了一下喻繁的头像。

他的头像是几只流浪猫，看起来像是在学校周围随手拍的。

几条少得可怜的朋友圈动态蹦了出来。

他不动声色地挑了一下眉："嗯，现在看见了。"

---

① 这里指微信应用程序的漏洞。

左宽弓着身子站在观察室里。

中年女人在他身边叮嘱:"刚做完手术要注意伤口愈合情况,按时吃药,尽量不要做大动作。"

左宽头皮发麻,连连点头,靠在墙边四处乱瞄,企图分散一下自己的注意力。

然后他看到了两个熟悉的身影。

左宽倏地睁大眼睛站起来,伤口被轻轻一扯,疼得他捂住裤裆"嗞——"了一声。他忍着疼痛,将手撑在墙上又仔仔细细确认了一遍。

走在前面的男生双手抄兜,一如既往地懒散随意,或许是天冷的缘故,脸色有些苍白。

身后跟着的人穿着单薄,平时总是工工整整的校服衬衫此刻居然满是褶皱,走到门口时,还抬手揉了一下眼睛。

左宽从震惊中回神,立刻拿起手机一顿狂拍,然后把图发到了一百多人的学校大群里——

八班宽哥:你们猜我看见谁了。

七班章娴静:你在泌尿外科干吗?

八班宽哥:啊?

七班王潞安:哈哈哈,恭喜宽哥,明天一块打球。

八班宽哥:我发图是让你们看这个?

七班王潞安:那看啥?

左宽把图里那两个高瘦的身影圈了出来。

八班宽哥:你们自己班里的人都认不出来了?

十二

喻繁从医院出来后,径直打车回家。

出租车司机开了一天的车,感觉有点闷,前面的车窗半敞着。

他看了一眼后座的人:"小兄弟,开点窗没关系吧?"

喻繁说:"没。"

风从前座吹进来，打在脸上有点凉。喻繁下意识把下巴往领子里面缩了一下，一股淡淡的清洗剂味飘进鼻腔。他拧眉，伴随那股味道低下头，看了一眼自己身上略显宽大的白色羽绒服。

衣服忘还了。

明天再带去学校给他吧。

到了小区门口，喻繁下车后把外套脱了拎在手里，免得一会儿被弄脏。

家里停电了，半夜又找不到人开锁，喻凯明昨晚就出了门，到现在都没回来。

喻繁回到家，把大门反锁上，转身进屋的时候看了一眼自己房间的门。门被踹过，上面还留着几个明显的脚印，能看出喻凯明当时的狂怒。

喻繁冷淡地收起目光，转身回房。

翌日，喻繁抱着一件厚重的白色羽绒服走进校门，觉得自己像个傻子。昨天病了穿着没什么感觉，现在觉得这外套也太厚了。

陈景深体虚吧？

喻繁踩着早读铃声走进教室，庄访琴今天来得特别早，这会儿已经在讲台上坐着了。

王潞安见到他，拼命朝他挤眉弄眼，喻繁还没反应过来，庄访琴就沉着脸站起身。

"喻繁，你跟我出来。"她扫了眼教室里的人，"早读开始了，英语课代表上来领读。"

于是喻繁屁股还没沾上座位，就扭头出了教室。

"你昨天做什么了？"走廊上，庄访琴双手环胸问道。

喻繁："睡觉。"

"还有呢？"

换作平时，他能说很多。但喻繁想了半天，确定他昨天除了睡觉没干别的。

"不说是吧。"庄访琴扫了眼教室里的人，"你昨晚是不是去医院了？"

"我……"

庄访琴看见他手里的衣服，震惊："你还抢了别人的外套？"

喻繁顿了一下："你从哪儿听来的？"

"在学校群里看见的，你和景深在医院——"庄访琴说着说着，突然停下了。

喻繁："行啊，您还进学校群了？"

不仅进去了，还在群里设置了关键字提醒，一有人说喻繁的名字，她就能马上收到提示。

庄访琴："当然没有，是别的同学给我发的图片。"

"……"

"那你昨晚去医院做什么了？"

喻繁解释的话刚到嘴边又咽了回去。

半晌，喻繁倚在墙上漫不经心地说："他那副尖子生德行我看着就烦，我发烧了，他非要让我去医院。"

庄访琴挑眉，静静看着他。

她带了喻繁一年多，男生说的是真话还是胡扯她一听就能听出来。

果然，下一刻，喻繁说："所以你赶紧把他座位调走。"

庄访琴提了一晚上的心慢慢放了下来。

不过既然喻繁心里这么排斥，那这座位或许应该考虑换一换。两个同学之间如果连和平共处都做不到，那就更别指望其他的了。

"行了，"庄访琴朝教室扬扬下巴，"进去早读。"

喻繁回到座位上时，才发觉班里一半的人都在看这边。他早已习惯这种注目礼，但今天觉得特别不舒服。于是他绷着眼皮，一个个回望过去。

等那些脑袋全转回去后，喻繁才去看旁边的人。

陈景深今天穿得比昨天单薄，只套了一件大衣，正在跟着念英语单词。他神色慵懒，嘴唇有点白，面无表情的时候看起来病恹恹的。

看来，他是真体虚。

喻繁后知后觉，昨晚他脱了外套在医院坐了一晚上，不得更虚了？

陈景深音量不大，但他嗓音比其他人要低沉一点，在冗长拖拉的朗读声中脱颖而出。念着念着，他突然掩唇咳了一声。

喻繁回过神,把羽绒服粗暴地塞给他:"昨天忘了,还你。"

陈景深昨晚刷题刷晚了,没什么精神。他"嗯"了一声,接过来放在腿上,撑起眼皮继续看单词。

喻繁后靠到椅子上,转头看了他一眼。

两分钟后,他又转头看了陈景深一眼。

直到英语课代表抱着课本下台,他才忍无可忍地叫了一声:"喂。"

陈景深像刚发现似的说:"什么?"

"硌到我了。"喻繁跷着二郎腿,用膝盖顶了顶他腿上软绵绵的羽绒服,皱眉道,"穿上。"

陈景深保持着把课本塞进抽屉的动作,转头看他。

喻繁被他盯得眼皮跳了一下,冷冰冰地问:"看什么看?"

"没。"陈景深把羽绒服套上,然后偏过头,咳得更厉害了。

喻繁:"……"

课间时,王潞安和喻繁走出教室。

王潞安问:"你们昨天去医院干吗?"

喻繁懒得解释,胡扯道:"我经过,他从医院出来,正好碰上。"

王潞安"哦"了一声:"我看你们挨得这么近,还以为你们结伴去的。"

"可能吗?"喻繁看着窗外,"跟他不熟。"

下节是访琴的课,他们休息了一会儿就匆匆回到教室。

庄访琴一进教室便开门见山:"我刚才粗粗翻了一下你们昨晚的作业,抓到好几个偷懒的,有些题根本没抄到十遍。这些人自觉一点,周末把抄少了的题重新抄十遍给我。"

"还有,"她从课本里拿出夹着的作业本,"喻繁,你站起来自己说。"

又有他什么事?

喻繁慢吞吞地站起来:"我说什么?"

"你这份作业是别人写的吧?"庄访琴晃了晃他的作业本,"你的字能有这么好看?你自己看看里面的字和外面的名字,能是一个人写出来的吗?"

"我可以接受你少抄甚至不交,"庄访琴说,"但你不能强迫别的同学帮你写作业,这是非常恶劣——"

"哗"的一声。喻繁还没来得及反应,旁边人挪开椅子起身。

"老师,他没有强迫别人。"

庄访琴一愣:"什么……"

陈景深:"是我主动帮他写的。"

喻繁:"……"

庄访琴:"……"

两个人一块抱着课本站到了教室外面。

一个站得笔直,一个站得歪歪扭扭。

他们教室挨着走廊,走廊上面的两扇窗户都敞开着。

喻繁烦躁地站直了一点,挡了挡风口。

"你傻吗?"他忍不住问,"站起来干吗?"

陈景深瞥他一眼:"抱歉。"

倒也没必要道歉。

喻繁动了动嘴唇,刚想说什么。

陈景深:"我没想到你的字会那么丑。"

喻繁:"……"

"以后还是练练吧。"

喻繁:"……"

"至少名字要写得能让人看懂……"

"你再多说一句,"喻繁捏着课本,磨牙道,"我就把你那破信贴学校公告栏上,让全校人一起欣赏你那破字——"

旁边人轻飘飘地看过来:"你还留着?"

班里人盯着外面那两个站在一起说话的人很久了。

这叫跟他不熟?王潞安茫然。

这叫看着就烦?庄访琴捏紧拳头。

她刚想说,你们这么能聊干脆上讲台来聊,只见喻繁捏着课本转身走到后门站定,跟陈景深隔出了一个教室的距离。

十三

下课铃响了,喻繁转身回到教室,心里只有一个念头——

今天回家就把那封信撕了。

经过第二组的时候,王潞安忍不住拉了一下他的衣服,问:"你刚才和陈景深在走廊说什么呢,聊得这么开心?"

"你哪只眼睛看到我和他聊了?"

班里除了你俩外,四十个人,加上访琴,八十二只眼睛都看见了。他看了一眼喻繁的脸色,敢想不敢说。

喻繁回到座位,刚交上的抄写本已经被发回,放在他桌上。

今天早上组长收作业的时候太急,他随便写了个名字就交了,也没打开看过。

左手写的字能有多好看?一般人左手都写不出字来。肯定是访琴看他的作业太仔细,从笔触里找到了端倪。

喻繁抱着这个想法打开了本子,然后又把它合上了。

陈景深回到座位,见他拿着作业本,朝他手里扫了一眼——

"砰!"喻繁眼疾手快地把手按在自己的名字上挡住,然后粗暴地抓起作业本,把它塞进了抽屉里。

章娴静转过头来看到的就是这一幕。

"干吗呀?吓人家一跳。"她拍了拍胸脯,然后眨着眼看向陈景深,"陈同学,听说你这次考试又是满分,真的好厉害呀。"

陈景深往后一靠,从桌肚抽出下节课要用的课本:"谢谢。"

"刚才上课的时候我走了一下神,卷子上有道题没听懂,你可以给我讲一下吗?"

陈景深问:"哪道?"

章娴静伸手,随便指了一道题,露出自己手指上可爱的粉色创可贴。

陈景深:"你的手……"

"哎呀,"她把那根手指娇羞地缩回来,"我错的题太多,昨天抄写答案的时候太累了,虽然不是什么大问题,但真的好疼,如果有人帮我抄的话该多——"

"挡住题了。"

喻繁看着章娴静的脸色,觉得她可能会比自己先动手。

陈景深抽过草稿纸,简单地给她讲了一遍。

喻繁不想听,但无奈挨得太近,一字一句都听得非常清晰。

章娴静原本只是想找个借口搭话,没想到陈景深说着说着,她还真的听懂了。

陈景深:"明白了吗?"

"明白了……谢谢啊。"章娴静抓着试卷,扭回身子。

几秒后,她猛地回神,又不是真的要问问题!

章娴静猛地又转过头来。

"陈同学,"章娴静推了推自己的黑框眼镜,忍不住问,"你不是喜欢戴眼镜的吗?"

喻繁玩手机的动作一顿,大概猜到了接下来的戏码。他不爱听这些八卦,有点犹豫要不要出去走走。

"我没这么说过。"陈景深说。

"那你到底喜欢什么样的?是不是小眼睛、厚嘴唇、个子瘦瘦小小的?"

"不是。"

章娴静心说王潞安你死定了,然后扯出笑:"那脸上有很多痘痘的呢?"

旁边没了声音。

喻繁收起手机,刚要起身走人——

陈景深说:"也不是。"

在章娴静疑惑的视线转过来之前,喻繁先拿起校服外套往自己脑袋上一套,趴到桌上开始睡觉。

每学期开学的第一周,庄访琴都会重点找一些上学期表现不好的学生出来谈话。

下午，王潞安从办公室回来的时候，眼眶红着。

他反着身坐到喻繁前桌："我觉得访琴说话实在是太伤人了。"

喻繁最不擅长的就是哄人，看到王潞安的表情，他有些头疼，给《贪吃蛇》游戏点了个暂停："她是啰唆了点，但都是为你好……"

"她说我再这样下去，以后就只能跟你一块儿去捡垃圾。"

"……"

感觉到陈景深做题的动作都慢了点后，喻繁冷声道："在我把手机扔你脸上之前自己闭嘴。"

"开玩笑的。"王潞安叹了一声气，"不过我真有点茫然，访琴刚才帮我画了一下我上学期期末分数能上的学校，一排下来全是职业技术学院！一个本科都没有！我要是考个技术学院，那我爸不得抽我……

"访琴还说，如果我上了技术学院，人生的路就变窄了，可能最后只能去帮人要债。到时候父母厌弃我，朋友远离我，美女也不会爱我——"

喻繁听得快睡着了，终于听到那一句结束语。

王潞安："所以我痛定思痛，决定以后要好好学习。"

"嗯，"喻繁说，"祝你成功。"

"一定，兄弟。日后如果我大富大贵，大红大紫，一定会把你从垃圾场里救出来——"王潞安手握成拳，在胸前捶了两下，"我现在就回去学习，为了我和你的未来。"

喻繁摆摆手，示意他快滚。

王潞安刚滚没两步，又回过头来："那等会儿放学去上网吗？"

喻繁说："未来不要了？"

"劳逸结合，偶尔去放松一下也不算过分，更何况今天是周五。"王潞安说，"就去后门那家'酷男孩'吧，近点。"

走之前，王潞安撞掉了桌沿悬着的笔。他一愣，捡起来放好："不好意思啊学霸，蹭到了。"

陈景深把笔重新握回手里："没事。"

"酷男孩"是他们学校后门对街的一家上网的地方。位置隐蔽，店面不大，但环境和电脑配置都不错。

"我来了我有闪现！大①他大他大他——nice②！"

下午才说要好好学习的人此刻却坐在电脑前，嗓音比参加军歌比赛时还要嘹亮。

游戏结束后，喻繁忍无可忍地摘下耳机："你再吼一声试试？"

"我这不是激动嘛。"王潞安拿出手机，"等等啊，左宽一直给我发消息，让我等他们上线一块五排。"

喻繁把耳机放到桌上，往后躺进沙发里，随手点开了首页某个直播间。他们的电脑位置就在前台左边，偶尔能隐约听见前台那边的动静。

"你……来上网？"前台的声音。

"嗯。"一个冷冷淡淡的回答。

喻繁眼皮跳了一下。他看着屏幕里的直播，心想世界上居然有这么难听的嗓音。

前台道："扫码付款，然后去左侧区域挑电脑。"

那人没再回答，但听动静，是朝他们这边过来了。

左侧区域本身就不大。喻繁听见那人走到自己身边，也没抬头看一眼。

咚。重物落地的声音。

喻繁嚼着口香糖，懒懒地歪下脑袋朝地上看了一眼，然后看到了一个眼熟的黑色书包。

"……"他嚼口香糖的动作一下顿住。

"学霸？"旁边的王潞安仰着头，震惊道，"你怎么……在这里？"

陈景深在电脑前站定，眸光在喻繁的电脑屏幕上停留了一会儿。

上面开着直播界面，里面的男生染着一头蓝发，像是在玩什么游戏，看起来不像是什么正经的直播。

他收回视线："来上网。"

王潞安："……"

---

① 电子游戏术语，一般指多人在线战术竞技游戏角色中的第三项技能，也就是大招释放。
② 漂亮的意思。

年级第一,来这里上网?

周围的人都在朝他们这边看。

不是没见过穿校服来上网的,喻繁和王潞安身上穿的就是校服。但像陈景深这样,把校服纽扣系到顶端、姿态端端正正的,整个店里还真只有他一个。

喻繁回神,在陈景深坐下之前,抬脚踢了一下他的沙发椅。

陈景深动作稍顿,垂下眼来。

"你——"喻繁本想说"滚去别的地方坐",外头却正好走进一帮人来。

头发红黄蓝绿,应该都是隔壁学校的。他们跟前台抬了抬下巴就直接走了进来,坐到了陈景深身边那一排机位。仔细看,那天勒索陈景深的某人也在里面。

"跟我换位子——"喻繁凉飕飕地把话说完。

陈景深蜷了一下食指,听话地让开身。

王潞安一脸茫然地看着旁边两人换机位。

手机"嗡嗡"地振了一下。

他低头去看:"喻繁,左宽说他们那边有个人来不了了,我们四排吧。"

"随便。"换到新位子,喻繁没再看身边的人,"拉我。"

喻繁重新打开游戏界面,刚准备接受王潞安的组队邀请,一张熟悉的脸庞忽然在旁边的电脑屏幕中一闪而过。

喻繁和王潞安反射性地心里一跳,两人齐齐皱起眉,同时扭过脑袋看向中间。

陈景深的电脑屏幕上正好出现一行简介大字——

"名师网课"正弦定理与余弦定理的概念(基础)。

本次讲师:胡庞。

喻繁:"……"

王潞安:"……"

王潞安眉心直抽抽,忍不住扭头道:"学霸……"

陈景深:"嗯?"

"你来这儿,就为了……看胡庞?"

"不是,想玩游戏。"陈景深顿了一秒道,"但临时被放了鸽子,玩不了了。"

王潞安:"这么可恶!那你现在怎么办啊?"

喻繁:"……"

陈景深说:"看会儿网课吧。"

王潞安心说别啊,你看网课,折磨的是我们。你看的还是胡庞的课,更不吉利了。

一个念头飞过,王潞安一拍大腿:"学霸,要不你来跟我们玩儿吧,我们这里正好四缺一。会不会?"

陈景深说:"没怎么玩过。"

"没关系,都是认识的,我们带你——"

"不带。"喻繁拧眉打断,"就四个人,开。"

王潞安一愣,心说人家刚帮你写完作业,你这翻脸不认人是不是有点过分了,兄弟——

"好。"陈景深语气平平,"你带不动我的话,我不来也没关系。"

一分钟后。

喻繁抢过隔壁电脑的鼠标,关掉胡庞的网课,打开游戏。

"看到那个注册账号没?"喻繁冷冷道,"别废话,创号。"

十四

新建的号不能马上打匹配,能玩的英雄也不多。王潞安一阵操作后,很快就给陈景深弄了个号。

"这不是章娴静的号吗?"左宽问,"是谁在上?"

"年级第一,我们班的大学霸。"王潞安动动鼠标,"我开了啊。"

左宽一愣,刚想问陈景深这种书呆子怎么也玩网络游戏,就被"噔"的一声打断,他们直接进入了游戏界面。

陈景深第一次玩，在王潞安的指导下拿了个奶妈①辅助。

"学霸，看到地图上的三条路没？你去最下面那条路，"王潞安说，"这把喻繁玩AD②，你跟着他走就行，他AD很强的。"

喻繁本来想把他赶去别的路，瞥见陈景深认真看技能的模样，又闭了嘴。

算了，就当带了个碍眼的挂件，反正他玩下路的时候经常一打二。

五分钟后。

喻繁看着补兵数量比他还多的辅助，忍无可忍道："你一个辅助动我的兵干什么？"

陈景深："你的兵？"

"下路的小兵都是AD的。"

"知道了。"陈景深转身回草丛，"给你吧。"

你再用这种施舍的语气试试？

打团，喻繁残血在逃命，看到陈景深的奶妈满血朝他走来。

喻繁当即回头准备大干一场，却被人摁在草里打死。

喻繁看着已经离他半个图远的奶妈："这边在打团，你去上路逛街？"

陈景深反问："你打不过吗？"

"……"

打到晚饭时间，喻繁看着自己一页的红色战绩，陷入了沉默。

"休息会儿，我不行了。"王潞安放下鼠标，"我去买点吃的，喻繁，你想吃什么？学霸呢？"

喻繁输饱了，木着脸："不吃。"

陈景深："不用，谢谢。"

王潞安起身去前台买吃的。喻繁关掉游戏，重新放大直播间页面，发现刚才他看的蓝毛主播已经提前下播了，平台自动给他转到了另一个

---

① 电子游戏用语，一般指的是拥有加血、复活等技能的辅助类角色。

② 电子游戏术语，即物理伤害（Attack Damage）的意思，电子游戏里造成的伤害分为物理伤害、法术伤害和真实伤害三种。

热门直播间。

这是个女主播,之前是其他moba①游戏的职业女选手,退役后在直播平台播某热门游戏赚钱,因为技术好、性格有趣,再加上漂亮,吸引了众多粉丝。

喻繁输累了,没心情再动,干脆放大屏幕,后靠到沙发上,专心地看女主播的操作。

旁边视线灼灼。喻繁被盯得受不了,撇过头皱眉:"怎么,我脸上有网课?"

陈景深视线在女主播的视频窗口一扫而过:"你平时都看这些?"

"不然呢,看胡庞?"

陈景深沉默两秒道:"你喜欢兔耳朵?"

喻繁:"啊?"

"还是,"陈景深想了一下措辞道,"保姆裙子?"

喻繁这才注意到女主播身上的打扮。

他想说这叫女仆装,话到嘴边顿了下,改成:"你有没有想过,我可能喜欢她是个女主播?"

说完,他故意抬了抬手指,当着陈景深的面给女主播点了个关注。

陈景深沉默地看了会儿他的屏幕,撇过头去,看回自己的电脑。

喻繁瞟过去,见陈景深又点开了胡庞的网课,不过嘴角往下绷着,看着不太开心,脸臭得像胡庞欠了他八百万元似的。

你摆脸色给谁看?

正在看的喻繁收回目光,舔了舔唇,拿起手边那瓶矿泉水,喝了两口,扭过头想说什么,刚一张嘴——

"我不渴。"陈景深忽然说。

谁关心你渴不渴?

喻繁回过头,继续看女主播去了。

看女主播怎么了?又不犯法。

---

① 电子游戏的一种类型,意思是多人在线战术竞技游戏。

王潞安手肘撑在柜台上，伸着脑袋指挥："哥，多给我蘸点番茄酱啊。"

"成。"前台熟练地往热狗上涂酱料，"你一个人买这么多啊？"

王潞安扬了扬下巴："我还有两个兄弟呢。"

虽然那两人都说不吃，王潞安还是决定多买几份回去，万一他们一会儿饿了呢？

王潞安摇头"啧啧"，心说我这么好的兄弟打着灯笼都难找。

前台顺着他的目光看过去："坐中间那个是你兄弟啊？他刚进来的时候，我还以为走错店了呢。"

"嘿，你别说，刚看见他的时候我也是这么以为的。"王潞安等得有点闲，目光四处乱瞟，瞟到了前台电脑旁边的监视器上。

一楼大门站着个矮胖的身影，背对着监视器。王潞安盯着那人头顶看了一会儿，笑着随口说："你看这人秃的。"

前台看了一眼道："看起来有点眼熟。"

监视器里，那人抬手摸了一把空荡荡的脑袋。

王潞安有样学样，也摸了一把自己的秀发："我看着也眼熟，哈哈……"

那人转过身来，露出了那张让南城七中所有学生都感到恐惧的面庞。

王潞安的笑容僵在脸上，随后手里抓着四根热狗往回跑。

他回去时，喻繁正好从位子上站起来，可能因为下午的连跪，他脸色很臭。

"喻繁！喻繁！"王潞安大喊道，"胖虎！胖虎！胖虎！"

喻繁准备去厕所冷静会儿，闻声还以为王潞安在说陈景深重新打开的网课。

他拧眉："看就看了，喊什么？"

"不是！不是！"王潞安说，"胖虎来抓人了！就在楼下！正要上楼呢！"

这时，一个音乐铃声忽然响起，这一片的大部分男生全都倏地抬起头来！是老师来了的信号！

王潞安："赶紧走……"

他话还没说完，喻繁就飞快地转过身去，抓住了正在看网课的人的衣领。

"讲师本人来了，还看？"喻繁说，"拿上书包！"

两秒后，楼道传来一句中气十足的怒吼——"南城七中的！都不准跑！"

陈景深从地上拎起书包，还没来得及背上，手腕倏地被人抓住。男生手心冰凉，使劲拉他。

"磨蹭什么？"喻繁说，"快跑！"

陈景深从来没有在大街上被人追着跑过。

夜市已经亮起灯，烧烤小吃开门摆摊，白雾热腾腾升起，刺激着路人们的味蕾，十几个男生在街上东逃西窜，场面滑稽极了。

喻繁跑得很快，身边掠起的风把他的头发撇到耳后，露出那张干净好看的脸。

陈景深收起视线，单手攥着书包肩带，任由对方拉着自己在这条窄小的街道上横冲直撞。

王潞安眼睁睁看着自己的两个好兄弟从人群垫底跑到了人群最前，越跑越快，越跑越远，最后消失在了他的视线之中。

喻繁不是和他一块上课睡觉、一起逃体育课的不良学生吗？陈景深不是柔弱无力、气短体虚的呆子学霸吗？

他们凭什么跑这么快？

王潞安实在跑不动了，他停下来不断喘气，手里还捏着几根热狗，捏得手指都发白了。

我就是热脸贴你俩冷屁股。王潞安悲伤地想。

胡庞从身后追了上来。

王潞安靠在墙边，看着跑了这么长的路还体力十足的矮胖身影，忽然觉得这世界上只有自己是废物。他已经做好了被胡庞抓走的准备，谁料对方脚步未停，直接从他面前跑了过去——

"停下！前面的人停下！喻繁！别以为我没看出来是你！你现在停下我们还能谈，否则周一看我怎么处分你！喻繁——"

王潞安："……"

陈景深不知道自己被带着跑了多久。

081

周边已经从小吃街变成了林立高楼,行人多是刚结束加班的疲惫上班族。怕停在路上被发现,他们跑进了一家二十四小时便利店。

喻繁花时间平复了一下呼吸,才想起回头看一眼。在他扭过头的前一秒,陈景深弯下腰,开始不断地喘气。

喻繁看着他不自然的肩膀起伏,皱起眉道:"你哮喘?"

"没,有点累。"陈景深看了眼便利店窗边的座位,轻喘着问,"能休息一会儿吗?"

喻繁去柜台买了两瓶水,将其中一瓶放到了陈景深面前。

陈景深的呼吸还是有些重,他脸色苍白,看起来像还没缓过劲儿。

你这是有多虚啊。

喻繁伸手帮他把瓶盖拧开:"喝。"

"谢谢。"陈景深接过。

他仰头喝水,男生凸出的喉结随着吞咽动作轻轻滚动。

手机蓦地振了起来,喻繁拿起手机一看,是王潞安的电话。

"怎么样?跑到美国没?"王潞安问。

"临门拐弯了,破地方,不去。"喻繁喝了口水,"你没被抓吧?"

"没,原来你还记得我啊。"王潞安说,"我看你刚才跑这么快,也不回头看我一眼,还以为你把我忘了呢。"

"别阴阳怪气。"

"不是我说,你刚才跑得也太快了,"王潞安莫名道,"我看你以前出来上网,也没那么怕被胖虎抓啊。"

他是不怕。这不是有个好学生在?

"是你太……"喻繁声音戛然而止。

"太什么?"王潞安问。

电话里突然没了声,王潞安愣了一下:"你说话啊。"

"该不会被胖虎抓了吧?喂?喻繁?说话——"

"没什么。"

喻繁敷衍地应了一句。

就在刚刚卡顿的那几秒,他空着的左手感到有点儿疼。前两分钟还喘得像头牛的人此刻已经恢复如常,正垂眼盯着他的手指。

喻繁顺着陈景深的眸光往下看,才发现自己的左手无名指上不知什么时候划了道口子。划得有些长,血从指侧流过,像戴了暗红色的戒指。

他一路跑过来竟然没觉得疼。

"你刚刚说太什么?"王潞安还在电话里说,"你有本事把话说完。"

喻繁动了动手指。陈景深沉默地打量着喻繁的伤口,随后一只手伸进书包里,在底层翻了一会儿,然后翻出了一片创可贴。

喻繁怔怔地看着他撕开创可贴,把它覆在伤口上,推开贴紧。

确认贴好之后,陈景深松开他,把创可贴的包装捏成一团,起身朝门口的垃圾桶走去。

喻繁的手垂在半空,有些发凉。

手机里,王潞安还在絮叨:"那你现在在哪儿呢?我过去找你吧,热狗没吃上,我肚子还是有点饿。陈景深还在你旁边吗?哎,你怎么不说话——"

陈景深转回身的前一瞬,喻繁把手快速抽回来,塞进口袋,若无其事地看向窗外。

十五

陈景深扭头又去柜台买了点什么,回来时,搁在桌上的书包里面传出嗡嗡的振动声。

喻繁扬了一下眉,没想到陈景深这样的学生也会把手机带来学校。

陈景深拿出手机,屏幕上的来电显示是"妈"。

喻繁感觉到他的肩膀微微绷紧了一瞬,他没什么表情地垂下眼皮,看着手机屏幕,迟迟没接。

喻繁把这归结于好学生刚叛逆完就接到家长电话的心虚。

不过陈景深心虚的反应跟其他人好像不太一样。

其实胡庞应该没有发现他拽着的人是陈景深,但喻繁还是想吓吓他。

"接吧,大不了挨顿打。"他站起身,语气懒洋洋地说,"我走了。"

他转身刚迈出步子，校服外套就被人抓了一下。

喻繁回头，皱眉："又什么事……"

一个塑料袋递到他面前，是陈景深刚从柜台拎过来的。

"拿回去吃。"陈景深说。

喻繁下意识接过，闻言刚想说不要，陈景深却已接起电话，转过头淡淡地"嗯"了一声。

喻繁回去时家里没人。

这已经是常态，喻凯明一个月里有半个月是跟他那些不靠谱的朋友出门找活干，剩下的半个月要么在酒吧喝酒，要么在打牌赌球，就算回家也都是在半夜。

如果运气好，他们一个月碰不到一次面。

客厅桌子上一片狼藉，桌面、地板摆满了空酒瓶和吃剩的外卖盒，整间屋子飘着刺鼻难闻的味道。

喻繁见怪不怪。他随手扯了个垃圾袋，把空瓶全塞了进去，出门扔进了小区门口的垃圾车里。再回来时，桌上的手机响了。

陈景深：到家了吗？

喻繁盯着头像想了几秒，才反应过来是谁。

陈景深把头像换了。

喻繁动动指头，点开大图看了一眼，是只成年杜宾犬的照片。狗狗肌肉结实，被毛平滑、有光泽，戴着项圈和金属嘴套，牵去隔壁学校叫两声估计能吓跑不少人。

这么柔弱的人，居然养这种狗？遛狗的时候不怕被狗拽着跑吗？

喻繁点开键盘刚想回复，敲了两个字又停了。

回个家怎么还要打招呼报备，我们很熟吗？

喻繁把手机往床上一扔，转身进了浴室。他脱掉衣服，习惯性地想去扯手上的创可贴，手刚碰上去却停住了。

陈景深怎么这么娇贵，还随身携带创可贴，好像还是防水的。

片刻之后，缠着创可贴的手轻轻一按，热水便从头顶淋了下来。

出来之后，喻繁单手用毛巾搓着头发，另一只手撑开塑料袋，漫不经心地往里看了一眼，里面躺着两个三明治和一瓶舒化奶。

他拆开一个三明治咬在嘴里，拿起手机随便划了两下，然后戳开那个狗头像。

喻繁：到了，干什么？

陈景深：《冲刺高考》第三、四页，《物理帮帮忙》第十三页，背诵《陈情表》及语文练习册第二十七页的古代诗文阅读……

喻繁：什么？

陈景深：周末作业。

"……"

——我再回你一句我就是傻子。

周一，升完旗回到教室，第一节课本来是物理，但物理老师临时有事，跟下午的自习课调换了。

庄访琴坐在前面监督他们自习，胡庞双手背在身后，走到他们班门口。两位老师视线交会，互相点点头。胡庞探出身子，在他们班里环视了一圈。

班级每周换一次组，喻繁这次坐到了靠墙的位置。

喻繁半边身体懒洋洋地靠在墙上，跟他对上目光后，朝他点了点头。

"你点什么头？跟你打招呼了？"胡庞说，"给我出来！"

喻繁戳了戳陈景深："让开，我要出去。"

陈景深看他一眼，起身让出位置。

喻繁跟他擦肩而过，临走之前低声扔下一句："一会儿胖虎要是叫你出去问什么，你一句别认。"

走廊，胡庞摸了一把自己的头发："上周五，在学校后门那个上网的地方，跑在最前面的那个是你吧？"

庄访琴不放心地跟了出来，闻言忍不住拧眉瞪了旁边人一眼。

喻繁："我……"

"你别想狡辩！"胡庞激动道，"其他人我虽然没看清，但我认得出你！你这背影我追过太多次了！别说是现在，就是十年、二十年后，我老了,跑不动了,只要你在我面前一晃,我就能一眼认出你来!"

喻繁:"不至于……"

"你觉得跑有用吗?跑得了和尚跑不了庙,你跑得再快再远,周一也得回来上学!我刚才还去跟当时在店里的几个同学确认过——"

"我不狡辩,是我。"喻繁说,"主任,您喘口气,别气坏了。"

胡庞拧开保温杯喝了口水,然后说:"你知不知道自己现在再有一个处分就要留校察看?"

喻繁靠在墙上:"是吗?"

"你什么态度!严肃点,站直!"庄访琴喝道。

她说完,扭头朝胡庞道:"主任,这件事确实是他做错了,但我觉得应该还没到要下处分的地步吧?留校察看可是要记入学生档案跟他走一辈子的,我觉得还是得给学生一次改过的机会。"

"我给他的机会还少吗?"胡庞说,"喻繁,你自己说,那晚我是不是给过你机会,让你停下来别跑了。你呢,你差点让我打破长跑个人纪录!"

胡庞越说音量越压不住,声音断断续续传进教室里,引得班里同学都忍不住往外看。

喻繁实话实说:"离得太远,没听见。"

胡庞其实也不是真心想要处分他。

给了一点对方毫不在意的警告之后,胡庞轻咳一声道:"这样吧。你把那天晚上拉着的人说出来,再回去写个三千字检讨,这次就算了。"

喻繁:"没拉谁,你看错了。"

"你别装傻,我那晚看得清清楚楚。"胡庞开口就诈道,"没记错的话,那是王潞安。"

王潞安:"我?"

喻繁皱眉:"说了没有。"

胡庞点头:"行,离下课还有十分钟,你再仔细想想。要是真的想留校察看,你就继续偏着……"

"是我。"身后传来一声。

"我都说了我没看错,"胡庞满意地转身道,"王潞安,你也给我出……"

胡庞:"……"

两分钟后,胡庞看着自己身边站着的男生,脑壳比那晚跑完长跑还疼。

胡庞:"景深,你……是怎么回事啊?"

陈景深看了一眼靠在墙上的人。

喻繁撇开眼,没搭理他。敢情自己刚才的话都白说了。

胡庞捕捉到了这个眼神交流:"是不是有人威胁你,让你出来顶锅?"

"不是。"陈景深说,"主任,那晚他拉着的人是我。"

"抓,"喻繁磨牙,"那叫抓。"

胡庞:"……"

庄访琴:"……"

"行了!"胡庞表情复杂地打断他们,"景深,你去那里干什么?"

陈景深说:"看网课。"

胡庞还没回过神,陈景深又道:"其实喻同学也是去看网课的。"

胡庞:"……"

喻繁:"……"

喻繁扭头看向陈景深,对方跟往常一样面无表情,一点儿破绽都没有。

撒谎是你们面瘫脸的优势,对吗?

胡庞不相信:"喻繁,你看的什么网课?"

"正弦定理与余弦定理的概念。"喻繁木着脸说,"主讲师是穿着一身帅气西装的您。"

胡庞走了。

走之前,他骄傲又羞涩地揉了一下自己的小塌鼻:"很多年前录的课了,没想到还有人看,这基础课是挺适合你的……利用课外时间弥补自己学习上的不足是好的,但要选对方式。以后如果还想看网课,就来借用我办公室的电脑,知道吗?"

喻繁看着他的背影,莫名有一种骗小孩的负罪感。

他扭头刚准备回到教室,却被庄访琴叫住了。

"慢着,"庄访琴视线在两人脸上扫过,道,"今天下午放学之后,你俩在操场等我。"

陈景深停下脚步,喻繁一顿:"为什么?"

"练习,这个月月底学校运动会,四乘四百米接力差两个人。"庄访琴说,"你俩不是能跑吗?补上。"

"……"

"你俩被抓就跑四乘四百米,我没被抓要跑三千米,天理何在!"操场上,王潞安对着天空一通发泄完,才想起旁边多了个人,"学霸,我没吓到你吧?"

陈景深说:"没有。"

"访琴来了,"喻繁淡淡道,"你声音再大点,争取让她听见。"

"算了,算了。"

班里一半以上的人要参加运动会,大家松松散散地聚在一起,其他班的学生也在旁边集合,场面非常壮观。

他们班去年的运动会是年级倒数第一,庄访琴丢尽了脸,这次下定决心要重整旗鼓,绝不垫底。所以她采取的第一个措施,就是把上次逃了运动会的那几个男生全抓回来,并分配了项目。

庄访琴挑了一个接力起点,叫接力的同学过来练习接棒。

喻繁扫了一眼旁边的人。

陈景深正半跪着系鞋带。他脱了外套,校服T恤紧贴他的后背,勾勒出肩胛的轮廓。

这人跑两步就喘,能跑接力吗?

陈景深抬头起身的那一瞬,喻繁飞快移开目光。

算了,关我什么事,他自找的。

他们班的体育生是全年级最少的,其中只有一个男生。

庄访琴把第一棒的重任交给了他,班长第二,陈景深第三,喻繁最后一棒。

陈景深接棒之后,王潞安的脑袋跟着他转动:"哎,陈景深速度居然还行,不算慢……不过也是,他那晚都能跟上喻繁的速度。"

刚看完其他男生的大脑门和随风扩大的鼻孔,章娴静感慨道:"最主要是,他跑起来不丑。"

"喻繁跑起来也不丑啊。"

"嗯,所以你发现没?"章娴静眸子转了转,"我们班周围经过多少女生。"

喻繁没吭声。他走到跑道上朝前慢跑,朝身后伸出手。从陈景深手中接到接力棒后,他步子一跃,风似的跑了出去。

"可以啊,学霸。"王潞安搭上陈景深的肩,"跑得很快。"

陈景深皱了一下眉,没拍开他:"谢谢。"

王潞安:"要水不?"

陈景深看着操场另一侧:"不用。"

王潞安随着学霸的视线看过去,看到自己好兄弟跑得头发乱飞,露出的脸蛋帅到爆炸。

"王潞安,看到那边那个女生没?站终点旁边的。"章娴静碰了碰王潞安的手臂。

陈景深闻言,下意识跟着瞥了一眼。

王潞安:"看到了。四班的吧,我听说过,挺漂亮的。"

章娴静瞪他:"我漂亮还是她漂亮?"

"你你你,"王潞安说,"所以怎么了?"

"看着吧,"章娴静笃定道,"她手上那瓶水一定是给喻繁的。"

喻繁跑到终点停下,果然,那女生捧着水朝他走了过去。但喻繁没看见,他抬起手背抹了一下鼻子,径直朝他们走来。

"喻繁,你是这个。"见他过来,王潞安一愣,竖起大拇指,"不过你等等,你身后——"

喻繁皱眉:"你不能跑就别跑了。"

"说实话,三千米是有点难度,但没办法,访琴说我如果不跑,就得负责给运动员端茶倒水——你去哪儿?"王潞安愣愣地看着喻繁从自己身边走过,往他身后走去。

王潞安回头一看,呆住了。

刚才跑完呼吸都没调整一下的人,此刻正坐在草地上,累得跟刚打倒十头牛似的。

"能跑,只是腿软。"陈景深说,"能扶一下吗?"

王潞安:"……"

啊?

你这身体的反射弧是不是太长了?

十六

喻繁一脸嫌弃地去拉他。

不知是不是体虚的缘故,明明刚跑完四百米,陈景深的手却是凉的。

庄访琴远远看到这一幕,有些意外。

这两人的关系到底是什么时候变好的?

她走过来,看了一眼手机上的计时,还算满意,然后她更气了。

"上次你们但凡自觉一点儿,乖乖参加运动会,我们班会沦落到最后一名?"庄访琴说,"尤其是你!喻繁!"

喻繁把人从地上拽起来,立刻松开手:"你就不能让班里其他人努努力?"

"你就不能有一点班级荣誉感?"庄访琴用教案拍了一下他的脑袋,回头看到正在轻喘的男生,态度一下软化了许多,"陈景深,没事吧?能跑吗?"

陈景深点头,垂着眼帘,像是还没缓过来:"可以。"

"嗯,实在不行就多练练,平时不要只顾着学习,身体素质也要跟上。"

"好。"

庄访琴颔首,然后问身边的人:"王潞安,你要不趁现在练一下三千米长跑?"

"不是我骗你。"王潞安认真道,"三千米长跑这东西对我来说是一生一次，今天跑了，运动会那天我就得坐着轮椅来。"

"……"

离他们几步远的女生双手捏着瓶矿泉水，看到庄访琴站在那儿，她犹豫了一会儿，遗憾地转身走了。

陈景深的眸光扫过去一眼，抿着唇，不动声色地开始平稳呼吸。

庄访琴把学生聚集在一起，又瞎说了一通跑步的技巧，让他们有事没事自己多练练，然后才宣布解散。

王潞安从地上起来："终于能走了，累死了。"

章娴静白他一眼："你坐地上动过一下吗？你累啥啊。"

"我替我兄弟累。"王潞安说，"喻繁，走，去奶茶店坐会儿？"

喻繁从他手里接过外套："嗯。"

王潞安拍了拍屁股上沾的草，瞥见了身边的人，便脱口问："学霸，一起去吗？"

之前的逃命情谊，加上刚才瞎聊的那两句，自来熟的王潞安自认为与学霸混好了关系。不过他也就是顺嘴一问，也知道陈景深不可能和他们这种学生一起去其他人心目中的混混儿聚集地。

"好。"陈景深说。

王潞安："啊？"

喻繁皱了一下眉，刚要说别跟着，回头却对上陈景深的眼睛，所以又闭嘴了。算了，腿长别人身上，去哪儿跟他没关系。

奶茶店里面放了几张给客人用的桌子，此刻已经坐了一半的人。他们开了桌牌，其他人在围着看。

听见动静，左宽问："怎么才来？等你们半天了。"

这时候的奶茶店没什么生意，他们坐得又远，几个男生毫无顾忌地打着牌。

王潞安说："那不是被访琴抓去跑圈了嘛！"

"你们不会要参加运动会吧？"有人问。

"是啊，积极响应访琴号召。"王潞安对料理台的人道，"老板娘，老规矩，两瓶香芋奶茶，其中一杯多加珍珠——学霸你喝什么？我请你。"

"学霸？叫谁呢？"左宽纳闷地扭过头来，"我……"

他虽然前两天刚跟这位学霸一起开过黑①，但本人跟着喻繁他们一块出现，场面还是很魔幻。

而且——不知道是不是升旗仪式上听陈景深演讲听多了，左宽一看见他就想坐好。

"不用，我自己付。"陈景深拿出手机扫码付款，"跟他们一样，谢谢。"

王潞安开玩笑道："学霸，今天有微信了？"

"嗯。"陈景深认真回答，"新建了一个。"

喻繁把衣服扔到沙发上，懒懒地坐下。

那是张双人沙发，但他们都习惯留给喻繁一个人坐。

点好奶茶后，王潞安拉了张椅子过来："学霸，来，你坐！"

陈景深把书包放到旁边，又拎起喻繁的校服外套，随手整理了两下，把它搭在了书包上，然后他很自然地坐到了喻繁身边。

喻繁："你……"

周围的人手里的动作都停了一下，诧异地看着他俩。

直到有人不小心磕了手，惊呼："哎，我的手……"

喻繁回神，用膝盖顶了顶旁边的人："滚旁边坐去。"

"没关系，"陈景深说，"我坐这儿就行。"

喻繁眉心拧起来，左宽知道这是他发火前的信号，吹了个口哨想看热闹。

只听见喻繁"啧"了一声，然后扭头看他："你再朝我吹口哨试试？"

左宽："啊？"

"不是故意的。"左宽心想你平时也不这样啊。

喻繁说："把头转回去。"

"……"

王潞安把奶茶拎了过来。喻繁拿出自己那杯喝了一口，拿出手机无

---

① 指玩电子游戏时，一群人开语音或面对面交流。

所事事地开始他的《贪吃蛇》游戏。

陈景深看了一眼他左右挪动的手指:"你不打牌?"

"不。"

喻繁平时只玩斗地主画王八,其余一概不碰,其他人知道他这一点,所以也不会开口邀请他。

陈景深:"那做会儿作业?"

喻繁:"……"

其他人一脸问号。

喻繁捏紧手机,刚想让他抱着书包滚,店门那边忽然传来一道声音。

"要杯蜂蜜柠檬——不用了……"看清店里坐着的人后,那人扭头就走。

"哟,这不是丁霄吗?"看清来人,左宽脸上浮出一丝玩味的笑,把他叫住,"站住,怕什么啊?买完再走。"

听见名字,王潞安转头看向门口,原本笑眯眯的人瞬间没了表情。

只有喻繁,仍低着头带着小蛇冲锋。

陈景深朝店门那儿看了一眼。

那是个个子高、有点胖的男生。听见左宽的声音后,他脸色瞬间惨白。几秒后,他收回脚步,抓着书包强撑着说:"要杯蜂蜜柠檬水。"

"过来坐着等啊。"左宽嗤笑道。

"算了吧,"王潞安说,"看见他喝不下,待会儿白瞎我一杯香芋奶茶。"

叫丁霄的男生的脸红一阵白一阵,看起来非常煎熬。直到他瞥见了自己家长的车,瞬间立马有了底气,柠檬水刚做好,他就一把抓了过去,然后咬牙一字一句地说:"一群败类。"

王潞安当即就站起来了,开口骂了一句脏话:"你说谁?过来到我这儿再说一遍?"

左宽也扔了牌要起身。

但这一切都没喻繁抬起眼皮吓人。对上喻繁的视线后,丁霄心里一跳,立刻转头走了,还边走边叫:"妈!妈!"

喻繁低下头继续。

"碰都没碰你就叫妈，妈宝男吧你是！"

王潞安对着门口喊完，一回头对上了陈景深的眼神。

王潞安这才想起他们之中有个好学生，他拉过椅子坐下，脸上的笑容立马又回来了："学霸，你别怕啊，我们平时不这样。"

左宽循声看了一眼，心说你哪里看出他怕了？他不还是一张面瘫脸吗？

陈景深问："他是谁？"

"丁霄啊，二班——就你以前隔壁班的，你不认识？"王潞安问。

"没印象。"

"喻繁高一的时候在食堂把饭盘扣人头上，这事你听过没？"王潞安说，"扣的就是他。"

王潞安到现在还记得那场景。

那天，他睡了一早上，中午醒来时饿得不行，非拽着喻繁陪他去食堂吃饭。他还打到了最爱的糖醋排骨。

学校食堂的桌椅挨得很近，有人经过时还要两侧的人让一让。所以身后的人说的什么，他们全都能听见。

——我前桌那女的，跟七班的喻繁告白被拒绝了，回来哭了一节课，烦死了。

——我最看不惯这种女生，学习成绩差，还天天将衣领拉得很低，也不知道穿给谁看。哦……估计是穿给喻繁看的，可惜喻繁看不上，哈哈。

——她每次找我问问题时，衣领也拉得特别低，她肯定也喜欢我，但我是谁？她连喻繁都追不到，还想追我啊。

——哎，我这有张照片，她系鞋带的时候拍的，你要看吗？

喻繁就是这个时候把饭盘扣在他头上的。

那也是喻繁上高中以来的第一次处分。

"你不知道喻繁当时多厉害。那动作，那眼神，凶得很，当时在食堂的其他人被吓得全都不敢动。"王潞安想了想，"就是可惜那份糖醋排骨了，他还没吃两块呢，全送给丁霄了。"

王潞安将故事讲得津津有味。

中途喻繁原本想打断他,想了想又忍住了。

"我要早知道你能惦记到现在,"喻繁划动贪吃蛇,"我一定把那几块东西从他头发上摘下来给你。"

王潞安:"没必要。"

左宽:"喻繁,你到底是怎么忍这个人的,我要是你,我早就——"

喻繁:"轮得到你教我?"

左宽:"啊?"

王潞安:"啊?"

"我是懒得管他,而且——"喻繁冷冷道,"比起他,我更讨厌那些喜欢缠人的。"

陈景深抓了一下自己的书包。

喻繁:"还有那些张口闭口就是写作业的。"

陈景深打开书包。

喻繁:"这种人我一点儿都忍不了。"

陈景深拿出了作业。

喻繁:"……"

喻繁捏着手机又躺回去了。其他人见陈景深这阵仗也怔了怔。

王潞安凑上来:"学霸,你要在这儿做作业?"

"随便看看。"

"厉害,学霸就是学霸。"王潞安谄媚地笑道,"那什么……学霸,你写完了……能不能给我发一份?"

陈景深看了他一眼:"可以。"

"你真是个大好人!"王潞安立刻掏出手机,"学霸,我们先加个微信?"

加上微信后,王潞安乐滋滋地给陈景深填备注,顺便扫了一眼他的头像。

"学霸,"他愣道,"你这头像真帅。是你家养的狗?"

陈景深"嗯"了一声。

王潞安:"这也太酷了吧!平时遛得动吗,它会不会拽着你跑?"

陈景深说:"不会。"

"啧啧。"王潞安欣赏了一下大图,"你怎么会想到养这种狗,不觉得太凶了吗?"

"不会。"陈景深眼尾轻轻一扫,"我不怕凶。"

第三章

想一直跟你坐同桌

十七

南城春季回温快,各所学校的春季运动会举办时间也比其他地方要早。

运动会持续两天,这两天不需要上课,也不需要待在教室里自习,对大多数学生来说相当于两天在校假期。

运动会开幕式这天阳光正好。

进场要求班级统一着装,一眼望去,每个班几乎都是校服T恤和长裤。

庄访琴今天难得穿了件颜色鲜艳的裙子。她站在班级队列旁,等待进场。

"怎么回事,一个个无精打采的?"庄访琴扫了一眼队伍,"把你们的校服都塞进裤腰里去。"

"可是那很丑。"章娴静忧虑地说。

"这是开幕式,不是文艺表演,不需要你们有多好看,看起来有精神就行。"庄访琴说完,眯起眼凑近她,"章娴静,你化妆了?"

章娴静往后一缩:"没有,我这是天生丽质——"

"一会儿走到领导面前,把你嘴唇抿起来,别被发现了。"庄访琴说,"嘴唇涂得跟花儿似的。"

章娴静立刻给她比了个心:"知道啦!"

庄访琴回头,看到倒数第二排的人,脸上的笑瞬间收了个干净。

"喻繁,"她叫道,"我说的你都听见没?"

喻繁困得厉害,没力气唱反调,也不在意这些。他撑起眼皮,磨蹭地动动手,把衣摆塞进了裤腰。

因为马上要入场,队伍是竖着排的。

陈景深站在队伍最末,随着他的动作垂了一下眼。

喻繁塞得非常潦草,衣摆皱巴巴地挤成一团,勒出男生的腰线。

陈景深看了一眼旁边其他的人,很快又敛回视线。

学校规定两个班并排入场,他们隔壁就是八班。

左宽本来挺没精神的,扭头看到王潞安,扑哧一声笑出来:"王潞安,你屁股真大,看起来好傻。"

两个班的学生都笑出了声。

"凭什么你们班不扎腰?"王潞安涨红着脸,"谁扎腰不傻?你看其他班,大家一样丑!"

左宽说:"你回头看看。"

王潞安扭过头去。

喻繁懒洋洋地站着,困得脑袋往下垂,两手抄兜,宽大的校服到了腰那里蓦地收紧,愣是扎出了一种凌乱的帅气。

陈景深就更不用说了,虽然有点体虚,但形象是完全没问题的,肩膀宽阔,长手长脚,但凡脸上能有点表情,都能直接去拍学生宣传手册。

王潞安:"……"

什么意思?全校两个扎腰帅的男生全聚我身后是吧?

开幕式举办了一小时才解散,他们班分到了主席台旁边的看台,位置极佳,转头就能跟校领导亲密对视。

庄访琴今天心情很好。

对她而言,运动会拿了第几名其实并不重要,只要班里人都来齐了,哪怕是最后一名她也无所谓。她把昨晚去超市采购的零食拿出来给学生们分着吃,然后召集班里的参赛选手,一一跟他们强调了一遍检录台位置和比赛时间。

喻繁被迫参加了两项,一项是接力,另一项是跳远,它们都在今天。

跳远的检录时间马上就要到了,喻繁揉揉眼睛,打算偷偷找个地方休息提神。

"喻同学……"

喻繁回头，是班里几个女生，平时没说过几句话。

一个袋子朝他打开，袋子太沉，她们得两个人一块拎着。

"我们用班费买了一点吃的和喝的，"女生说，"这里面有红牛，看你好像很困……要不要喝一瓶？"

喻繁耷着眼皮往袋子里扫了一眼。

他平时虽然没欺负过班里哪个同学，但大家其实还是有些怵他。

见状，她们忙说："你不想喝的话就算了……"

男生的手伸进袋子里。

喻繁拿出一瓶红牛，说；"谢了。"

喻繁打开红牛直接往嘴里灌，那姿势，庄访琴回头的时候还以为他光天化日之下公然饮酒。

其他班的学生坐得零零散散，大半都去检录或者给班里人加油去了，偶尔还能听到几声喝彩。只有七班座位几乎坐满，每个人都在低头做自己的事情。

去年他们班是年级倒数第一，早把班里的斗志磨平了。

这次每个人都兴味索然，觉得重在参与。

喻繁拿了章娴静的伞撑开立在旁边，挡住主席台领导的视线，靠在墙上滑手机。

王潞安坐在看台上，手里捧着薯片，从坐下那一刻到现在嘴巴就没停过。他看着旁边的人："哎，不是，你怎么也来参加运动会了？"

左宽的班级就在他们旁边，左宽跟王潞安靠在一起，像七班的人似的："你们都来了，我自己逃有什么意思？你们都报了什么项目啊？"

"喻繁报了跳远和接力，"王潞安说，"我跑三千米长跑。"

左宽："你没疯吧？"

"我没疯，访琴疯了。"王潞安说，"算了，我就随便跑跑，反正也不冲名次，跑完就是胜利。"

"知道自己要跑三千米长跑还吃这么多？"章娴静坐在女生最后一排，跷着二郎腿回头说，"又是薯片又是冰激凌的，待会儿不吐死你。"

"不可能,我没跟你说过吗?我是铁胃。"王潞安把薯片递给身边的人,"吃吗?喻繁。"

喻繁打了个哈欠:"不吃。"

他在微信小程序里找了个游戏打发时间,玩了一会儿又觉得没《贪吃蛇》有意思。刚退出来,就发现朋友圈那边跳出了一条动态提示。

他点进去一看。

陈景深给他两年前的一条朋友圈点了个赞。

"……"

他抬头看了一眼,果然,前面的人在垂着头玩手机,露出一截细长干净的脖颈。

喻繁的朋友圈其实没什么内容,都是瞎发的,既然都发出来了,别人看不看他也无所谓。

但不知怎的,知道陈景深坐在他前面,还在一条一条地翻看他以前发的东西,就觉得很别扭。

喻繁臭着脸坐起身,刚想让陈景深别乱看,一个男生先他一步跟陈景深搭了话。

男生叫高石,是他们班长,也是挣扎了很久才走上前来。

高石犹豫地问:"陈同学,你有时间吗?"

陈景深抬了抬眼皮:"嗯?"

"就是,你有空写一下广播稿吗?五十至一百字,随便夸几句就行。"高石说,"学校要求每个班对每个项目写一篇广播稿,现在我们还缺两个项目的稿子。"

庄访琴刚才交代他,趁这种集体活动,试着让新转来的同学融入班集体里。他憋了半天才憋出这么一个办法。

陈景深看了一眼他手里的本子,没说话。

高石:"你要不想写也……"

"缺什么项目?"陈景深问。

"铅球和跳远!"高石想了想道,"不过跳远马上就要开始了,怕是来不及了,要不这项目我随便改一张稿子先交上去,你写铅——"

"给我张纸,"陈景深说,"我写跳远。"

高石连忙递上纸笔,刚想说这玩意儿可以上网抄,只见学霸接过纸笔就写,下笔如有神。

是啊,年级第一的学霸才不屑抄网上的模板呢!

高石好奇地探头去看——

"致高二七班跳远运动员喻繁。"

啊?不用写具体名字吧?

高石本来想提醒一下,见陈景深垂头写得认真,又咽了回去,他继续看——

"你,就像是操场里的一把剑,一把阳光帅气的剑。"

高石蒙了。

啊?还能这么形容?

"你站在人群之中,是校园里最亮丽的一道风景线。"

高石:"……"

"哨声响起,你离弦箭似的助跑,蛤蟆似的起跳,飞跃的弧线犹如一道彩虹,在我眼中闪闪发亮。"

高石:"……"

"你拼搏的精神令我敬佩,努力的汗水让我沉醉,无论最后的结果如何,你都是我心中最闪亮的星星。"

高石:"……"

高石瞪大眼睛反复抬头低头,不敢相信这玩意儿是面无表情的陈景深写出来的。

"高二七班陈景……"

高石猛地回神,刚想说,学霸,这倒也不必落款——

"嗖"的一声,陈景深手里一空,纸被人一把抽走。

他一抬头,对上一张涨红的脸。

这人有病吧?

红牛功效太好,喻繁觉得自己的脸一阵阵地发热。

那张草稿纸在他手中被攥成团,他对高石说:"他语文什么水平你不知道？你找他写？"

高石："一……一百一十分的水平啊。"

这水平虽然对比陈景深其他科目不算好，但单拎出来看，还是中上水平。

喻繁没再理他，低头瞪人。

陈景深坐得比他低，此刻正仰起下巴看他，表情云淡风轻，看起来非常欠揍。

喻繁正考虑这张纸是撕碎了塞他嘴里还是让他干咽，前面就传来庄访琴的声音——

"喻繁，你怎么还在这儿？"庄访琴看了一眼表道，"赶紧下来去检录！跳远马上开始了！"

喻繁喉间一哽："知道了。"

"知道还站着？下来啊。"庄访琴原地抓壮丁道，"高石，你跟他一块去检录，免得他半途跑了。"

"……"

高石觉得自己有点倒霉。

他见喻繁一动不动地站着，正犹豫怎么开口催时，对方已抬腿下来了。

经过陈景深身边时，喻繁用脚尖踹了踹陈景深的书包，冷声警告道："不准再写那些破烂广播稿。"

陈景深不动声色地捻了一下笔，刚要说什么，对方已经匆匆走下台阶，只留下一句又快又小声的："也不准翻我朋友圈。"

喻繁正排队检录，旁边的高石突然朝他靠了靠。

"喻繁，我们这组分得有点倒霉，全是长腿高个子，还有一个体育生，估计出不了线。"高石拍拍他的肩，"不过没关系，重在参与，你不要压力太大，尽力就好。"

队伍里长得最高，腿也最长的喻繁："……"

他伸展了一下身子："你怎么还不走？"

"哦，不急，我给你加完油再走。"高石笑了一下，"而且你以前都没参加过运动会,我怕你跳完忘了去登记。"

还要去登记?

喻繁说:"随你。"

广播里响起男子三千米长跑的广播稿,高石看了一眼三千米长跑起跑线那一头,想盯完喻繁跳远,就去给跑三千米长跑的同学送水。

他的衣服忽然被人抓住。

"等等,"喻繁皱起眉,"我去年没参加运动会。"

高石吓了一跳:"啊?是,是啊。"

喻繁盯着他回忆了两秒:"我连操场都没来。"

完了,喻繁不会以为自己是在怪他之前没来参加运动会吧?

高石:"是,但我知道你一定是有事情耽误了……"

他心刚提起来,就觉得衣服一松,喻繁把他放开了,沉默地转过了身。

高石缓下一口气,不敢再多说什么了。直到喻繁签名检录的时候,高石才敢偷偷看他一眼。

喻繁脸色很沉,眼皮用力地绷着,冷得有些吓人。

陈景深之前怎么说的来着?

从高一的时候陈景深就想认识自己。运动会的时候,甚至还看过自己的项目。

高一运动会时喻繁翻墙出去上网了,陈景深看的什么项目?电子竞技项目?

陈景深耍他。

高石站在边上等着,其他班的运动员跳之前都有人加油助威,他们班的人也不能没有牌面。

轮到喻繁,高石刚准备张口,男生就已经飞快地助跑起步,高高一跃,高挑的身形在空中划出一条漂亮的弧线——

高石忽然觉得,陈景深刚才写的演讲稿,其实也不是不能用。

登记完成绩,高石还是觉得有点没反应过来。

他嘴巴张了半天,呆滞地问:"喻繁,你,你跳了第二?就差那个体育生一点点?

"太厉害了,你是之前练过吗?我还以为你是……"

"老师几点比赛?"喻繁打断他。

他们学校的运动会也有老师项目,不过不多,也不计入班级分数。

高石:"十一点好像有场接力,怎么啦?"

没怎么。

回去的路上,喻繁的表情一直很凶。

他在想陈景深会说什么求饶的话。

想不到。

陈景深会哭吗?

哭吧,哭得鼻涕横流最好。然后我就拍下来,将照片和那封信一起贴到学校公告栏上。

喻繁面无表情地走在跑道外,经过某个裁判点时,他忽然被人抓住手臂,并往旁边的围观人群里拽。

他扭头,对上章娴静的眼睛。

章娴静一愣:"哟——你表情怎么这么凶啊?没跳好?"

"可能吗?"喻繁说,"松手。"

章娴静没松开:"你去哪儿?"

"回去。"

"别啊,来一起给同学加油。"

喻繁脚步一顿,半响才想起来现在是男子三千米长跑项目。

"第几圈了?"他站定后问。

章娴静说:"快的已经第七圈了,马上跑完了。"

喻繁"嗯"了一声,视线在后面那几个跑得半死不活的身影里转了一圈,没找到人。

"王潞安呢?"

"他啊,"章娴静讥讽一笑,"在教学楼里蹲着呢。"

"……"

"他吃了太多东西,检录时喊肚子疼,跑厕所去了……这不,学霸帮他顶上了。"

喻繁怔了好几秒，才迸出一句："你说谁？"

"学霸啊，陈景深。"章娴静扬扬下巴，"喏，那儿呢。"

喻繁顺着望去。

陈景深身形高瘦，他一身校服，突兀地挤在一群穿运动服的人身边。

跑四百米都喘的人居然来参加三千米长跑项目？

喻繁："他这是落后了一圈？"

"怎么可能？"章娴静瞪他一眼，"学霸真人不露相，跟三个体育生在争前三名呢。"

喻繁还没反应过来，章娴静就对旁边几个班里的同学喊道："来了，来了！马上冲刺了！快！喊起来！"

"学霸加油！"

"冲刺了学霸！冲刺了！"

"学霸冲啊！超过前面那个小眼睛！"章娴静大喊。

喻繁在他们的喧闹声中，怔怔地看着陈景深发力，加速，然后第二个冲破三千米的终点线。

最后关头加速得有点狠，陈景深又慢跑了几步才停下来。他站得很稳，停下之后微微弯腰，偏着脸，像是在等身边的裁判报成绩。

陈景深有些发汗，身上的校服在跑步过程中饱受摧残，头发也有些飘，全身上下都是乱的，和他平时正儿八经的模样截然相反。

但他表情依旧镇定，那张帅脸绷着，把旁边几个累成狗的男生衬得很狼狈。

裁判朝他说了个数字，陈景深点点头，然后跟所有男生一样，抓起衣摆抹了一下自己下巴的汗。

紧绷的腰腹一晃而过。

"啊啊啊啊！第二！怎么样？成绩登记完了吗？我是不是能去送水了？"

章娴静的尖叫声把喻繁叫回神。

陈景深显然也听到了这边的动静，抬头朝他这儿看了一眼。

106

喻繁心里一跳，飞快撇开视线道："我回去了。"

不过这人怎么看起来一点儿都不累？甚至在这么多体育生里能拿第二名。

难道他长跑比短跑厉害？

撑着不倒是为了装酷？算了吧，就他那体格，没准过两分钟就躺地上了——

手臂被人从身后抓住，喻繁还没反应过来就被强制转了个身。对上陈景深黑沉沉的眼睛后，喻繁微怔道："你——"

陈景深身子晃了一下，径直朝他靠了过来。

喻繁一愣，下意识伸手把人接住。

个子比他高的人倒在他身上，脑袋搭在他的肩膀上。

"对不起。"身上的人气息沉缓，用仿佛即将休克的虚弱嗓音在他耳边说，"我站不住了。"

十八

章娴静抱着"月考之前一定将你拿下"的决心，冲在送水最前线。

陈景深朝她看了一眼，忽然起身匆匆走过来，步子快得根本不像刚跑完三千米长跑。

章娴静扬起红唇——

这叫什么？

这叫念念不忘，必有回响！

陈景深即将走到她面前，章娴静立刻把脸偏成最好看的角度，递水时不经意露出自己昨晚熬夜涂的美美的指甲油，掐着声音："陈同——"

然后她眼睁睁看着陈景深在她面前拐了个弯，跟她擦肩而过，一头栽到喻繁的肩上。

章娴静："……"

她看着喻繁阴沉的表情，心说完了。

没记错的话，上一个浑身汗挨喻繁这么近的还是隔壁学校那群来挑事儿的。

章娴静正准备冲上去救英雄,只见喻繁抬起手来——

他扶住了陈景深。

章娴静:"……"

喻繁僵硬地扶着人,正考虑把他扔地上:"站不住就躺下,这儿没车碾你。"

陈景深声音沙哑地说:"我怕影响到其他人。"

肩上的人慢吞吞地撑起身站直。

"抱歉。"

陈景深苍白的嘴唇动了动,后退一步,像是想给他让出离开的位置,下一秒人一晃,喻繁肩上又多了个脑袋。

喻繁:"……"

几秒后,喻繁在众目睽睽之下粗鲁地给他换了个姿势。

他把陈景深挪到身边,嫌弃地拎起一只手臂搭在自己肩上,冷着脸把人架走了。

校医室离操场不远,喻繁到的时候,等着上药的人已经挤到了门口。校医室里就三张椅子一张床,此刻已经被占满了,喻繁只能拖着人站着。

校医正蹲在地上帮其他同学上药,听见动静后抬眼问:"怎么了?"

"刚跑完三千米,"喻繁凉凉道,"人可能不行了。"

因为经常被庄访琴带来擦药,校医对他眼熟。

校医看向陈景深:"身上哪里不舒服?心口痛吗?"

陈景深轻轻地摇头:"头晕,没力气,站不稳。"

"那没事,正常的,应该是你平时不运动,累着了。过一会儿会缓解的。"校医朝喻繁扬了扬下巴:"去,倒杯温水加点糖和盐,盐少一点儿,三分之一勺就够了,搅一搅给他喝。东西在我桌上。"

喻繁站着没动:"我?"

"难道让他自己去?"

校医环视一圈,发现周围没座位了,刚想说要不你让他靠着墙站一会儿——

喻繁扛着人，单手冲糖水去了。

校医："……"

喻繁手重，也不知道三分之一勺是多少，随手就盛了大半勺。

"少点。"他肩上的人虚弱地说。

"再嘀咕一句自己泡。"说完，喻繁抖了抖勺子，把盐撒回去一半，然后敷衍地搅了搅杯子，拿起来递到陈景深面前，"喝吧。"

陈景深接过杯子，慢慢地抿了一下。

喻繁说："喝光。"

陈景深听话地一饮而尽。

旁边的学生认识他俩，全都屏住呼吸，满脸震惊地看着他们。

帮人上完药，校医站起来问："怎么样，好点儿了吗？"

"嗯。"陈景深低声说，"但还是有点儿站不稳。"

"应该还要缓一阵儿，回教室好好休息一下，暂时不要剧烈运动了。"

校医说完，看向扶着他的人："喻繁，你也跑三千米了？要不要给你也泡一杯？"

喻繁正准备问把人放哪儿，闻言拧眉："不用，没跑。"

校医纳闷："没跑你脸怎么一直这么红？"

喻繁扔下一句"我拉他回教室"后，就把人拖出了校医室。学生要么在操场，要么待在教室，楼道没什么人。怕他上个楼又晕了，喻繁烦躁地扶着他，一级台阶一级台阶地走着。

"你还有力气吗？"陈景深忽然开口，低低道，"你要是不行了，我可以自己走。"

现在到底是谁不行？

"闭嘴，"喻繁咬牙道，"别在我旁边说话。"

嘴巴里还是糖和盐混在一起的奇怪味道，陈景深沉默地吞咽了一下，气息沉了一点。

喻繁："也别呼吸。"

陈景深闭嘴了。

高二七班教室空空荡荡,一个人也没有。

喻繁把人扔到几张合并的课桌上躺着,自己坐在旁边玩手机。

王潞安给他发了一堆消息,他口袋一路嗡嗡响。

王潞安:我没事了。你们在哪儿?

王潞安:这牌子的冰激凌真的有问题,我必须告他!等赔偿款一到,我直接把这学校买下来,天天开运动会!

王潞安:完了完了!左宽发消息告诉我三千米长跑是学霸帮我跑的,就他那虚弱的身体,跑完不得出人命?

王潞安:你人呢,你怎么不在看台?

看完后王潞安正好打了个语音电话,喻繁秒挂。

喻繁:教室。

王潞安:在教室干吗?

喻繁:守灵。

王潞安:啊?

前面传来一点动静,喻繁举着手机往旁边挪了挪,和守着的人正好对上视线。

陈景深在课桌上平躺着。课桌放不满他的身子,一双腿起码有一半悬在外面。

这姿势很呆,放在陈景深身上却不会。他偏头看着喻繁说:"你跳远怎么样?"

课桌和椅子之间拉开了一点距离,空间足够,喻繁二郎腿跷得很嚣张,没什么表情地问:"你睡不睡?"

"睡不着,"陈景深说,"我……"

"砰!"很轻的一声,打断了陈景深的话。

喻繁架在另一只膝盖上的腿抬起来伸直,不轻不重地踹在他躺着的桌子上,桌子脆弱地偏移了一点点。

"陈景深,"良久,喻繁冷冷道,"你之前说,你高一的时候就想认识我了?"

陈景深眸光微动,安静地看着他。

他继续说:"运动会的时候,还看过我的项目?"

喻繁日常冷脸和真正发火时的模样其实不太一样。

平时跟胡庞顶两句嘴,跟隔壁学校来勒索的人碰上,甚至在奶茶店遇到丁霄,他都是一副冷漠又懒散的姿态,没真正把那些事放在眼里。

不像现在,每个眼神都像刀,声音都渗着冰。

"我高一没参加运动会,你在哪儿看的项目?'酷男孩'?"喻繁面无表情道,"你那些鬼话,全是在章娴静那儿学的吧?"

"陈景深,你耍我?"

教室里沉默了一阵。

陈景深一动不动地看着他,嘴唇闭得有点紧。

喻繁等了一会儿,做出决定。

他收回腿起身,居高临下地看着陈景深,伸手抓住他的衣领,淡淡道:"起来,趁中午把这事儿说清楚⋯⋯"

"初一。"陈景深忽然出声。

喻繁一愣:"什么?"

"初一的时候,在成山中学,"陈景深仍躺着,平静地看着他,"你参加过跳远。"

"⋯⋯"

"我去你们学校考试,看见了。"

有这回事?喻繁眼皮猛地一抽。

好像真有——

"你当时撩着裤腿,没穿鞋,助跑的时候绊了一下,在地上打了个滚,栽进沙子里,没跳成。后面你又跳了一次。"

喻繁:"⋯⋯"

"第二次也跳得不远。"

"⋯⋯"

"然后你站在旁边看别人跳,不肯走,边看边哭——"

"我哭个头!"喻繁抓衣领的力度重了一点,咬牙切齿地纠正道,"那次是眼睛进沙子了!"

111

"嗯。"

喻繁脸上的杀气还没退去,他瞪着陈景深。

"后来高一第一次升旗,你上台念检讨,我才知道我们在一个高中。"

喻繁凶狠道:"闭嘴。"

"没学别人,也没耍你。"陈景深说,"我……"

"你是不是听不懂人话——"

"哐!"教室门忽然从外面被人踹开。

王潞安拎着一个大塑料袋,身后还跟着左宽和章娴静:"喻繁,给你发消息你怎么一直没回啊?外面太阳毒,静姐说吃外卖,我给你随便点了一份红烧牛腩,你凑合着吃——"

三人看清里面的场景,一下定住了。

只见喻繁一手紧紧抓着陈景深的衣领,像是要把人从课桌上拽起来似的,另一只手却又紧紧捂着陈景深的嘴。他眼里带着三分凶狠、三分震惊、四分手足无措,浑身上下都别扭。

而被他抓住的人从容地躺着,手自然地垂在一侧,任由喻繁捂着自己的嘴,既任人宰割,又毫无畏惧。

听见动静,两人同时朝他们看过来,一冷一热。

这是干吗呢?王潞安一愣。

教室里诡异地沉默了一阵。

半晌,王潞安小声问:"你们……玩儿呢?"

十九

"出去。"喻繁说,"关门,没叫你们别进来。"

章娴静回过神道:"喻繁,你要干吗?"

左宽站在最后面,视线在两人之间转了一圈:"你们在谈事?"

王潞安:"有什么话不能让学霸坐着好好谈……"

喻繁:"出去。"

"好嘞。"王潞安退出去一步,顺手拉上门,关门之前还交代一句,

"慢慢玩,我在门口给你望风。"

门关上后,教室重新安静下来。

陈景深眸子一动,又看向面前的人。

三人出去后,喻繁还把他摁着。

"以后不准再提什么破跳远。"他一脸凶狠地威胁道,"也不准说奇怪的话。听见没?"

外面三个人不安分,聊天的声音断断续续往里面传。

喻繁:"不说话?"

陈景深眼睫动了一下,眼珠子往下垂。

喻繁随着他的动作朝下看,然后两只手一块松开。

"为什么?"陈景深开口道。

还能为什么?

喻繁皱眉,随便扯了一句:"因为我不想听。"

陈景深单手支着坐起身,往后靠在墙上。他的衣领被喻繁扯乱了,整个人多了几分平时没有的凌乱感。

良久,他才道:"知道了。"

喻繁满意地松了一下眉,坐了回去。

午休时间到了,同学们陆陆续续回到教室。

王潞安在外面敲门,说班里有人回来了。

王潞安一进教室就往陈景深那儿看。

学霸安然地坐在座位上,手里夹着笔,另一只手整理着衣服的领口。

王潞安拆开塑料袋,拿出那份红烧牛腩摆在喻繁面前:"赶紧吃吧,一会儿凉了,我们拿回来好久了。"

"嗯。"喻繁兴味索然,低头玩他的《贪吃蛇》游戏。

左宽反跨坐到他前面,拆开外卖:"你脸怎么红——"

"关你什么事。"喻繁说,"再吵回你班里去。"

王潞安觉得自己坐着吃没劲儿,也捧着饭盒坐到陈景深前面的座位,边吃边问:"学霸,你三千米怎么跑的第二啊?我之前看你跑四百米都够呛。"

陈景深言简意赅道:"超常发挥。"

"厉害。"王潇安说,"学霸,你怎么不去食堂吃饭?"

陈景深:"腿酸,走不了。"

喻繁面无表情地吃掉别人的小蛇。

"哟,我的问题!我该给你带份饭的,毕竟是你帮我跑的三千米长跑。"王潇安拍了一下脑袋,"要不这样,我现在去食堂给你打一份。或者你想吃外卖?"

"不用了。"

"别跟我客气。"王潇安说,"你刚跑完三千米,身体又不行,待会儿低血糖了怎么办?"

"不会,"一直没表情的人忽然抬了一下头,"我喝过糖水了。"

"啊?哦……好吧。"王潇安愣了下,没再坚持。

吃饱喝足后,王潇安把垃圾袋捆好,揉了揉肚子。王潇安看了一眼喻繁面前没被动过的外卖:"你怎么不吃?不喜欢红烧牛腩?"

"还不饿。"

王潇安闻言起身道:"那走吧。"

走出门口发现少了个人,王潇安回头喊了一声:"喻繁?"

"你们先走。"喻繁把手机扔进口袋,踹踹陈景深的椅子:"让开。"

陈景深放下笔起身。

左宽和章娴静已经走出后门,不见了。

喻繁收起视线,擦着陈景深的肩过去时,抬手在自己桌上动了一下。

那份装着红烧牛腩的塑料袋被拎起来,在空中晃了一秒,又被放到隔壁桌上。

"吃。"冷冷地扔下这一句,喻繁头也不回地去了厕所。

下午的四乘四百米接力,庄访琴特地来到操场。

原因无他。经过近一天的项目,她发现——喻繁跳远拿了第二;陈景深三千米长跑拿了第二;还有班里那个独苗体育生冠飞远,拿了百米第一。加上其他几个拿了前六名的,分数林林总总加下来……

"我们班现在总分全年级第四名?"王潇安瞠目结舌道。

快到检录时间了,他们这几个跑接力的先集合。

高石激动道:"没错,这场四乘四百米我们如果能拿五分,也就是前两名,那今天我们能冲进前三名!"

"好好跑。"庄访琴感慨,"我带了你们一年多,从来没有哪次课外活动离前三名这么近。"

"你行吗你?"章娴静担忧地看着王潞安,"你都没练过四百米和接力。"

上午,陈景深在全校师生的注目礼中被扛走,虽然他表示自己还能跑接力,但庄访琴没有答应,果断让王潞安顶上接力第三棒。

王潞安:"放心。我之前每天下午都去看他们训练,没吃过猪肉但见过猪跑……"

喻繁抓起一包薯片朝他那扔去:"不会说话就闭嘴。"

王潞安笑嘻嘻地接住薯片,撕开吃了一片。

"开玩笑的。"王潞安转头,看向坐在旁边休息的人:"学霸你放心,你上午为我拿了个第二名,我一会儿一定好好跑。"

"嗯。"陈景深抬起眼皮,视线从王潞安身上扫过,看向他身后的喻繁,"加油。"

喻繁单手抄兜,没理人,径直朝检录台的方向去了。

检录这边在排队。

王潞安正按照冠飞远教的方法热身,一扭头,和同样在排队检录的左宽对上了视线。

王潞安愣了一下:"你怎么在这儿?"

"惊喜吧,"左宽扬眉,"跟你一样,帮人顶跑的。"

"你们班没人了?"

"你懂什么,老子跑得巨快,你一会儿就跟在我后面吧。"左宽嗤笑道。

王潞安用胳膊碰碰旁边的人:"来,喻繁,告诉他,咱们这次的目标是——"

喻繁看傻子似的看了他们一眼:"第一。"

王潞安:"啊?"

"你想多了,第一?"左宽嗤笑道,"我班里两个体育生来跑接力,你说这话就有点不礼貌了吧。"

"没关系,"喻繁说,"这不是有你在吗?"

"……"

检录完毕,运动员们已经在接力点聚集,比赛马上开始。

高二七班的看台上,几个女同学站起来远眺。

"我们班真的能拿前两名?"

"不知道,我说实话,放在昨天,我都没想过我们班的项目能来齐人。"

"……"

"不过这次有冠飞远在,应该会好一点。他可是我们学校体育生里跑得最快的,还拿过高中生全国冠军呢。去年他有训练,只参加了两个单项,不然我们班肯定也不会垫底。"

"但是……喻繁会好好跑吗?"

几个女生沉默了。

陈景深顺着她们看的方向望过去。

运动员们已经在起点附近准备好了。冠飞远见多了大场面,此刻不慌不忙,悠然自得地等待裁判,高石正在拼命拍自己的脸蛋,王潞安见了,也跟着拍了两下。最后一个人双手抄兜,懒散地驼背站着,裁判就位时他甚至伸了一下懒腰。

班里人:"……"

他果然不会好好跑!

枪声响起的那一刻,所有人一起冲出起跑线。

冠飞远没让大家失望。隔壁两条跑道的运动员跟他一样是体育生,但还是被他轻易地拉出了一段距离。一圈回来,冠飞远把其他人全甩在身后,把接力棒递给高石后,功成身退。

高石一接棒就使出吃奶的劲儿跑,然后没出一百米就被八班的体育生超过。

"我先走了啊,"左宽摆出准备接棒的姿势,嘲讽旁边的人,"你再待会儿。"

王潞安:"嚣张没有好下场。"

王潞安接棒时,他们班已经从第一落到第四。

"王潞安!"章娴静的嗓门从看台传过来,"争一保二!你努力超一个!"

王潞安自认很帅地撩了一下头发,朝她比了个大拇指,然后他接过接力棒,刚跑出两步,脚下就一个趔趄,差点给大家伙跪下。

其他运动员经过他身边时,还得忍住笑声。

章娴静:"……"

果然嚣张没有好下场。

旁边的女生道:"完了,这下前六都不知道能不能有……"

"没关系,这才第三棒。"章娴静两手撑在嘴边做喇叭状,"喻繁!你好好跑!拿第一!"

其他班的最后一棒都在严阵以待,而喻繁……

他脸色散漫,正回头看王潞安爬到哪儿了。

王潞安已经掉到第五名,他在最后冲刺关头用尽全身力气,缩短了和前面人的距离。在把接力棒递给喻繁的那一刻,他说:"兄弟,靠你——"

话还没说完,接力棒被人一把抽走,身前的人离弦箭似的冲了出去。

"了……"王潞安怔怔地说完。

喻繁超过第一个人的时候,坐在看台上的七班学生都没认出来那是自己班里的人。

跑在第四名的学生觉得自己身边掠过一阵邪风,然后就只能看到男生恣意飞扬的背影。

喻繁驰骋在跑道上,风把他的头发全都拨到脑后,不知多少老师和学生此时此刻才终于看清他的模样——好帅。

来巡逻的校警站在榕树旁,看到这一幕后,忍住点烟的冲动,望天感慨。

是他。这人每次逃学翻墙被他发现的时候,也是跑得这么快。

"他……练过体育吗？"冠飞远看着那道身影，怔怔地问。

"没有——"王潞安顿了一下，"吧？"

喻繁超过第三名时，七班同学才猛地清醒。

旁边的八班没想到在最后一棒能杀出这么一匹黑马，立刻举起横幅声嘶力竭地给自己班级的运动员们加油。

"别被七班超了！他们去年可是倒数啊！"

七班几个学生猛地站了起来！

到了这种时刻，他们才不管平时和喻繁关系怎么样，扯开嗓子就喊——

"喻繁！加油！"

"快！超过他！"

"差一点差一点差一点——超了！啊啊啊再超一个！再超一个前两名了！"

喻繁在一众加油声中，超过了第二名。

越快到终点，喻繁跑得就越快——

当他与第一名齐肩时，全班人都震惊到无声。

两人几乎同一时间冲过终点线。

两个班默契地安静了一会儿，看台飘出一句："谁是第一？谁是第一！"

两名裁判交换完自己的意见之后，宣布道："高二七班！"

七班的看台瞬间沸腾！

终点线离他们班的看台很近，王潞安跑完就上来坐着喝水休息，听到结果，他激动地起身用力撞了一下旁边人的屁股——

"哈哈哈哈哈！"

左宽："……"

喻繁冲过终点之后跑了几步才停下来，他正在听成绩，背对看台弯着腰，手撑在膝盖上沉默地喘气。

校服贴在他后背上，勾勒出他清瘦的身形，肩膀随着呼吸阵阵起伏。

他停下的同时，跑道边上的几个女生几乎同时想上前，在对上对方的眼神后又有些不好意思。

王潞安缓过气儿来了。他坐在看台上数了一下："喻繁就是厉害，跑场四乘四百米都能有三个女生送水。"

左宽酸溜溜地说:"正常。我要是女的,我也去送水。"

王潞安伸着脑袋:"哎,之前那个四班的女生也在,不是我说,她肯定以前就暗恋我兄弟……"

陈景深收起视线,忽然开口道:"可以送水?"

"啊?"王潞安蒙了一下,"可以吧,怎么了……"

"王潞安!"高石在下面喊他,"你下来!要去操场签名!"

"来了,来了!"

王潞安把手中的薯片放地上,快速跑下台阶,跟着高石去裁判席签名。

一道身影匆匆从他身后走过。

陈景深走下台阶,弯腰,从箱子里拎出一瓶水。他头也不回地朝跑道走去。

"喻同学,你还好吗?要不要喝点水?"第三个送水的女生把水递过去,含羞带怯地看了喻繁一眼。

男生不自在地垂着头,躲避着和她的对视。

她鼓起勇气继续说:"你刚才跑步的时候,我一直在为你加油打气,不知道你有没有听……"

"抱歉。"喻繁僵硬地说,"我不渴。"

虽然是拒绝,但声音还算温和,语气也和平时念检讨时的语气不一样。

女生忽然觉得喻繁本人也没传闻中那么凶,没准还有一点儿希望。

她握水的力气重了一点:"那……"

一道黑影笼罩在她头顶。

女生一愣,下意识回头望去——对上了年级第一的脸。

陈景深抬起手,把水递到了喻繁面前。

他刚张口:"喻——"

"走开。"

一直垂着脑袋的人猛地抬头,冷冷地绷着脸,不耐烦地吐出两个字。

女生抖了一下,然后她默默地把自己的水缩了回来。

二十

喻繁高一入学时把饭菜扣人家头上,一扣成名。

这场四乘四百米接力跑得太帅,他又在学校里大火了一把。

于是运动会第二天,他把外套随便套头顶走进操场的时候,操场大多数人在看他。他头都没抬一下,面无表情地一路走到自己班的看台上。

他们学校的运动会每两小时就有人来查勤,没项目的人也得来看台坐着。

今天要颁奖和拍照,看台的座位也要按身高排。

王潞安看见他乐了:"喻繁,你当贼呢?不热啊?"

"晒。"喻繁言简意赅道。

他也不是怕晒,主要是眼睛见光久了,容易睡不着。

今天项目少,看台上的人格外多,坐着有点挤。

喻繁一坐下来就闻到了身边人淡淡的皂香,或许是放了薄荷,他闻着莫名觉得凉快了一点。他忍不住往旁边瞥了一眼。

陈景深后靠在墙上,因为太挤,他一双长腿憋屈地屈起,正在低头玩手机。

左宽挤到王潞安旁边,头上戴着一顶鸭舌帽。见喻繁来了,他微微前倾,终于忍不住问出那个憋了一晚上的问题:"喻繁,你以前是不是练过啊?昨天跑得太猛了。"

喻繁淡淡地"嗯"了一声。

以他家为起点,东南西北所有路线,他都不知道跑过多少次。跑了两年多,换谁谁都练出来了。

"我说呢……我们班的体育生都被你搞郁闷了。"

喻繁皱起眉:"你怎么又在我们班,回去,挤死了。"

"嘘嘘嘘。"左宽朝他比手势,"我手机被没收了,过来找王潞安看东西。你睡吧,我们不打扰你。"

多一个人少一个人,都得挤着睡。

喻繁忍着火,将外套往脸上一盖,靠在墙上闭眼。

陈景深正在看手机上的消息。

妈:阿姨说,你今天去学校了?

妈:我不是说过吗,既然没你的运动项目就跟老师请假,留在家里自习。你去了只是平白浪费时间。

陈景深垂着眼皮沉默了一会儿,刚敲了两个字,肩上忽然一沉。

他一怔,垂下头,看到了皱巴巴的校服外套。

被校服外套裹着的脑袋自动为自己找了个舒适的位置,靠了半晌,又往上蹭了一下。

陈景深盯着这颗脑袋看了一会儿,直接把手机锁屏扔进旁边的书包里,往下挪了挪肩膀,好让旁边的人睡得更舒服。

吴偲拿着题库回头时看到的就是这样一幕。

有道题他算了半天都没头绪,庄访琴这会儿又去参加老师接力项目了,他想了想,决定求助一下学霸。他看到两个男生挨在一起。陈景深的坐姿多了点随性的味道,另外一个几乎整个人都倒在陈景深身上,头上还披着校服外套。

吴偲正愣着,忽然对上了陈景深的视线。

只见对方面无表情地睨了他一眼,又看了一眼他手中的题库,然后冷淡地移开了视线。

吴偲抱着作业本又坐了回去。

…………

喻繁是被笑声吵醒的。

他烦躁地动了动脑袋,只觉得身子一歪,下坠感让他心里一跳——一只手及时按在他额头上,将他又托回了原位。

喻繁拉开外套,抬眼对上一道锋利的下颌线时,整个人都有点蒙。

感觉到动静后,下颌线的主人低下头来跟他对视。

喻繁脑袋有点转不过来,他盯着陈景深的睫毛看了一会儿:"你笑的?"

陈景深说:"不是。"

这人说话怎么还带一股震颤感。

喻繁拧眉："你怎么离我这么近？"

"可能因为，"陈景深说，"你靠在我肩上？"

"……"

喻繁眼皮一跳，终于清醒过来。

他抱着校服外套，倏地坐直身子。校服被扯得太狠，他的头发都是乱的，整个人看起来有些呆。

"你不会叫醒我？"

"叫过。"陈景深面不改色道，"你让我闭嘴。"

"……"

喻繁觉得这是自己能说出来的话。

他理亏地往后一靠，躺在墙上揉了揉眼睛。

旁边又传来两声笑。喻繁忍无可忍地转头："你们在笑什么？"

王潞安吓了一跳："吵到你啦？"

"都是王潞安在笑。"左宽说，"我们在看直播呢。"

两人用外套挡住手，看了大半天。

喻繁没搭理他们，他抬手抓了一把头发，扫了旁边人一眼。

陈景深已经恢复了原先的坐姿，正拿着手机在玩数独。

见他醒了，王潞安干脆把手机送到他面前。

"喻繁，太好笑了，我刚才用左宽的直播间账号看直播，好家伙，他账号关注的全是女主播。"

喻繁看了一眼，当即皱眉，刚想叫他拿开，左宽涨红脸骂道："你们不看女主播？"

"我看得肯定没你多。"王潞安说，"喻繁就更别说了，他压根儿不——"

陈景深突然从数独中抬起头，没什么表情地看了过来。

喻繁被盯得一顿，刹那间，他猛地想起自己之前吹出去的牛皮。于是，他嘴里的话生生拐了个大弯。

"我看。"

王潞安："啊？"

喻繁靠在墙上，强调道："我特喜欢看。"

王潞安："……"

左宽也愣住了："真，真的吗？看不出来啊。"

"这主播跳得还行，"喻繁拿出手机，"叫什么？我点个关注。"

左宽："妖……妖妮……"

喻繁"嗯"了一声，动动手指搜出这个女主播。他想了想，故意坐直身子，把手机往下挪了点，然后摁下关注。

一个弹窗忽然跳了出来——

关注成功！妖妮已经成为您的第一百三十二个关注，也是您第二个关注的美女主播！点击这里可以查看更多的美女主播哦！

喻繁："……"

啊？这？这是什么？

上次关注的时候没有啊！

喻繁捧着手机，僵在原地。

抻着脑袋过来的左宽也蒙了："兄弟，一百三十二个关注里就两个女主播，你逗我……"

"另外一个是谁啊？"王潞安说着，手贱地点了一下喻繁的关注列表。

上次关注的那个女主播名字跳了出来。

"这算什么女主播？"左宽说，"这女的只播游戏，不跳舞，不唱歌，正经人谁看她啊！"

喻繁："……"

王潞安回神道："确实。我就说嘛，你什么时候看过女主播？上次我们上网的时候，隔壁那男的在看女主播跳舞，你不是直接起来换电脑了？"

"我没……"

王潞安想起什么，又对左宽说："还有一次，他进错直播间，那女主播念了一遍他的账号，还叫了声哥哥，好家伙，我兄弟直接下机。"

"……"

喻繁正在想把这两人踹下去的可行性，旁边忽然传来一道短促的笑。

陈景深，你笑什么？

"你——"喻繁恼羞成怒地回头，脑子里想了无数句话，在对上陈景深的视线后，却忽然熄了火。

陈景深的嘴唇很薄，嘴角有一个很淡的弧度，不笑的时候显得冷，笑起来……也冷，像晴天时的细雪。

黑沉的眸光从眼尾扫过来，正安静地看着他。不知是不是刚睡醒的原因，喻繁张着嘴，一下有些卡顿。

陈景深等了一会儿："嗯？"

喻繁："不准笑。"

陈景深应道："好。"

话音刚落，高石在台阶下叫陈景深去领昨天的三千米长跑的奖。

人走后，喻繁干坐了一会儿，又默不作声地躺了回去。

"喻繁，趁访琴不在，去食堂买点吃的吗？"王潞安问。

"不去。"

"你没睡够？兴致不高啊。"

喻繁没搭理他。

直到从看台的角度看不到陈景深了，喻繁才抬起手背挡了一下眼睛。

啧……

他刚才没发挥好。

二十一

运动会持续了两天，紧跟着又放了一个周末的假。

周一上学时，班里那种轻松的氛围还没散去。

喻繁刚进教室就被抓了壮丁。

班里这次运动会拿了年级第三名，大大小小项目拿了不少奖状。庄访琴一大早过来，就是为了把这些都贴到教室后面的墙上。

庄访琴抬着头指挥："左一点……太左了，歪了……你到底有没有平衡感？你看人家陈景深贴得多正。"

喻繁站在椅子上，捏着奖状两角，觉得自己像傻子："那你怎么不干脆让他全贴完?"

"这是每个人自己拿的奖,当然要自己贴上去。"庄访琴说,"你这高中三年没准就只能拿这一张奖状。好好贴,别弄破了!"

"……"

喻繁贴完了跳远第二名的奖状,又被庄访琴塞了一张接力第一名的,她让他顺便贴了。

喻繁按照庄访琴的意思调整了几十次,终于贴到她满意。

他刚准备下去,突然瞥到接力旁边是陈景深那张三千米长跑的奖状。

喻繁折腾了半天,忍不住没事找事道:"第二名凭什么和第一名一起贴在最上面?"

庄访琴:"人家和你在一张成绩单上也没嫌弃过你啊。"

"……"

"行了,赶紧下来。"

喻繁回到座位上的时候,陈景深正在给一个男生讲题。

这男生喻繁不认识,只记得是跟陈景深一起转过来的,他们迄今没说过话。

喻繁走过去,还没来得及开口,陈景深已经起身给他让出位子。

来请教问题的吴偲偷偷抬头,看着喻繁熟练地把手机扔进课桌里,熟练地把校服铺在桌上,熟练地趴下睡觉。

他初高中都在尖子班,说实话,很少见到这样的同学。他上课一般在睡觉,还会跟老师顶嘴。

他有点怕喻繁,但又觉得新奇。

"懂了吗?"陈景深抬眼,看到对方的视线后,淡声开口道。

"啊。"吴偲立马回神,"懂了懂了,谢谢学霸!"

"其实我还有一道题不太会,但马上要上早自习了……"吴偲笑了一下,抬头真诚地说,"如果我们还是同桌就好了。"

陈景深把笔盖盖上,面无表情地跟他对视着。

有那么一瞬间,吴偲觉得他脸上写着"说完了吗?说完就走吧"。

于是他识趣地抱着题库起身:"谢谢学霸,我回座位了。"

数学课上，庄访琴站在讲台上，宣布了下下周期中考试的事。

班里一片哀号。

"这么快——"

"怎么又考……"

"什么？我们不是昨天才刚开学吗？要期中考试了？"王潞安的嗓门最大。

"喊什么喊？这才哪儿到哪儿，等你们上了高三，一个月起码要考两回。"庄访琴指了指墙上，"不过大家也别气馁。你们想想，运动会你们都能从年级倒数第一名进步到第三名，期中考试难道不行？"

等喻繁满脸不爽、闭着眼坐起来后，她才继续道。

班里人沉默了一会儿。

王潞安："不是我说，运动会喻繁能拿第一、第二名。考试你能指望他啥呢？"

庄访琴："……"

喻繁闭目不语，没有要反驳的意思。

章娴静撑着下巴说："老师，我们班上次年级考试的平均分也不是倒数第一啊。"

"那是多少？"吴偲忍不住问。

"倒数第三。"

吴偲眼前一黑。

"行了，总之就是这么个事儿。我事先告诉你们，考完之后就是家长会，你们自己掂量吧。"庄访琴说，"还有就是，关于座位……

"不少同学对目前的座位有意见，甚至有些家长也跟我反映过。所以，这次期中考试结束我会参考成绩波动，调整一下位子。

"最后，某些同学——喻繁，睁开眼睛……某些同学，如果还是自暴自弃，连选择题都不愿意写，那我就只能把他单独拎到讲台旁边坐了。"

一下课，王潞安就立刻冲了过来。

"我敢肯定，"他压低声音，恨恨地扫了纪律委员一眼，"去跟访琴要求换位子的人里面，肯定有我同桌！"

章娴静："不怪别人，谁让你天天上课睡觉。"

"那怎么了？我又没打扰他。再说了，喻繁也天天上课睡觉，学霸有过意见吗？"王潞安扬扬下巴："是吧，学霸？"

他没得到回答。

王潞安转头一看，陈景深在垂眼做题。

他握着笔，嘴角冷淡地绷着，锋利的眉眼让他沉默时总显得冷冰冰的。

"这能一样吗？喻繁睡觉可不打呼噜。"章娴静撩了一下头发，"再说了，你难道想跟纪律委员坐？"

"我想个头，他纪律本上我名字出现的频率比喻繁还高，我巴不得离他远点——但他不能主动去跟老师提换位子，这样会让我很没面子。"

章娴静送了他一记白眼。

她忽然碰了碰自己的同桌："柯婷，刚才老师说有的学生家长要求换位子，该不会是你妈妈吧？你妈妈上学期就不喜欢我跟你坐一块儿，呜呜。"

柯婷愣了一下，很快又恢复木然的神情，小声回答道："不是，我跟妈妈说我们这学期没坐一起。"

"那就好。"

王潞安："……"

好在哪儿？

章娴静满意了，看向另一位一直没吭声的人："喻繁，你有什么打算？"

喻繁靠在椅子上，闻言抬眸道："什么？"

"你没听访琴说吗？你这次如果再考不好，就搬讲台上坐。"

"叮！"喻繁听见他同桌把笔轻轻放到桌上。

喻繁本来想说那是唬人的，庄访琴不知说了几遍让他坐到讲台边上，两年了，他却还在同学堆里坐着。庄访琴不喜欢干把某个同学特殊化的事。

但话到嘴边，他又吞了回去。

喻繁抬起脑袋，往讲台那边望了望。

王潞安："你看啥？"

喻繁："看讲台哪边视野好。"

旁边的人倏地起身时，桌椅发出声音，喻繁下意识抬头看了一眼。

他只来得及看到陈景深的一个冷淡的侧脸。陈景深放下笔起身，一言不发地出了教室。

说来也很神奇，陈景深刚才的表情明明跟平时没什么区别，但喻繁就是很微妙地感觉到，陈景深心情不好。

"坐前面，玩手机什么的也太不方便了吧……喻繁？"王潞安叫他，"你看什么呢？"

喻繁收回脑袋："没。"

陈景深直到上课铃响才回来。他回来时表情更冷了，甚至当着语文老师的面掏出了物理课本。

刚刚公然表示不想跟他同桌的喻繁眉梢一挑。

你摆脸给谁看？

语文老师在台上讲解文言文。她声音温柔，语调很慢，非常助眠。

喻繁那刚被庄访琴拧了半节课的神经很快松弛下来。

他往后移了移椅子，又趴了下去，没几分钟后，困意又席卷而至。

快要睡着时，他肩侧忽然被撞了一下。

喻繁睡得浅，几乎条件反射地从臂弯抬起头来。他额前的头发乱糟糟地向上翘着，正皱眉眯眼看着撞过来的方向——

陈景深坐姿端正，手臂屈起，稍稍有些越过两张课桌中间的线。

他像是没有察觉到喻繁的目光一样，正低头做着笔记。

这人长手长脚的，偶尔碰到也不是不可能。

喻繁忍了忍，揉揉眼重新趴下去。

两分钟后，水瓶落地的声音把喻繁从外太空拽了回来。他抬头，露出一只眼睛，看到他同桌弯腰捡起水瓶，把它放回桌上。

又过了一会儿，喻繁从闷响中抬头，咬牙盯着陈景深。

陈景深翻开桌上那本比板砖还厚的文言文注解大全，眼也不抬地在上面画了一个重点。

喻繁的睡意被赶到了西班牙。

喻繁揉了一把脸，满脸阴沉地坐起来，拿起手机打开《贪吃蛇》游戏，把敌人的小蛇当作陈景深来咬。

他刚吃掉一个巨长无比的"陈景深"，就瞥见旁边的人拎起那本文言文注解大全，看起来是想把它塞回抽屉。途中，它"不小心"碰到了喻繁刚拿出来做掩护的立起来的语文课本上。

课本应声而掉，精准地砸到他手机上，喻繁没拿稳，"啪嗒"一声，手机掉在了地上。

动静不小，全班都回头往后看。

正在写板书的语文老师极缓慢地转过身，她柳眉轻拧，神情生气又委屈。

"我认为，我的好脾气并不是让你们变本加厉的理由。"她说，"最后一组倒数第二排的喻同学、陈同学，请你们两位拿起课本，去黑板报前站着。"

喻繁："……"

王潞安正想和经过自己身边的好兄弟逗个乐，抬头看到对方那张棺材脸后，又飞快地闭了嘴。

看他俩站好后，语文老师才满意地重新回头写板书。

喻繁捏着课本，闭了闭眼——

"页数不对。"旁边飘来一句，"老师在讲第四十七页。"

"陈景深，"喻繁磨牙道，"你下课跟我去一趟厕所。"

陈景深："你翻开第四十七页，我就跟你去厕所。"

喻繁："……"

陈景深道："数学没基础有点难。语文老师在讲新课文，你或许能听懂。"

喻繁莫名其妙地拧眉道："陈景深，你到底想干什么？"

陈景深说："想一直跟你坐同桌。"

旁边没了声音。

陈景深偏过头看他,正好对上喻繁杀人的目光和通红的耳根。

"怎么了?"陈景深说,"我这次没说奇怪的话。"

喻繁盯着面前的文言文,把语文课本捏得吱吱响。

一天都忍不了了。

期中考试能不能明天就考?

二十二

喻繁连续两天都没再跟陈景深说话。

当然,他没睡觉,也没玩手机。

王潞安连续观察了他两天,不禁摇头感慨:"连喻繁都开始听课了,我们还有什么资格不努力?"

这会儿是课间时间,喻繁正盯着窗外的鸟看。

敏感地察觉到身边的人翻了一页书后,喻繁立刻把头扭回来:"谁说我听课了?"

王潞安倚在章娴静的椅背上:"你这两天既没玩手机又没睡觉,不是在听课是在干吗?"

"打坐。"

章娴静扭过头来:"王潞安,你不是说这两星期要洗心革面,重新做人吗?怎么每晚还在群里找人打游戏?"

"我是想洗心革面,但数学它不给我机会啊。练习册里十道题有十道不会,解题思路看都看不懂,要不我干脆辍学吧。"

"也不是不行。"

闲聊了几句,王潞安的视线不知第几次瞥到陈景深那边。终于,一直在做题的人放下了笔,准备伸手去拿桌上的水。

王潞安一把抢走水瓶,然后在几人诧异的目光中帮他拧开盖子,双手举瓶递到陈景深面前。

"学霸您喝!"

喻繁:"……"

章娴静:"……"

陈景深也顿了一下,过了两秒才伸手去接水瓶。

"谢谢。"他说,"有事?"

王潞安:"其实没什么大事,但你既然都开口问了,那我就说了啊。"

陈景深:"……"

"是这样的,学霸,我爸是打棒球的,那手劲儿……你懂的。我这次期中考试要是再考不好,家长会举办之日就是我挨打之时。挨打不说,还没零花钱,没准还会被赶出家门。"

王潞安顿了顿,试探地说:"之前好像听别人说过,就是……你们那些排名靠前的考场,监考老师好像都不太严格?"

章娴静:"你想什么呢王潞安,想让学霸帮你作弊?可能吗——不过如果真的可以的话,能不能顺便给我也发一份?"

喻繁:"……"

做梦吧。

陈景深这种人,连他欣赏的人偷看他试卷,他都恨不得拿十块砖盖在试卷上,还想让他帮你们作弊?

"不行。"陈景深说。

看吧。

喻繁转了一下笔,冷哼一声。

王潞安蔫了回去:"好吧,其实我也就是来碰碰运气……"

"不过可以帮你划重点。"

"嗯?"王潞安一愣。

"看不懂题,应该是你选错练习册了。"陈景深淡淡道,"你上次数学多少分?"

王潞安:"嘿,我上次期末考试超常发挥,考了足足六十七分!"

"你在做什么练习册?"

"《更高更妙的高中数学思想与方法》。"

"……"

总是默默听着的柯婷忍不住了,回头小声说:"那里面很多都是竞赛题。"

章娴静:"你觉得自己配得上这种名字的辅导书?"

喻繁也想这么问。

"我怎么知道?在书店逛了一圈,觉得这书名牛,就买了。"王潞安说,"学霸,你觉得什么样的练习册适合我啊?"

陈景深:"上次期末考试试卷带了吗?"

"嘿嘿,我怕我爸看见再揍我一顿,我就没把它带回家,寒假都放在学校藏着呢。"

"拿来我看看。"

陈景深大致翻了一下卷子,然后撕了张便笺,给他写了几个练习册的书名。

王潞安接过一看,嘴里念念有词道:"学霸,你的字真漂亮,我看看……《高中必刷题》《高中数学知识点汇总》《笨鸟先飞进化版》……"

喻繁心说,这是什么意思?凭什么他是进化版的?

喻繁嘴唇动了一下,最后什么也没说,又扭头去看窗外的鸟了。

"好嘞,我回去就买。"王潞安说,"学霸,你是怎么知道这些练习册的?"

"查过。"

"你还查这个?难道你数学以前也不好?"

柯婷心想,你但凡多关注一下年级成绩排名表,都不会问出这种话。

"没。"良久,陈景深轻描淡写道,"给别人查的。"

鸟儿转了一圈又飞走了。喻繁盯着那根光秃秃的树枝,轻轻地"啧"了一声。

放学回去的路上,喻繁顺手买了一份馄饨。

最近气温回升,他懒得开火。

回到小区后,听见家门里面的麻将声时,喻繁神色微变,掏钥匙的动作都顿住了。

片刻之后,感觉到身边有道目光正盯着他,喻繁转过头,跟楼梯拐角探出来的脑袋对上了目光。

小女孩坐在台阶上，探了个头，正眨眼看着他。见喻繁忽然抬腿走过来，她有些不知所措。

喻繁两三步走上台阶，然后跟上次一样蹲了下来。

"你在这儿干吗？"他看了一眼对方背后的书包后问道。

"爸爸妈妈还没……回家。"小女孩说完后，肚子突然轻轻地"咕"了一声。

她捂着肚子，有点脸红。

喻繁"嗯"了一声，把馄饨放在她旁边说："吃。"

说完，他起身准备下去，衣角忽然被人拉住。小女孩仰头看他，又转过脑袋，看了一下喻繁家的房门。她还没说话，喻繁忽然抬手，在她头发上随意揉了两下，然后抽身下楼，用钥匙开锁进了屋。

里面的几个大男人正围着桌子打麻将。他们听见动静回头，对上喻繁一张冷脸，动作和声音忍不住放轻了一点。只有喻凯明，见到他故意加大音量。

喻繁视若无睹地回到房间，把房门锁上，父子俩没有任何交流。

"明哥，这是你儿子啊？长挺帅啊，就是有点凶，进屋也不喊人。是吵架了还是怎么了？"

"你第一次见他儿子吧？"另一个人习惯道，"他和他儿子的关系就这样，没好过。"

"不用搭理他，惯的。"喻凯明把牌一推，"和了！"

没过多久，房门又被打开。

喻繁从里面出来，他换了身衣服，明显是刚在里面洗了个澡。

喻凯明叼着烟，扫了他一眼："大晚上，你去哪儿？"

喻繁没搭理他，走到玄关穿鞋。

"我跟你说话呢。"喻凯明拍桌子道。

喻繁开门就要出去。

喻凯明气得刚要骂人，只见喻繁出门的动作忽然顿住，然后回头冷冷地看过来——

"喻凯明，我提醒你一句。"

他凉声道:"你敢再动我房门一次,我就把你的门牙打掉。"

喻繁说完,关门走了。

屋内沉默了十来秒。

喻凯明把烟拧灭,一下暴起:"老子今天不把他嘴巴割下来——"

"别别别别!"旁边人立刻上来拉他,"小孩子说浑话而已,不用跟他计较……"

"就是,没必要嘛,来来来,继续打牌。"

喻凯明也不是真敢追上去,有人拦他之后,他又装模作样了一会儿,才重新坐回去。

"我跟你说,明哥,治小孩的办法多了去了。我教你,你就停他十天半个月的生活费,过段时间他保准乖乖听话。"

喻凯明嗤笑,扔出麻将牌道:"傻子才给他生活费。"

"啊?"那人一愣,"你不给他钱吗?那他生活费从哪儿来的?"

喻凯明吐出一口烟道:"他爷爷和他妈走的时候都给他留了点。"

"大嫂……这么早就走了?是病了,还是怎的?"

提到这个,喻凯明的眼神瞬间阴冷下来。

旁边的人小声告诉他:"没,老早的时候就跟人跑了——"

"呸!"喻凯明转头吐了口唾沫,破口大骂,"臭女人!提到她就晦气……"

"行行行,都别说了,提那些破事干吗?打牌,还玩不玩儿了?"

喻繁去了平时常去的那家小破店。

这次店里没什么人,他找了个还算舒服的沙发,躺着打了一会儿游戏。

他挑了个打枪的游戏。四人一队的游戏,他非要一个人单排,挑图里人最多的地方,落地提枪就杀人,被人围死了就重新开一局,发泄似的打了一小时。

游戏里的角色来来回回不知道死了多少次后,搁在桌上的手机突然响了。

是王潞安在讨论组里找喻繁。

这讨论组人不多，都是经常在一起玩儿的那几个。

王潞安：@喻繁，兄弟，你在哪儿？"酷男孩"还是哪儿啊？我这儿看你游戏在线呢。

王潞安：我在游戏里给你发了十条消息，你一条都不回我？@喻繁。

喻繁动动指头回了一句"没看见"，然后直接把定位发到群里。

他躺在沙发上，顺手往上滑了一下聊天记录。

然后他翻到一条突兀的入群消息——

王潞安邀请陈景深加入群聊。

他把陈景深拉进群干什么？约牌还是约什么？

喻繁皱了一下眉，又懒得打字问。

陈景深进群之后没有说话，估计是进来后看到左宽他们正讨论明天逃课去哪儿，就直接把群屏蔽了。

王潞安：哦，我就是问问，不过去，我刚买了学霸推荐的练习册，准备拼一把。

喻繁没再回消息。他把手机扔到桌上，继续单人进入游戏。

又在游戏里跟人厮杀了一小时，喻繁刚准备开下一局时，瞥见前台来了一帮人。

这帮人像是组团来打游戏的，人多嗓门大，听见没有连在一起的电脑后准备换店。

喻繁看了一眼自己身边的几台空电脑，起身下了机。

夜风微凉。晚上这一片行人渐多，街边已经架起很多夜宵铺，白雾袅袅升起，让这条小街道显得更加拥挤。

喻繁走出店，在旁边的角落站定——

"汪——"

一声被压抑住的低吟。这声音离得太近，喻繁下意识转过头，看见一只杜宾犬正朝他狂奔而来。

杜宾犬戴着金属嘴套和皮质项圈，它后面还跟着一根狗绳。喻繁觉得这狗有点眼熟，还没来得及反应，狗已经冲到他旁边，然后用力地往他腿上蹭了一下。这阵势像是要咬他，吓得旁边人尖叫了一声。

当事人倒是一动没动，还垂着脑袋跟狗对视了一会儿。

喻繁被蹭回了神，他怔怔地顺着狗绳抬头，然后看到了满脸镇定，却用两只手抓着狗绳，还被狗牵着跑了大半段路的陈景深。

二人相顾无言半晌。

陈景深："能帮个忙吗？"

喻繁："……"

"我牵不住它。"

二十三

陈景深身上套着一件宽松的白色卫衣，搭黑色长裤，简单随意。

这是喻繁第一次见陈景深穿着校服以外的衣服，比在学校里顺眼一点。

狗依旧趴在喻繁腿上，尾巴晃完了又甩，看起来没有要跑的意思。

于是喻繁站着没动，咬着烟含混问："你怎么在这儿？"

"遛狗。"

喻繁看了一眼狭窄的街道和周围人群："在这儿遛？"

"原本在附近的公园。"陈景深像是想起什么，那张面瘫脸上出现了一言难尽的表情，"然后被它带过来了。"

喻繁想了一下离这里最近的公园。好家伙，你被狗带着跑了一场三千米长跑？

杜宾犬长相凶猛，虽然戴了嘴套，也套了绳，但还是有路人被它吓到。

狗狗围着喻繁的腿转了几圈，因为被嘴套限制，所以，它发出的声音又沉又小，有点像扑食前的警告。

一个小男孩路过，跟狗对上视线后，当即被吓哭。

"哎哎哎，宝宝不哭。"旁边的母亲立刻把他抱起来，哄了两声，然后朝喻繁白了一眼，小声斥责道，"竟然在这儿遛狗，什么人哪！"

喻繁："……"

他烦躁地拧了一下眉:"把绳给我。"

陈景深朝他递出狗绳,喻繁将手穿进手柄里。

"废物养什么大型犬。"喻繁牵着狗,头也没回地扔下一句,"跟上。"

陈景深:"好。"

走出几步,狗狗发觉狗绳的另一头换了人,忍不住回头看了一眼自己的主人。

陈景深垂眼,朝它晃了晃手指。

狗狗立即"呜呜"两声,摇着尾巴继续乖乖向前。

这条街一路下去都是小吃摊,越到晚上人越多。

喻繁走在最靠边的路上,尽量避着人,还好狗也没闹,乖乖地贴着墙边走。

"我们去哪儿?"身后的人问。

喻繁:"出去。"

过了片刻,身后人又问:"你吃晚饭了吗?"

喻繁没理他。

陈景深:"我没吃。"

"那就饿着。"

"它也没吃。"

狗听懂似的停下脚步:"呜……"

喻繁:"……"

陈景深在路边随便挑了家面馆,因为怕狗吓到人,所以他进店打包。

喻繁牵着绳,一人一狗在门外站岗,店铺这十分钟里的生意骤差。

没多久,陈景深两手拎着几个袋子出来了。

喻繁看了一眼,觉得他可能是想给这狗开一桌满汉全席。

喻繁把他们带到了附近的人工湖。

人工湖旁都是长椅,喻繁随便挑了一张坐下,懒懒地打量起面前这只狗。

陈景深跟他坐下,狗立刻扭头过去,靠在陈景深的腿边。

狗跟照片上的一样,被养得很好。它耳朵高高立起,安静坐着时有种与生俱来的贵族气质。

喻繁正盯得出神，旁边人递来一个塑料袋。

"多了一碗面。"陈景深道，"那家店买一送一。"

喻繁看都没看一眼："不吃……"

"咕！"他肚子响了一声。

喻繁："……"

半分钟后，喻繁掀开了塑料盖子。

食物的香味飘出来，狗当即坐不住了，站起来"呜呜"了两声。

陈景深伸手在它身上揉了一下："别叫。"

陈景深的手纤长白净，骨节明显，用力时能看见一点微微凸起的血管。他手大，无论是转笔还是驯狗，都带着一股从容不迫的懒劲儿。

这只手从狗的颈间往上挪，最后停在那副金属嘴套上。

陈景深朝他看过来："不介意吧？"

喻繁回神，摇了一下头。

陈景深把它的嘴套摘了，狗立刻张嘴响亮地"汪"了一声。

"别叫，再叫给你戴上。"陈景深轻轻拍了一下狗的脸，然后说："它不咬人，带这东西只是为了让路人安心。"

"嗯。"喻繁跷着二郎腿，随口问，"它叫什么名字？"

"繁繁。"

"……"

繁繁听见自己的名字，又不敢叫出声，只能在陈景深腿边乱转。

喻繁捧着碗扭头问："哪个繁？"

陈景深沉默了一下："繁花似锦的繁。"

"……"

宠物用叠字当名字很正常。"繁"字虽然少见，也不是完全没人用。

换作别人，喻繁肯定不会多想。

但此时此刻，他就是觉得这名字有那么一点儿冒犯到自己——

陈景深看着喻繁那张写着"你是变态吗"的脸，思索了几秒。

"它是我上小学时被送来的，也是那时取的名字。"陈景深抓住狗脖子上的项圈,淡淡道:"繁繁,过来。"

喻繁:"……"

陈景深用手指钩出繁繁脖上挂着的狗牌。

喻繁眯起眼去看——

狗牌正面留着陈景深的电话。

背面写了一行字:繁繁,二〇一一年十二月二十九日。

"是出生日期。"陈景深道,"它每块狗牌上都有。"

行吧。

喻繁不是很爽地低头吃了口面。

狗没吃到东西,一直在脚边转。陈景深单手抓着它的颈圈,伸手在袋子里掏了一会儿,然后掏出了一个茶叶蛋。

喻繁眼睁睁看着他剥开蛋壳,掰开那个蛋,蛋白被他自己塞进嘴里,剩下那颗蛋黄才轮到繁繁——那只狗。

喻繁:"你就给它买了个蛋?"

"嗯。"陈景深说,"不能让它吃得太饱,不然拽不住。"

你真是废物得理直气壮。

冷月高挂。湖边偶尔吹来几道风,惬意舒服。

一碗面下肚,喻繁绷了一晚上的神经忽然被这风抚平了。

喻繁肩膀微垮,懒洋洋开口道:"我看它也不难遛,你怎么让它牵着跑了一路?"

"暴躁的时候拉不住。"陈景深说,"但平时都很乖。"

像是知道他们在讨论自己似的,繁繁前脚蹬着,想踩到陈景深腿上。

陈景深舒展开腿任它弄,手自然而然地摸着它的身体,屈起手指抓了几下。

"叮!"一道清脆的手机提示音把喻繁叫回神。

黑夜中,喻繁伸手揉了一下脸,手忙脚乱地打开手机。

王潞安:艰苦的学习结束了,我决定放松一下。所以有没有兄弟玩游戏?

王潞安:@喻繁,你怎么不在线了,不玩了?

喻繁这才反应过来。

吃都吃完了，他还跟陈景深坐在这里干什么？

"我回去了。"喻繁起身道，"你能把它牵回去？"

"可以。"

喻繁转身："那——"

"等等。"

"我刚才看到拐角有家书店，想进去买本辅导书。"陈景深一只手牵着狗，另一只手抓着喻繁的衣角，"能再帮我照看它五分钟吗？"

书店门口，又是一人一狗。

喻繁站着等了一会儿，目光瞥下去跟狗对上了视线。

半晌，他蹲下来，对着狗说："以后你叫深深。"

繁繁："……"

喻繁："深深。"

繁繁："……"

喻繁皱眉："出声会不会？"

繁繁："……"

喻繁觉得自己有病，竟在这儿给狗改名。

他直起身，拿出手机回王潞安刚才的消息。

狗乖乖地坐在他腿边，漆黑的眼珠子在行人身上好奇地转悠着。

良久，书店门被打开，风铃在空中晃了晃。

"繁繁。"

喻繁下意识回头——跟他身边的狗一起。

陈景深原本在看狗，感觉到他的视线后，眸光一转，朝他看了过来。

喻繁："……"

我干吗回头？

"呜呜呜，呜呜呜！"狗隔着嘴套，朝陈景深的方向开心地回应了几声。

陈景深走过去，刚要说什么，只见男生死沉着一张脸，把手柄递给他。

"把你的狗牵走。"喻繁的语气比脸还臭。

陈景深"嗯"了一声。接过手柄,然后把另一个微沉的塑料袋套到他手心上。

"今晚的谢礼。"陈景深说。

喻繁看着袋子里的《笨鸟先飞》,心说不客气,我今晚就把你和你的狗一起送走。

第四章

怎么脏兮兮的

二十四

把人跟狗送走，喻繁又回到之前的地方上网。

"还有电脑没？"

老板抬头道："有。吃完饭回来啦？"

喻繁"嗯"了一声。

陈景深挑的那家面馆很实惠，一碗面分量极大，底下还有个荷包蛋。他走了一圈回来，胃里还是胀的。

"今晚包夜吗？"老板打开上机程序后，问道。

"包。"

"那你等等，今天位子多，我给你挑个舒服的。"

都是住在一条街道上的邻居，加上喻繁常来这儿，老板多少听说过他家的事。

他忍不住问："你怎么不干脆在学校住宿呢？"

"懒得上晚自习。"

南城七中是有学生宿舍的。不过学校位置好，交通方便，再加上住宿生必须上晚自习这项规定，所以他们学校的走读生要比其他学校多一倍。

开好电脑，喻繁躺在沙发上，又点开了那个打枪的游戏。

打了一局，他忽然觉得没意思。出去吹了一会儿风后，他好像没那么想打打杀杀了。

于是喻繁随便点开了一个听过名字的电影，当助眠声挂在耳边，准备将就睡一觉。他刚闭眼就被人叫醒。

阿姨推着清洁车走过来，指了指他桌上的东西，问："小弟弟，这是垃圾袋吗？"

老板正好经过，他手里拿着给客人泡好的方便面。听见动静后，他下意识往喻繁那边看了一眼。

喻繁放东西的时候太随便，塑料袋可怜地贴在那几本书上，被摆在最上方的书隐隐约约透了出来。老板看见书封上的标语写着——"数学零基础，就选笨鸟先飞！"

"笨鸟"那两字上面甚至画了只扑棱飞不起来的小肥鸟。

老板见喻繁满脸嫌弃地盯着那个袋子。

于是他笃定地对阿姨说："不是他的，可能是哪个客人留下来的。您帮我收着放柜台去，等会儿看看有没有人来取。"

阿姨年纪大了，视力差。她闻言点头，伸手想去拿那个袋子。

对方比她还快。

"我的。"

喻繁倏地把东西抽走，扔在身后垫着。他的视线在电脑屏幕上乱晃，含糊地说："谢谢……不扔。"

王潞安这次是真被他爸下了最后通牒：再考不好就断零花钱、没收手机，周末限制出行。

所以翌日上课，他连着两个课间抱着练习册往陈景深那儿跑。

王潞安发现之前他打听来的消息非常可靠。学霸虽然平时话少，但讲起题来不含糊，简单易懂，而且特别详细，甚至详细得有些过分。

还有就是，声音有点大。

"学霸，我虽然基础差了点儿，但初一的知识点我还是懂的，没必要浪费您的时间再教我一次……"

陈景深道："多学一次，加强记忆。"

又讲完一道题，陈景深把笔抵在桌上，发出清脆声响："听明白了吗？"

声音响起的同时，他身边那位正在睡觉的同桌搭在肩上的手指头抽了抽，虚虚地握成一个拳头。

王潞安的心脏跟着这只手一抖，用气音说道："明白明白明白，学霸，咱俩的声音或许可以再小那么一点点？你看周围这么多同学，打扰到别人就不好了……"

"嗯。"陈景深音量不变，"还有哪道题？"

王潞安轻轻翻页说："这道——"

"没完了？"喻繁从臂弯里抬头，盯着王潞安，冷冰冰道，"怎么，庄访琴办公室挂着牌子，写着'王潞安不准进屋问问题'？"

"我这不是求学心切嘛。而且访琴确实不在办公室，她今天听公开课去了……"

王潞安说着说着，往喻繁脸前凑了一点："看你这脸色，昨晚包夜啦？哎，我一直很好奇，你家附近那家店环境那么差，你是怎么做到在那儿窝一晚上的？"

陈景深垂眼看去——

喻繁皮肤冷白，身上多点什么颜色都显眼。此刻他眼下乌青，耷拉着眉，看起来不太精神。

感觉到旁边人的目光，喻繁下意识想把脸埋回去。

他知道自己现在是什么德行。

但他转念一想——不是，丑怎么了？我为什么要在意自己在陈景深面前的形象？

"便宜，"喻繁皱眉道，"没你说的那么差，有沙发……"

额头一凉，喻繁的声音戛然而止。

陈景深两只手指并拢在一起，探了一下他的额头。

喻繁额前的乱发被手指推到了一边，露出完整的眼睛，瞬间少了几分戾气。

两个人都愣了一下。直到陈景深挪开手，喻繁才回过神来。他下巴还抵在手臂上，扭过头道："你是不是——"

"你现在的脸色，跟上次一样。"

喻繁："……"

陈景深说："身体弱就不要熬通宵。"

喻繁："……"

你一个连自家狗都牵不住的人，有资格说我？

王潞安看喻繁这神情，怕是陈景深再多说一句，都要被喻繁直接拉去厕所单挑。

于是他立刻合起练习册："上次？什么上次？我怎么不知道——哎，喻繁，别睡了，下节课体育课，我约了左宽打球，他估计已经在占球场了，走走走。"

不论换几次课表，七班和八班一周都有两节体育课在一块儿上，所以两个班之间经常约球。

见到他们，左宽"啧"的一声："怎么来这么慢，等你们半天了。"

"体育老师解散得慢。"王潞安松一口气，"我还担心抢不到球场。"

"刚有个想过来打羽毛球的，被我赶跑了。"左宽数了数他们的人数，"你们怎么才四个人？"

甚至其中一个还头发凌乱，正懒洋洋地往石椅附近走。

王潞安："喻繁不打，我们正好三打三。"

"三个头，我们这儿五个人，打全场。"左宽说。

"我们原本也是五个来着，冠飞远临时训练去了……"

"随便找个不就行了？"左宽看向喻繁，"打吗？我这儿都叫齐人了。"

喻繁打了个哈欠："随便，叫得到人我就上。"

两分钟后。

喻繁看着被王潞安拉来的陈景深，扭头道："我不打了。"

"哎哎哎，咱不能说话不算话。"王潞安挨着他小声说，"没办法，没别人了，凑合吧，你这么强，就当让八班一个人头。"

陈景深扫了一眼两个挨得很近在说悄悄话的背影。

王潞安骨架大，把旁边的男生衬得更加清瘦。

半晌，喻繁面无表情地回头，没搭理在一旁站着的陈景深，径直走进了球场。

王潞安紧跟过来，经过陈景深身边时，抬手拍了拍他的肩："学霸，我们商量好了。你就帮我们凑个人头，如果拿到球，直接传给周围空着

147

的队友就行,不用你去突破投篮。"

陈景深说:"好。"

左宽跟喻繁站对位,笑道:"你们班是真没人啊,居然把陈景深拉来了,万一磕着碰着他不会告诉老师吧?"

他说着往陈景深那儿看了一眼,随即一顿。

陈景深脱了那件不管多少度都穿着的校服外套,只剩里面一件白衬衫。

时间有些赶,他的衣袖撩得有些随意,反而多了几分平日少有的利落感。

"你觉得你还顾得了他?"喻繁说,"别废话,早打早完事。一会儿人多,怕你丢脸。"

"别说垃圾话。"左宽乐了,"别的班可能打不过你,我们班两个体育生这次都在,还怕你?"

左宽确实不怕,他们事先就说好了,体育生直接去防喻繁,剩下几个都成不了气候。唯一身材占点优势的王潞安,跑不过两节就喘。前面打得都挺好的,该防的人算是防住了。

喻繁顶着两个体育壮汉的压力,又一次假动作过人,三步上篮。

篮球穿过球筐落地。

同时,在旁边充当裁判的章娴静浮夸地举起手臂,示意第一节比赛结束。

喻繁拿起球,扔给左宽道:"要不再多个人防我?"

左宽得意道:"别装。你自己看看比分。"

王潞安跟随他的声音去瞄了一眼比分,忍不住骂了一声。

他们班篮球赛基本都是靠喻繁和冠飞远得分。这次冠飞远不在,喻繁虽然还是在得分,但两个人防他,多少受到了限制。

现在第一节结束,他们的比分反而还落后了两分。

休息时间到了。王潞安喝了口水,说:"这次算让他们……左宽赢了估计得吹一个月。"

第一节是力气最足的时候,越往后他们的主力越累,也就越难应付那两个体育生了。

"没打完怎么知道谁赢?"喻繁道,"别偷懒,好好打。"

回球场之前,喻繁朝旁边瞥了一眼。

打了一小节,所有人都出了点汗。唯有一整节都在传球的陈景深,连声粗气都没喘。

忽地,陈景深垂下眸光,跟他的视线撞上。

喻繁飞快收起视线,掩盖似的丢下一句:"继续传球给我。"

直到重新回到位子上,喻繁都没反应过来,刚才自己那句话并没有得到回答。

第二节比赛开始,喻繁依旧被防得很死。

王潞安突破未果,只能把球往后传。他回头看了一眼,其他人都有人在防,只有一个高瘦的身影站在那儿无所事事,他下意识把球送过去。

左宽见状,敷衍地上去防守,他知道这球八成又要往喻繁那边传——喻繁本人也是这么想的。

等了几秒都没等到球,喻繁皱起眉,疑惑地朝旁边看去。

陈景深站在原地,单手运球,正在和左宽对峙。

他手掌很大,篮球每次弹起时都能完美契合他的手心。

下一秒,他身子前倾,带球轻松过掉左宽,几步跑到前场之后一个果断的中投——

"砰!"篮球落筐,行云流水。

场内其他人都蒙了。

其实这就是一个再简单不过的进攻,但放在陈景深身上,好像就有那么一点儿值得惊讶。

"学霸……"王潞安怔怔出声道,"原来你会打篮球啊?"

陈景深把球捡起来,扔给左宽,淡淡道:"会一点儿。"

喻繁在陈景深看过来之前撇开视线。

怪不得每次陈景深传过来的球,他都能接到。

会,你不早说,装什么?

左宽被过得太突然，也是还在回神。

他笑道："这样？之前还真没看出来。那我得分点儿心防你了。"

两分钟后，他被陈景深又一次轻松过掉。

左宽："哈哈，我真得认真了。"

第三小节，左宽连续三次投篮被陈景深轻飘飘地盖掉。

左宽："哈。"

最后一节。

陈景深单手运着球，把他耍成猴似的左跑右跑，然后手一抬，手指一挑，在他脑门顶上投了一个三分球。

这是会"一点儿"？你诚实吗？

比赛最后两分钟，左宽看着自己班落后的那十二分狂怒。

输球其实是常事，班里这些体育生不在的时候他输得更惨。但这次给他的感受尤其不同——

喻繁本身性格比较狂，打球时的狠劲儿一阵阵的。这让他输也输得爽。

反观陈景深，这人连打球都是一副冷冷淡淡的模样。

简单来说，就是你全力以赴，而对方轻轻松松、面无表情地就把你打趴下了。

左宽忽然觉得自己有点理解年级里那位万年老二的心态了。

最后一个球了。八班虽然已经没有赢的希望，但几个人还是认真打着。

陈景深沉默地原地运球，抬起手背去抹下巴的汗。

八班分了一个体育生来防他，左宽也一直在旁边盯着，他现在想突破有些难。

下一瞬间，他对上了喻繁的视线。

两人对视了不到一秒，便不约而同地收回了目光。

喻繁擦掉眼角的汗水，慢吞吞地往前走了两步。

陈景深则带着球向前，他站在三分线外停了一秒，随即抬起手。

左宽以为他要投三分球，立刻原地起跳。不料陈景深轻飘飘地瞥了他一眼,手忽然垂下,"砰"的一声,球被传到了左侧——

球听话地落到了喻繁手里。

喻繁运球飞快地朝前跑了几步,然后高高跃起,校服 T 恤的衣角掀起,露出他覆了一层薄汗的腰。

他翻转手指,把球往篮筐里一灌。

王潞安一拍大腿:"这怎么会是体育课里的比赛!这难道不该在斯台普斯中心(美职联湖人队主场球馆),周围摆上二十多个拍摄机位,在全国晚八点激情直播——"

"差不多得了。"左宽虚弱地说,"有你什么事?"

实验楼某间常年空着的教室。

这里位置偏僻,没有监控,适合做事。刚打完球的十个人大汗淋漓地坐在教室最后两排。

王潞安:"怎么没我事了?我与有荣焉!"

八班的一个体育生道:"以后干啥都不想跟你们班的人一块儿了。上次接力跑输了,我一整个周末都在挨教练罚。这次要是让他知道我打球又输了……"

王潞安:"那肯定不是你的锅,是左宽在拖你们后腿。"

左宽:"滚。"

那人笑笑:"不过这场打得确实可以。"

左宽阴阳怪气道:"我是没想到陈景深最后会把球传出去,不然我肯定拦下,绝不让喻繁进球。"

说实话,喻繁自己也没想到。但陈景深朝他看过来的那一刻,他莫名其妙地就明白了。

喻繁捻了捻手指,忍不住往旁边瞥了一眼。

陈景深安静地坐在座位上。他鼻尖沁着汗,额间的头发密密地挤在一块儿,衬衫脏了几块,身上少有的狼狈。但他已经平稳了呼吸,脸色平淡,跟身边那几个累成狗直喘气的人不一样。

喻繁原本没打算让陈景深跟来。

但王潞安说，打了这么久的球，可比之前的三千米长跑要激烈得多，怕陈景深跑着跑着就晕了。

喻繁深有体会，他没再赶人。

王潞安："唉，不知道静姐有没有把球赛录下来。待会儿问问。"

左宽："别想了，她就算录了，绝对只录了两个人。"

王潞安："……"

他竟然觉得有点道理。

"学霸，"王潞安说，"你打了几年篮球啊？"

陈景深说："很久没打了。"

"很久没打都这么厉害？三分球简直回回中！"

"运气好。"

左宽掏出烟盒："喻繁，你真不来一根？"

喻繁单手支在课桌上玩手机，低着脑袋摇头。

左宽眼睛又扫到另一个人身上。他心念一动，将手平移过去，烟盒便挪到那人眼前。

"学霸，要不要试试？"

陈景深抬起眼皮看了他一眼，没说话。

左宽温和地笑道："学会了，以后你学习压力大的时候可以放松——"

"砰！"椅脚忽然被人踹了一脚，左宽整个人当即狼狈地往后挪了一下。

他一激灵，下意识回过头，正好对上喻繁冷冰冰的眼神。

"哎，左宽，这就是你的问题了。"王潞安也拧眉，"你怎么劝人碰这东西啊？"

左宽："我不是问问吗……我怕学霸觉得我们不欢迎他。"

喻繁起身，不轻不重地踹了一下陈景深的椅子："走了。"

王潞安回到教室的第一件事，就是去问章娴静有没有录像。

章娴静不负众望，录了。

"我呢？我在哪儿？为什么整个录像都是学霸和喻繁！"王潞安痛斥道，"我们关系这么铁，你连我的影子都不拍一张？"

"胡说,"章娴静指着手机屏幕的角落道,"你低头看看,这是不是你的鞋尖?"

两人在前面热热闹闹地争辩着。

刚打完一场球,喻繁就没了睡意。他后靠在椅子上,低头继续他的《贪吃蛇》游戏。《贪吃蛇》前期比较简单,他玩得心不在焉,另一只手里还把玩着一个盒子。盒子被他转了几圈,发出几声动静。

"喻繁。"陈景深单手抵在课桌上,手里捏着支笔,轻轻地叫了他一声。

喻繁没吭声,只是玩游戏的动作慢了一点儿。

几秒后,旁边没声音,喻繁拧眉道:"说。"

陈景深低头看了一眼他手里的东西:"我刚才听你的,没接那根烟。"

喻繁:"……"

我跟你说话了吗,你就听我的?

"所以,公平起见,你是不是也该听我的,别——"

喻繁磨牙道:"闭嘴……"

"咚咚咚!"旁边的窗户被人用力敲响。

喻繁立刻把手机压到大腿下面,另一只手熟练地翻了一下手指,把盒子收进手心,抬头——

胡庞气势汹汹,隔着窗户说:"开窗!"

他身后还跟着左宽那帮人。他们神情焦躁,也是刚被抓住。

喻繁打开窗:"怎么了?"

"你说呢?"胡庞往身后指了一下,"你们几个,刚才是不是在实验楼抽烟了?"

喻繁:"没抽。"

"又撒谎是吧。"胡庞拿出手机,"同学特意发匿名短信向我举报的,你看看,这是不是你?"

听见"举报"二字,喻繁脸色微冷,抬眼去看。

未知号码:胡主任,我要举报喻繁、王潞安、左宽等多名同学在实验楼的教室里抽烟。

未知号码:喻繁常年在学校抽烟,影响同学。他的抽屉里都是烟盒，希望主任能够及时查清并给予处分。

未知号码发来一张照片。

照片里只有一个人。

教室后门的门缝中露出喻繁半边身子。他支着下巴，懒洋洋地坐着，身边满是烟雾。

照片有点模糊，拍摄的位置应该有点远。喻繁看了几眼道："所以呢，烟在哪儿？"

胡庞："你自己看看这白烟——"

"主任，我说了，烟是我自己抽的，其他人都没抽。"左宽在他身后说。

"行了，你觉得我会信？"胡庞揉揉眉心，抬手指了一下他的抽屉，"把你抽屉里的东西都掏出来，或者你自己主动一点，把烟拿出来。"

喻繁烦躁地"啧"了一声，伸手进抽屉掏东西。

他抽屉本来就空，没几下就掏完了。

去抽最后一本课本时，手指碰到抽屉最里头的东西，喻繁僵硬地顿了一下，不动声色地把它又往里推了一点儿。

"你的课本比教务处的还新……"胡庞扫了眼他的桌面道，"你的笔呢？"

喻繁说："没笔。"

胡庞的胸口更疼了，垂下脑袋去看他抽屉："里面怎么还有东西？拿出来。"

"那不是烟。"

"万一你夹在里面呢？"胡庞说，"拿出来。"

喻繁一动不动。

"要我自己进去看是吧？"胡庞作势就要进来。

喻繁深吸一口气，绷着脸，抽出最里面那几本书，破罐破摔地砸在了课桌上。

一声闷响吓得胡庞不轻。

"你还有脾气了？居然敢在主任面前砸桌——"他的声音在看清书

名后戛然而止。

其他人忍不住跟着往他桌上看——

《笨鸟先飞》。

《初中数学必刷题》。

《小学生都能背的英语词典》。

胡庞："……"

其他人："……"

感觉到周围死寂的沉默,喻繁丢人丢到耳根发烫,心想我还不如直接被处分走人——

"喀喀。"胡庞震撼地咳了两声道,"挺,挺好。"

他说:"你把口袋翻出来看看,还有,你另一只手一直垂在那边干什么?"

喻繁："……"

他正在想这玩意儿该塞到哪里,手背忽然被轻轻碰了一下。

喻繁还没来得及反应,伸过来的手指已经拨弄开他的手,把那盒烟接了过去。

喻繁："……"

二十五

陈景深不动声色地把东西放进自己的口袋,然后拿起笔继续做桌上的卷子。

他神态自然,除了喻繁,周围无人发觉。

"赶紧,不要浪费大家的时间。"胡庞见他又不动了,拧眉出声催促道。

喻繁回神。他蜷了一下手指,木着脸翻开口袋,又摊开掌心。

胡庞满意了。他勉强点点头,看向王潞安:"你呢?"

王潞安立刻把自己浑身上下掏个干干净净,眼都不眨地撒谎:"主任,我戒烟很久了,现在连烟怎么抽都忘了!照片里那些白烟可都是左宽吐出来的,跟我和喻繁一点儿关系都没有!我们刚才坐在里面还被熏了一身呢!这人太可恶了!"

胡庞:"……"

左宽:"……"

王潞安死不承认,胡庞也不能空口无凭地抓人,干脆作罢,叮嘱了两句便带着八班的人去他办公室了。临走之前,左宽趁胡庞回身的工夫,给王潞安比了个鄙视的手势——虽然以前说好了,抽烟被抓就轮流顶罪,但你是不是太过分了?

王潞安回了他一个飞吻。

章娴静感慨道:"王潞安,你撒起谎来怎么眼都不眨?还把事情都推别人身上,你是不是男人啊?"

"抱歉,我是男孩。而且这是我们之前和左宽约好了的,你不懂。"

王潞安说完,视线转了过去,看向了喻繁的课桌。

喻繁脸色一黑,刚想毁尸灭迹,王潞安已经先他一步,拿起了其中一本。

"喻繁,你不诚实啊。"王潞安说,"你居然偷偷学习?"

喻繁:"我学个头。"

"那这些哪儿来的?"

"包夜的时候在地上捡的。"喻繁面无表情道,"拿回来。"

捡了然后带来学校再放进抽屉?傻瓜都不信。

但王潞安看了一眼他的表情,还是决定闭嘴,把练习册又递了回去。喻繁被人发现在偷偷学习确实是件挺丢面子的事,他能理解兄弟。

喻繁把这几本东西,连着拿出来的那些课本一起粗暴地放进抽屉。

"哎。"王潞安看着走远的人,忍不住骂了一句,"到底是谁举报我们的?"

喻繁这才想起自己的东西还在陈景深那里。

门口传来高石的一声:"学霸!数学老师让你去办公室!"

被王潞安传染了,运动会之后,谁见了陈景深都叫"学霸"。

喻繁绷着脸转头,刚打算把东西拿回来,他同桌却推开椅子起身,出后门去老师办公室了。

喻繁："……"

章娴静道："肯定是你们的烟味飘出去，影响到别人了呗。"

"那他可以来跟我们说啊，背后举报算什么好汉！"王潞安想了想，"而且我们都是轮流望风的，当时那教室附近连个人影都没有，能影响到谁啊……你看了刚刚的照片没？就是轮到喻繁去看人的时候拍的。是吧，喻繁？"

"嗯。"

喻繁双手垂在课桌下，没什么力气地举着手机，压根儿没听他们在聊什么。

他重新点开《贪吃蛇》游戏，进入游戏的那几秒里，他摊开左手看了一眼。上次手划了道血口子他都没什么感觉，现在却有点麻。

这人的手指头是不是长刺了？

陈景深这一趟不知道被叫去干什么了，他是踩着上课铃回来的。陈景深刚坐下来，就被人用手肘戳了两下。

喻繁说："我东西呢。"

陈景深将手伸进口袋，拿出那盒烟递给他。

喻繁接烟盒的时候看了一眼他的手指，别说刺，连指甲都是干净整齐、圆弧形的。

放学后，奶茶店又被一帮男生占满了。

左宽满脸晦气，凶狠地盯着每一个路过的同学看，看谁都像是告密者。

被练习册折磨了一天，王潞安的心态反而平和了很多，"又没被处分，一个检讨而已嘛。"

"我在意的是检讨？我是恶心那些告状的人！"左宽骂完，把手伸进口袋里掏了掏。

"你还敢在这儿？"看出他这动作的意思后，王潞安说，"不怕又被拍给胖虎？"

"拍，随便他拍，我还想说呢，短信里写的是我们几个人的名字，凭什么就拍喻繁？老子不配上镜？"

左宽摸了一下兜，没摸到，这才想起来自己的烟被胡庞一锅端了。

"喻繁,你还有没?"左宽碰了碰旁边的人,"给我来一根。"

喻繁拿出烟来,眼也不抬就扔了过去。

左宽接过,喃喃:"这盒这么重,你刚买的……我的天!"

王潞安:"干啥啊,吓我一跳——我的天!"

他俩嗓门太大,别说里面的人,门外经过的几个女生都纳闷地看了过来。

喻繁离他们不远,差点被这两声喊聋。

他皱眉不爽地扭头:"你们是不是找——"

视线里出现一抹花花绿绿的色彩,喻繁声音一顿,低头往左宽手上看了一眼。

只见蓝紫色的烟盒里,塞满了五颜六色的糖。散装,有单颗的,有带棍儿的,烟盒被塞得都快鼓起来了。

他那仅剩的两根烟被挤在角落里可怜兮兮。

喻繁:"……"

其他人全都呆住了。

烟盒的主人也是。

"你这?"左宽最先反应过来,他感动道,"兄弟,我承认,我一个人把这事顶下来的时候是有那么一点委屈……但你也不必这么哄我……毕竟你现在为我做再多,下次被抓还是得你去顶……"

喻繁没吭声。

怪不得口袋这么沉……

他回忆了一下,好像陈景深去了一趟老师的办公室回来,烟盒就是这个重量了。只是当时他只顾着看陈景深的手,并不记得自己之前抽了多少,根本没在意。

陈景深哪儿来这么多糖?

左宽伸手道:"不过既然你这么用心,那我浅尝一颗草莓味儿……"

"唰!"手里的东西被人无情抽走。

喻繁伸手在烟盒里面挑挑拣拣,拿出角落那两支烟扔给左宽。

然后他把剩下的东西全都扔进口袋里。

他打算明天上学,再一颗一颗拿出来砸陈景深的脑门。

想是这么想的,但直到周五,这些糖都没能招呼到陈景深身上。

两人都默契地没提。

王潞安雷打不动,一天能问七道题——直到周五这天,喻繁才终于在课堂上睡了一个好觉。

王潞安今天过生日,晚上聚会庆祝,所以一整天忙着在高二各个班里东跑西窜地邀请朋友。他人缘好,无论男女,都有玩得不错的。

所以晚上,喻繁到的时候,房间里已经挤满了人。

音响里的鬼哭狼嚎差点把喻繁送走,他抬眼一看,果然是左宽。

见到他,坐在中间的王潞安利索地腾出一个位子来:"喻繁,你怎么这么晚?过来坐这儿。"

房间里一半的人都忍不住朝喻繁那儿看。

他们跟王潞安的关系都还行,却没几个人跟喻繁说话。一些是不敢,一些是搭过话,喻繁没理。

喻繁沉默地过来坐下,王潞安发觉他脸色不太好,给他递了个杯子,问:"怎么,堵车给你堵烦了?"

喻繁:"没。"

他出门的时候遇到喻凯明,吵了两句。

喻繁把手里的袋子递过去:"生日快乐,兄弟。"

王潞安接过来:"不是让你别买礼物吗?我……"

王潞安看见袋子里的帽子,愣了一下。

他前段时间跟左宽聊天的时候随便扯了一句,说喜欢这顶渔夫帽,近六百元,但最近刚买了双鞋没什么钱,打算过段时间再买。

当时喻繁在吃饭,头都没抬,没想到他居然全听进去了。

喻繁家里的情况他多少知道一点儿,这帽子其实还挺贵的。

王潞安拎着袋子,有点儿犹豫。

"拿着,别矫情。"喻繁说。

"行,那我收了。"王潞安朝他举杯,"好兄弟,不多说,寿星亲自敬你一杯。"

喻繁干脆地喝光了。

"王潞安，你还玩不玩啊？"左宽等烦了，在旁边喊了一声。

"玩啊，继续。"王潞安回头问，"喻繁，玩猜拳吗？输了往脸上贴白条儿。"

"不。"

"那你坐着，看我一人把八班这群傻瓜的脸贴满。"

左宽说："别以为你今天是寿星我就不骂你……"

喻繁坐在沙发上看他们玩。不知道是哪个女生拿到了麦克风，声音很好听，拯救了他刚才被左宽摧残的耳朵。她如果唱的不是《父亲》就更好了。

喻繁听了两句就开始烦躁，下意识掏口袋，结果手刚碰上去就觉得不对。

他不信邪地挑开盖子——跟糖纸包装上的微笑小女孩对上了视线。

拿错了。

喻繁扭头，想找王潞安。

王潞安"腾"地站起来，挂着一脸的纸条骂："你跟章娴静玩的时候十局十局出布，跟我玩得千奇百怪不说，还挤眉弄眼诈我！左宽，你暗恋章娴静现在就跟她告白，别到桌上来恶心我！"

左宽："你别胡说八道！我哪里暗恋她！她根本不是我喜欢的类型！"

章娴静："你们不要再打了啦——"

喻繁："……"

他又把头扭回来了。他挑出一根棒棒糖，撕开包装，面无表情地塞进嘴里。这糖是牛奶味的，还行，不难吃。

两个服务员推门而进，手里拿着两个圆筒状的物品。灯光太暗，喻繁没看清是什么。

直到那两人分别走到房间两边，他反应过来时已经来不及——

"砰！砰！"礼花筒"砰"地炸开，声音比音响还大，里面的彩条亮片争先恐后地冒出来，飘落在整个包间。

两位服务员异口同声道："祝王潞安王先生生日快乐！寿与天齐！

岁岁平安！福寿万年！"

喻繁"咔"的一下，把糖咬碎了。

坐在他旁边的女生被这动静吓了一跳，捂着耳朵往他肩上靠了一下。女生回过神来，抬头看着他，怔怔地红着脸说："抱歉……"

喻繁没什么表情地往另一边挪了一挪："没事。"

寿星本人也被吓到了。

左宽："怎么样？我特地让人安排的。"

王潞安："傻子吧你！"

喻繁觉得也是。

他含着糖果站起来，刚要走就被人叫住了。

王潞安仰着头问："你去哪儿？"

"厕所。"

"哦，那正好，你出去接一下学霸呗。"王潞安摇摇手机，"他说他到门口了。"

喻繁的表情出现一丝愣怔："他为什么会来这里？"

"啊？我邀请的啊。"王潞安说，"我本来还担心他不来呢。"

喻繁在心里念了一句不能骂寿星后答道："他不能自己进来？"

"那我不是怕他找不到路嘛，没准人家是第一次参加同学聚会呢，你就去接一下呗。"

"不去，懒得伺候。"

王潞安"哦"了一声："那我让他找服务员带路吧。只是这里晚上忙，他等服务员估计得等半天……"

两分钟后，喻繁臭着脸出现在大门口。

喻繁一眼就看到了陈景深。

陈景深穿了件简单的黑色卫衣，黑色工装裤包裹着他那双长腿，整个人像融在黑夜里。此刻他正低着头在看手机。

喻繁将棒棒糖的棍子扔了才走上前。

"怎么，在等轿子来抬？"

陈景深闻声一顿，回头看过来。他眼珠漆黑，在昏暗的环境里发亮,像夜里平静的湖。

喻繁跟他对视两秒,撇开眼,烦躁地说:"走了,进去。"

"怎么脏兮兮的。"陈景深说。

二十六

喻繁冷着脸坐在沙发上,盯着电视屏幕。

沙发上的人都挨在一起坐着,另外五六个男生站着充当气氛组。

喻繁左边坐着的女生穿了短裙,避免不小心碰到她,他只能往另一边靠一点儿。

不知第几次碰到身后的东西,喻繁忍无可忍地用手肘杵了杵旁边的人:"你带书包过来干什么?"

"刚去了一趟图书馆。"陈景深拿起书包,放在腿上单手抱着,"这样好点吗?"

喻繁面无表情地单手拎起他的书包,放到了沙发后面的台子上,然后继续坐直盯着电视屏幕。

又输了一局,王潞安骂骂咧咧地往自己脸上贴条儿,然后放下杯子转过身来:"学霸,欢迎欢迎。"

陈景深把刚从书包里拿出来的东西递给他:"生日快乐。"

"还有礼物?谢——这是啥?"王潞安看着袋子里的东西,愣住了。

"题库。"陈景深靠在沙发上,"你做完之前那几本,可以接着这些往下做。"

喻繁:"……"

王潞安:"谢谢您,我很喜欢。"

门被推开,进来一个女生。看到拥挤的沙发后,这个女生站在门口,一下有些局促。

王潞安立刻站起来指挥:"那边的兄弟,再往那边挪挪,腾个位子给我好姐们儿。"

左宽拿着杯子被挤得没了脾气:"你到底请了多少人来啊?"

王潞安嘿嘿一笑。

沙发上另一个女生下意识看了一眼身边的人。喻繁正在低头玩手机，他们之间还有一点点空隙。

灯光时不时从男生冷淡散漫的眉眼上扫过，看得她脸红心跳。

半晌，她忍不住小声说："其实你可以再坐过来一点，这还有位子的。"

喻繁摇头："不用，不……"

"学霸，你还能往喻繁那儿坐坐吗？"王潞安在那头问。

"嗯。"

随着沉沉的一声，喻繁感觉到陈景深往他这儿靠了一点儿。

他忽然没了声，女生愣道："嗯？"

喻繁捏了一下手机，硬邦邦地把话说完："不挤。"

他想挪一挪腿，又实在没地方挪，只能僵硬地跟陈景深贴在一起。

"来，学霸，感谢你这几天对我的谆谆教诲和不离不弃——"王潞安说完顿了一下，"学霸，我给你倒杯西瓜汁。"

不想扫寿星的兴，陈景深随便从桌上拿了杯没人喝过的杯子，跟他轻轻地碰了一下，仰头饮尽。

"哟。"章娴静撑着下巴在远处看着，忍不住低声说，"陈景深怎么这么帅啊？"

左宽耳尖，听见了："哪里帅了？"

"脖子和喉结——说了你也不懂，别问。"

"……"

王潞安也没想到他会一口闷了，忍不住瞪大眼去搭他肩："可以啊学霸，喝了这杯，我们就是真正的好兄弟了。以后在学校我罩你，出什么事儿尽管找我和喻繁——"

"别扯我。"另一个当事人冷冷开口道。

"你在听啊？我以为你专心玩手机呢。"

喻繁头也不抬道："隔壁都能听见你的声音。"

"王潞安，你还玩不玩？"另一头，拿着白条儿等了半天的左宽拧着眉催他。

刚才一块玩的几个男生已经休战，房间里一眼扫过去没几个人脸上是干净的。章娴静正捧着麦克风在等她的歌，现在只剩他俩在 K 歌。

"玩玩玩，我今晚必把你贴成木乃伊！来！"王潞安脸颊上贴满了纸条，左宽下手狠，每张都贴得密密实实，看起来非常滑稽。

"等会儿，"同样满身纸条的左宽顿了下，"两个人玩没意思，再叫几个人来。"

"没人了啊。"

"那边不是还有几个男的？随便抓个。"左宽朝点歌机那边扬了扬下巴。

"算了吧，这边也坐不下人了。"

"找个不玩的换个位子不就行了？"

左宽说完，视线径直瞭到陈景深那儿。

"学霸，"他笑了一下，说，"你玩吗？不玩的话跟我朋友换个位子？这样方便点。"

王潞安想想也行，这边都是学校里比较浑的那些人，陈景深坐这儿不一定自在。

"学霸，要不你……"王潞安一回头就哑了。

"玩。"陈景深从纸条缝里找到王潞安的眼睛，"怎么玩？"

"学霸，你别跟他们玩。他们特会诈人，你玩不过的。"章娴静说。

王潞安："哎，你别打击学霸的游戏热情。"

"没事。"陈景深收拢拢衣袖，瘦长的手指虚握成拳，"来吧。"

喻繁正在和游戏里最厉害的另一条蛇激战，忽然听见旁边传来"啪"的一声，他手随之一晃，给人吃了。

他不爽地抬头，只见左宽把白纸条往王潞安手臂上狠狠一贴，嚣张地咧着嘴，正看着他这边："哈哈哈哈！一杀二！你们七班的行不行啊？怎么都这么弱？"

喻繁拧眉，刚要问你跟谁横呢，瞥见他身边的人："……"

陈景深脸颊、衣服、裤子上都贴满了纸条，此刻他正低头，沉默地找着自己身上还有没有能贴纸条的地方。

左宽贱贱地提醒道："学霸，要不我贴头发上？"

王潞安:"滚,那玩意儿黏性大得很,贴头发上痛得很。痛就算了,我那天回家洗了半天没洗掉,差一点就要动剪刀了!"

"那怎么办,总不能赖了吧。"左宽眼珠子转了转,"要不这样,贴纸条也玩腻了,不刺激。你带那副大冒险牌来没?我们二选一,输了的要么往头发上贴纸条,要么抽一张大冒险,怎么样?你们七班的敢不敢?"

"你说谁不敢?"王潞安说:"学霸,你怎么说?放心,这副大冒险牌我以前玩过,没多社死①,真的,最差也就是让你混进隔壁唱首《青藏高原》并谢幕——没什么大不了的。"

章娴静:"……"

陈景深拿起一张纸条,干脆利落地贴在自己额前的头发上:"可以,没事。"

"行,够干脆。"左宽说,"继续吗?"

王潞安立刻道:"我不玩了。"

陈景深:"我继续。"

王潞安:"……"

局面莫名其妙变成了陈景深和左宽的二人赛。

喻繁放下手机,不动声色地朝旁边看。

出拳前,左宽说:"我出布,你呢学霸?"

"剪刀。"陈景深说。

两人同时出拳,左宽出的拳,而陈景深很诚实地掏出了剪刀。

喻繁还没回过神来,陈景深头发上已经多了一张被左宽按得密密实实的纸条。

下一局,左宽:"这次我出剪刀。"

陈景深默不作声,然后很吃教训地出了布。

左宽比着剪刀手,嗤笑道:"学霸,你怎么不相信我啊?"

---

① 全称社会性死亡,是一个网络流行语;主要指在大众面前出丑,也泛指在社交圈中做了很丢人的事情,抬不起头,没有办法再去正常地进行社会交往。

165

几局之后，喻繁看明白了。

陈景深不是运气不好，他就是笨，不会玩，左宽随便诈两句，他就全跟着别人的节奏去了。

不过……他们之前在桌上遇到的不会玩的是，要么不玩，要么放水。

但他看陈景深一张一张接着贴，没停过。

几轮过去，陈景深头上的纸条越来越多。又输一局，左宽拿起纸条就往他头发上贴，中途不小心碰到了其他纸条，头发拉扯的痛感让陈景深轻轻地抽了一口气。

音量很小，只有喻繁听见了。

左宽："继续？"

"嗯。"

陈景深垂眸，像是在思考什么，脚忽然被碰了碰。

紧接着，他感觉到身边的人挪了挪位子，朝他这边靠过来。

"啪"的一声。喻繁半倾着身子，把陈景深放在桌上的基本没怎么用过的白纸条往桌上一扔。

他面无表情地看着左宽："喜欢玩是吧？我跟你玩。"

左宽道："别，我就想和学霸玩。"

"你厌了直说。"章娴静跷着二郎腿道，"我看你就是不敢跟喻繁玩。"

"胡说！"左宽拧眉道，"我眼看着就要把你们学霸贴满了，突然换一个人还有什么意思？"

喻繁点头："那就都别玩……"

"那就贴我。"陈景深忽然说。

大家转过头看他。

"他输了贴我身上。"陈景深淡淡道，"这样行吧？"

"来！"左宽一撸袖子，从沙发上起身，"今天非要给你们七班造个木乃伊出来——"

十分钟后，左宽满脑袋白条儿，头皮被胶水拉扯着，每动一下，脑袋都会传来丝丝缕缕的疼痛。

喻繁出一手拳头，又把他的剪刀锤死。

"好嘞！"王潞安乐开了花，拿起胶水往白条上涂道，"恭喜客官再来一张！"

在这十分钟里，喻繁一局没输过。

左宽玩游戏其实很差，想出的都写在脸上，也就只有陈景深这种"菜鸟"才会被他贴成这样。

喻繁忍不住往"菜鸟"那边看了一眼，然后发现"菜鸟"也一直在看他。

陈景深后靠着沙发，五官隐没在昏暗中，眼睛很黑很沉，涣散地盯着同一处。

他只看着，不说话。喻繁有些怀疑他是输上头了。

"哒——王潞安，你有病吧！轻点！"左宽心疼地摸了摸自己的头发，然后说："来！继续！"

喻繁回神，扭过头继续。

王潞安不想看这种残酷的游戏，这会儿已经去唱歌了。

章娴静顺利地坐到了陈景深身边。

趁身边几个男生都在专注地看他们玩，她朝旁边靠了靠，掐着嗓子温柔道："学霸，你如果真难受的话，要不我俩先走——"

话没说完，陈景深已经不动声色地跟她拉开距离，飞快又冷淡地说："谢谢，不用。"

"靠！靠！"旁边忽然传来左宽亢奋的叫声。

他高举自己的剪刀，激动大喊："赢了！我终于赢了一局！纸条呢？我的纸条呢？拿来，我要涂上半瓶胶水！！"

输了一局，无伤大雅。不过前面左宽输得太惨，这把估计要狠狠报仇。喻繁随手拨了一下自己的头发，已经做好了满头胶水的准备。

陈景深坐起来，低声道："贴我。"

左宽输傻了，这才回过神来："哎，对啊。不是说好了你输了贴学霸吗？别耍赖——对了学霸，代人受罚要罚双倍，我贴两张不过分吧？"

陈景深说："行。"

陈景深整理了一下头发上的纸条，过程中不小心撞了喻繁四五下。

167

眼见左宽那涂了大半瓶胶水的纸条就要碰到陈景深的头发，陈景深的衣服忽地被扯住。

"别贴了，选冒险牌。"喻繁抓着他的衣袖，"你这德行还能贴？去冒险吧。"

陈景深："……"

左宽："……"

左宽："还能这样——"

"当然可以，我们事先不就说好了？"王潞安连歌都不唱了，回来利索地拆开牌，把它们摊开摆在桌上："学霸，来来来，你选一张吧。"

陈景深沉默了好几秒，才伸手去碰桌上的牌。

一挑一掀，离他最近的牌被翻过来，上面画着一个噘着嘴的小人偶，下方是一行小字——

跟你身边的人热情拥抱。

房间里瞬间安静得像胡庞在现场一样。

下一秒，几乎在场所有人目光都齐刷刷地看向陈景深——以及他身边的章娴静。

左宽面如死灰，不知道自己坚持这么久的意义是什么。

章娴静心说天助我也，这下都热情拥抱了，学霸没道理不帮助我度过期中考试了，然后关系再进一步也不是不可能啊！

喻繁心想——

他没来得及想。

只见众目睽睽之下，陈景深松开手指，把那张卡牌稳妥地放到桌上。

他往后一靠，喉结轻轻地滚了一下，然后沉甸甸地、无声地偏过头，看向自己身边——

喻繁："……"

你再看我试试？

二十七

感觉到身边人的目光,喻繁转头想把陈景深的脑袋扳回去,结果一下又撞进陈景深的眼睛里。

刚才为了跟左宽玩,喻繁往那边倾了点身。后面来了人后,沙发空间越发拥挤。

喻繁后知后觉,他能在杂味弥漫的空气里闻到陈景深的味道。薄荷香裹挟着汽水味,混合成一种独特的清冽气息。

陈景深呼吸微沉,眸光带了点蒙眬。

一瞬间,喻繁忽然想不起来自己要骂什么了。

有人已经偷偷举起手机,歌也没人唱了,沙发另一端的人全都探着脑袋朝他们这边看。

陈景深动了之后,他们的脑袋也跟着动——

他们看到了垮着一张杀人脸的喻繁。

"……"

众人瞬间反应过来!

对啊!旁边的人,又没规定是同性还是异性。

只是拥抱同性的话好像就没那么有看头……

举着手机的那几个人瞬间把手机抬得更高了!

旁边的人窃窃私语:"真,真拥抱吗?"

"反正牌上是这么写的……"

"那陈景深要抱谁?"

"废话,当然是喻繁,总比抱女生好吧?"

"喻繁能答应吗?"

"那不是喻繁自己先叫学霸去冒险的?"

王潞安看了一眼章娴静,又转头去看一动不动满脸杀气的喻繁,忍不住在心里为陈景深捏了一把汗。

左宽皱眉道:"这是什么牌?我以前怎么没见过这张?"

"这种冒险牌不是挺正常的?"章娴静,"好了,来吧!抽都抽到了,我们班的人肯定愿赌服输!不就是热情拥抱吗?没事的。"

左宽:"……"

王潞安本来想耍赖,结果章娴静转头把话放出去了。

于是他只能尽量圆场:"算了吧,随便抱一下意思意思得了——左宽,你没意见吧?"

这是学霸和左宽之间的游戏,只要左宽答应就行,其他人无所谓。

"没意见!"左宽飞快地应了一句。

陈景深虽然正看着喻繁,但万一他中途改变主意,又想抱章娴静了呢?

"行。"王潞安看向陈景深,"那学霸……你选谁?"

喻繁被这一声问回了神,他抱着手臂,冷漠地把脑袋扭到另一侧。

他脸色又冷又硬,浑身上下写满抗拒。

另一边,章娴静故作羞涩地戳了一下陈景深的肩膀,用很小的声音在他耳边狮子大开口:"学霸,我配合你一下?只要你愿意包揽我这个学期的作业和考试……"

陈景深没打算跟她"交易"。

他收起目光,很沉地吐了一口气,想问四张纸条能不能把这事揭过,就感觉身前猛地掠过一阵风——

一只手臂粗暴地横在他面前。

白色卫衣宽松,坐久了衣袖有些发皱,它完美地表达了主人的不爽与别扭。

陈景深很难得地微微一怔,他盯着衣服布料愣了两秒,才抬眼偏头看过去。

喻繁目视前方,脸比刚才还臭,冷冷地吐出一个字:"抱。"

周围人也都愣了一下。

半秒后。陈景深半垂着眼,轻轻地抱了下喻繁。

周围又安静下来,连音响里的歌都被人暂停。

王潞安和左宽刚打到"你们七班的人玩不起"和"你们八班的人真

小气",见状两人一块儿停了。

陈景深道:"可以了吗?"

王潞安和左宽还处于震惊之中,看向陈景深的眼神都带了几分敬佩。

左宽喃喃:"可以了。"

"学霸。"王潞安真情实感地朝他竖起大拇指,"你是这个。"

陈景深没理他们,低声沙哑地朝旁边人说了一句:"谢谢。"

"哎,喝的上来了。"有个男生站在桌边吆喝,"还有人玩贴条没?再来两个人,我们搞局热闹的。"

"我。"

那人回头看到喻繁,想起他刚才干翻左宽的场面,忍不住干笑道:"繁哥,刚玩这么久了不累?要不你休息会儿……"

"不累。"喻繁倏地起身,从隔壁挪了个单独的皮凳子坐下,抬眼看向对面的人:"左宽,过来继续。"

刚好不容易撕掉几张纸条的左宽:"……"

"你,王潞安,还有你们班学霸,三个人轮流搞我,是不是玩不起?"他忍不住问。

"你们八班今晚来了几个?"喻繁掂着手里的纸条,"全抬上来。"

…………

喻繁赢下八班几个人,用时没超过半小时。

"不行了,不行了。"他们班那个体育生摆了摆手,"我真贴不了了,我也抽冒险牌行不行?"

喻繁大度点头道:"可以。"

坐在体育生旁边的左宽一个激灵,"腾"地起身道:"王潞安,换个位子。"

"不换。"王潞安笑他,"顶多就是抱一下,有什么大不了……"

喻繁捏起两张纸条直接扔了过去,被王潞安嘻嘻哈哈地接住。

那个体育生的运气比陈景深好点,抽到了去隔壁唱《青藏高原》的冒险牌。

一帮男生瞬间沸腾,全都起身簇拥着他往隔壁赶,房间里一下就空了大半。

喻繁对这些没兴趣,没动。他拿起杯子喝了两口,喝到第三口的时候,才终于不情不愿地回头看。

陈景深安静地坐着,在他回头的那一刻,似有所感地抬了一下眼皮。

喻繁发现,陈景深似乎坐得有些歪。

不只是身子歪,脑袋也没什么力气地偏向一边,明显是一副不舒服的姿态。几秒之后,那脑袋又往下垂了一点,再过一会儿估计能直接躺到章娴静的肩上。

章娴静微笑地坐着,看来已经做好接人的准备。

喻繁懒懒地收回目光。

陈景深又往下滑了毫厘,章娴静绷着肩,心说这还得等多久啊,干脆直接把他脑袋摁下来得了。

她手指刚动了动,忽然一只手伸过来,抓住陈景深的衣领,把人又端端正正立了回去。

喻繁面无表情地抓着他,心想,不舒服还要装什么?

没想到陈景深抬眸看了他一眼,再低下头,抬手捏了一下他的衣角。

"喻繁。"陈景深哑声淡淡道,"房间里的音乐声太大了,我头晕。"

在隔壁撒完疯,一众男生边道歉边笑着退出隔壁。

"我这辈子都不会来这里了!"体育生羞愤得脖子都红了。

众人转身正要回去,门突然开了。喻繁一只手提着人,另一只手拎着书包从里面出来。

王潞安震惊地看着他,一下想不起来上次见喻繁拿书包是什么时候了。

"他不行了,我先把他送走。"见到他,喻繁淡淡道。

"行。"王潞安说,"扶得动吗?"

"可以。"

说是这么说,王潞安还是站在门口目送了他们一阵。

然后他发现学霸虽然头晕,但步子扎实,走得很稳。

王潞安放心地扭头回去。

晚上九点过后是人流高峰期。

喻繁这个时间扶着个已经晕了的人往外走，嫌丢人地板起脸。

"想不想吐？"

陈景深沉默了一会儿，斟酌道："有一点。"

"咽回去。"

"好。"

说是这么说，喻繁最后还是拐道把人带到了厕所。

他在外面等了一会儿，陈景深就出来了。不知道他吐没吐，反正脸上沾了水，应该是洗了把脸。

他看了一眼外面拥挤的车辆，问："你家地址？"

陈景深："我不回家。"

喻繁点头："那你想睡哪条街？"

陈景深额前的头发湿了，并拢在一起。

他说："我跟家里人说出来补课，现在没到时间，不敢回去。"

五分钟后，两人进了附近的一家便利店。

便利店没什么客人，这时候进来的大多是买烟的。

喻繁给他找了个靠窗的位子，连人带书包安置好。

"你补课到几点？"

陈景深看了一眼挂钟："十一点。"

喻繁没耐心地皱了一下眉。

陈景深改口道："但是十点就能走，我家离得远，一小时正好。"

"远你还过来？"喻繁道，"音乐震得难受不会先回去？玩得这么笨，还非要跟别人玩？"

陈景深敛了下眼："他让我换位子。"

"……"

"我不想换。"

"……"

喻繁绷起眼皮，转身走了。

"去哪儿？"陈景深问。

喻繁走向柜台,瞥到被摆在桌边贩卖的蜂蜜。

"给我拿一瓶——"喻繁顿了顿道,"蜂蜜。"

售货员一愣:"抱歉,我们这儿的蜂蜜只有罐装的。"

"知道,"喻繁烦躁地皱眉,拿出钱放在柜台上,含糊道,"你们这……有没有温水和杯子?"

喻繁回去时,陈景深已经靠在窗边闭上了眼。

陈景深眼皮下有些红,应该是累的,肩膀松弛地垮了一点儿,整个人出现少见的疲懒。

喻繁捧着个塑料杯子,抬手碰了碰他的肩道:"陈景深。"

他没得到回应。

外面堵满了车,车尾的红光扫进便利店里,喻繁一下分不清陈景深脸上的红色是不是灯光反射的。

怎么没反应,不会喝出事吧?他这德行回家真能不被发现?要不然还是扛医院去?

喻繁犹豫不决,手也不自觉往上挪,用手背往陈景深脸上探了探。

还好,脸是温的,人还在……

陈景深倏地抬起眼来看他,乌沉沉的眼睛被醉意熏染,显得有些轻慢。

喻繁被他看得一怔,半晌才找回声音:"难受吗?要不要去医院?"

陈景深没吭声。

喻繁皱眉道:"说话……"

陈景深垂着眼,偏了偏脸,带了点力气往他手背上贴了一下。

没来得及收回的手一僵,喻繁的神经瞬间紧绷。

"还好。"

几分钟没说话,陈景深的嗓音又低沉又哑:"一会儿就不难受了。"

二十八

喻繁想把手收回来,又觉得这样陈景深会栽到地上。

所以,他只能一只手抵着人,一只手捏着水杯。塑料水杯被他捏得窸窣作响，里面的液体无助地左右晃动。直到新的客人走进便利店，诧异又疑惑地打量过来时，喻繁才后知后觉地骂了自己一句。

喻繁用手撑着陈景深的脸，在他旁边坐下，然后拿起书包放到桌上。"起来。"他晃了晃手里的人，指着书包道，"睡这儿。"

陈景深眼皮半抬，说"好"。

陈景深趴下去之前，他的衣领又被人轻扯了一下。

喻繁声音不爽道："喝了这个再睡。"

陈景深接过杯子。和之前那杯糖盐水一样，这次的蜂蜜水甜得发腻。无论是以前还是现在，喻繁总是喜欢把东西给得很满。

强忍着把蜂蜜水喝完，陈景深将手肘搭在书包上，安静地侧躺着。他眼皮轻垂，眼神蒙眬地盯着喻繁脸颊上的痣。

喻繁随便开了个手机游戏打发时间。几秒后，他冷冷道："把你脑袋转过去睡。"

陈景深说："怕你走了。"

懒得跟他废话，喻繁点开《贪吃蛇》游戏："要走早走了。"

陈景深沉默两秒，像是在思索。

思索完了觉得是这个理，于是他闭了闭眼，保持原先的姿势睡了过去。

一局游戏结束后，喻繁盯着评分界面，右手松开又握起，指头在手上用力地压了一下，留下一个不太明显的月牙痕。

他往旁边看了一眼。

陈景深脸上的红色已经褪去，前额湿了的头发凌乱地散着，手指屈起搭在书包边缘，弓起的肩背随着呼吸平稳起伏。他身子长，睡在便利店桌椅间略显狼狈。

每次上午第二节课后的大课间，全班学生都趴课桌上抓紧时间补觉，只有陈景深平稳坐着，手里偶尔有一搭没一搭地转着笔。他最放松的时候也只是支起手臂抵一下太阳穴。

这样的人现在却蜷在便利店里，趴在书包上睡觉。

手机嗡嗡振了几下，喻繁回了神。

王潞安：学霸怎么样了？

喻繁：还行。

王潞安：你别吓我。

王潞安：你怎么还没回来？还没送到吗？左宽这几个人趁你不在，联合他们班那几个人欺负我，速速回来救驾！

旁边人动了动，可能是觉得睡得不舒服，手臂轻轻地挪了一下。

喻繁手指在屏幕上停顿了两秒，正在敲字。

喻繁：不回去了。

喻繁：你自求多福。

陈景深躺了十来分钟就醒了。

他先是扫了身边一眼，像是确定人还在不在，然后缓慢地坐直身，慢条斯理地整理了一下衣领，伸手打开了枕了许久的书包。

听见动静后，喻繁头也没抬道："不难受了？"

"还有一点儿。"陈景深说完，低低地咳了一声。

"……"

喻繁硬邦邦地说："那继续睡。"

"不睡了。"陈景深说，"再睡来不及了。"

怎么会来不及，这不是还剩大半个小时？

喻繁特地扫了一眼挂钟，莫名其妙地转头，正好看到陈景深从书包里抽出一张数学卷子。

喻繁蹙眉道："你干什么？"

"今天的作业。"

"……"

落地窗外人来人往，附近的人们穿着光鲜，经过时都忍不住诧异地往卷子上看。

喻繁跟八班那个体育生一样，这辈子也不想来这里。

他正考虑要不要去坐其他位子，陈景深忽地停下笔，抬手揉了下眼睛。

便利店角落的灯光有些暗，陈景深懒散坐着，草稿纸上的字比平时要潦草得多。

陈景深如果今晚没过来,那他应该早就把这些简单的作业做完了,此刻或许坐在有台灯的书桌上,做那些看一眼都让人头晕的竞赛题。

"陈景深。"喻繁懒懒开口道。

"嗯。"

"我现在和初一的时候不一样吧?"

陈景深手指一顿,偏过头来看他。

视线交会后,喻繁没什么表情,继续道:"我不知道你为什么想认识一个连跳远都跳不好的人。但现在,不管是性格、长相,还是其他什么的,我都和那时候差得挺远的。"

陈景深沉默地看着他,似乎在随着他的话沉思。

"我现在挺差劲的,以后只会更差劲。记得开学时在奶茶店那回吗?我实话实说吧,你看了我一眼,我就很不爽。

"我不是你当时记住的那个人,你能明白吗?"

旁边人还是没声音。

喻繁觉得应该是自己的话起作用了,正常人听到这种话,估计都挺后怕的。

换作他是陈景深,这会儿应该已经拿起书包走人,顺便打电话联系老师换座位甚至换班级了。

喻繁蜷了一下手指,不知怎的,突然有点烦闷。

他想起身去柜台买点东西。

"当时校门口那么多人在看你,"陈景深淡淡道,"你为什么只看我不爽?"

这是什么奇怪的关注点?

"可能因为你长得令人不爽吧。"喻繁面无表情地说。

陈景深偏开脸,转了一下笔。

有那么一瞬间,喻繁仿佛看到他嘴角向上扯了一下。

他还没来得及看清楚,陈景深已经重新回过头来。

"你上过五楼吗?"他突然问。

喻繁愣了一下:"什——"

"从一班门口外的栏杆往下看,能看到三楼的厕所门口。"陈景深说,"你经常在那儿。"

喻繁:"……"

"我不喜欢演讲。但是高一第一次升旗时,你站在上面,拿着白纸编了一份检讨书,编的时候笑了三次。"

你那写作水平,确实也不配喜欢演讲。

"后来老师每次找我,我都答应了。"

"……"

"高一下学期,你和其他班的人打篮球,我站在教室外看完了整场。"

"……"

陈景深淡淡道:"你不差劲。到了高中,我还是觉得——"

他话没说完,嘴巴就被人捂住了。

喻繁皱眉瞪眼:"你……别说了。"

窗外看的人更多了,喻繁肩膀快速地起伏了几下,手稍稍松开。

陈景深嘴唇刚动了动,喻繁反手又给他捂上。

"你再敢往下说。"喻繁呼吸微颤,脱口道,"我这辈子都不跟你说话了。"

喻繁说完之后蒙了一下。

我在说什么?这不是小学生才用的话术?

陈景深没吭声。

喻繁:"点头。"

陈景深捻了一下手里的笔,沉默地颔首。

喻繁盯着他,确定陈景深没再说话之后,用力点了点桌上那张卷子:"闭嘴,写吧。"

之后的半小时,喻繁就像缩在壳里的蜗牛,没再抬过一次头。

他玩《贪吃蛇》游戏从来没玩得这么烂过。屏幕上的蛇被他带得左拐右绕,走哪儿都能撞上别的大蛇,不到两分钟就出局。好不容易熬到陈景深补课结束时间,他有些暴躁地关了游戏。

"收东西。"他道,"走。"

陈景深看了他一眼,在纸上写出一行字,又把草稿纸挪到他面前。

"我能说话了吗?"

喻繁双手抄兜道:"不能。"

喻繁把人和书包一起扔进了出租车。

关车门前,他忍了一下,还是俯身冷冷叮嘱道:"司机,他不舒服,开慢点。"

车窗外的风景走马灯似的飞速后退。

出租车一路驶到南城房价最夸张的高档豪宅小区。到了目的地,司机忍不住往里打量了一眼。这附近寸土寸金,里面每一户都是独门独院的别墅。

司机回头说:"小伙子,到了……"

身后的人坐得端正,眼底清明,没有一点儿不舒服的样子。

陈景深淡淡瞥了眼计时器,在司机愣怔的视线中付钱下车:"谢谢。"

深夜十点,黑漆漆的豪华别墅被浓密的绿植映得没有一丝人气,像是许久无人居住。

黑色铁门被缓缓推开。

陈景深刚关上门,花园右侧的狗窝立刻发出几声激动的"汪汪汪——"

陈景深把书包随手扔在石椅上,走到狗窝把狗绳解了。

繁繁立刻扑到了他身上。

"汪汪呜——"

"小点声。"陈景深轻轻地拍了它两下,"坐着。"

"汪!"

陈景深将一只手搭在狗脑袋上,另一只手从口袋里拿出手机并开机。

手机屏幕瞬间跳出三十多条消息——

妈:你怎么还不回家?

妈:你在哪儿?

妈:阿姨在冰箱给你留了晚饭。

妈:你到家了吗?我没有在监控里看见你。

妈：我查看了这几天的监控，你最近放学回来得都比以前晚。

…………

陈景深冷淡地屈起手指，把信息提示一条一条关闭。

他没开灯，花园里漆黑一片。他沉默地坐在黑暗中，任由繁繁蹭他都没再开口。

不知过了多久，他重新拿出手机，点开才下载不久的软件，给置顶的好友发消息。

陈景深：我到家了。

微信聊天界面显示对方"正在输入中"。

两分钟后，对方还是"正在输入中"。

陈景深揉着繁繁的被毛，动作有点敷衍，繁繁立刻不满地"呜呜"直叫。

五分钟后，"正在输入中"消失，一个冰冷的字从对话框那头冒了出来——

喻繁：滚。

陈景深盯了这个字几秒，忽然低下头，很淡地扬了一下嘴角。

二十九

周一上学，高二七班的教室里死气沉沉。

刚过了一个周末，早到的人要么埋头写周末作业，要么趴在桌上补觉。

陈景深到教室的时候班里还没多少人。他看了一眼身边空荡荡的座位，将书包随意挂在椅后。

旁边桌的王潞安书包还在座位上，人却没在。陈景深去教室后面打了水回来，正好看到他打着哈欠走进教室。

见到陈景深后，王潞安忍不住摸了摸脑袋，在对方转身的时候叫住了他。

"学霸，那什么……访琴让你去她办公室一趟。"

陈景深把水杯放桌上："好。"

"是周末的事,她知道咱们聚会去了。"王潞安表情烦躁道,"有个人手欠,拍了照片发在一个学校小群里,里面有四十多个人,还以为传不出去,没想到这会儿照片已经在访琴手里了。"

见他沉默,王潞安立刻拍拍他的肩:"不过你放心,不严重!顶多骂两句……"

时间还早,办公室里没几个老师在。

"报告。"

庄访琴看了门口一眼,把手里的面包放到一边:"进。"

陈景深一如既往地穿着规整,身姿笔挺。

她很难将他跟照片上那个在人群里面不改色的人联系在一起。

"这次叫你过来是因为什么事,王潞安应该已经跟你说了吧?"

陈景深淡淡地应了一声:"嗯。"

"我是不反对你们在课余时间适当地进行一些娱乐活动的,但你们还是高中生,有些事不是你们应该做的,明白吗?"

"嗯。"

庄访琴点点头,忽然话锋一转:"和喻繁做同桌,感觉怎么样?"

陈景深垂着的眼皮向上抬了一点:"很好。"

庄访琴其实一直没想通,陈景深为什么要跟喻繁做同桌。

一开始她以为陈景深是图清净,毕竟喻繁一天八节课里能睡七节,自己混自己的绝不给别人带来困扰。

但她观察了一段时间,发现似乎并不是这样。

"你妈妈跟我沟通过,"庄访琴委婉道,"她希望我能给你安排一个比较合适的座位。"

或许是之前的班主任向陈景深家长透露过什么,对方打电话过来时开门见山地提出要求。

陈景深皱了一下眉,眼底的厌恶一闪而过。

他刚要说什么——

"不过在我这儿,除非是近视眼或者其他身体上的特殊情况,否则家长没有随意更换学生座位的权利。"庄访琴道,"我安排位子只看两点,一是这个安排对两个学生是否有益处,二是学生自己的意愿。当然,后者比例要小得多。"

"说实话,就目前来看,把你们放在一起的效果不算好。但我还是想观察一段时间再考虑要不要调换座位,所以我把这件事延到了期中考试之后。"她晃了晃手机,屏幕上是他们聚会的照片,"至少在那之前,不要再发生这种事了,好吧?"

陈景深还是那副冷淡的表情,不知道到底有没有听进去:"好。"

庄访琴叹了声气:"行了,回去吧。"

陈景深扭头离开。就在他即将要走出办公室门口时,庄访琴还是没忍住出声叫住他:"等等。"

他回过头来,没什么表情地看着她。

"喻繁这人看起来挺凶,做的事也吓人,但他本性不坏。"庄访琴说,"如果可以,老师希望你能在不影响自己的前提下,尽量帮帮他。"

陈景深离开后,庄访琴拿起面包往嘴里塞,低头准备继续修改教案。

坐在前面听了半天的八班班主任忍了又忍,最后还是探出头来说话。

"庄老师,我知道你初衷是好的,但你真觉得喻繁那样的学生还有救吗?"

庄访琴笑了一下,没说话。

庄访琴拿起手机,刚要摁灭,又瞥到照片里坐在陈景深身边的男生。

照片里的喻繁看似懒散地玩着手机,实际上眼睛一直盯着陈景深看,拧着眉,带着一点儿怒其不争的烦躁。

窗户半开,春风拂面。

庄访琴放下手机,忽然想起一些往事。

庄访琴当了这么多年的老师,什么样的学生没见过?但她可以很笃定地说,喻繁是有史以来最让她头疼的一个。

高一刚开学的时候,他们班教室外经常一批批地来人,这些人的目标都只有一个——喻繁。

一部分人是因为听说七班来了个特别帅的新生,专程过来看的。

另一部分人则是听说七班来了个在初中时就特别"跩"的新生,专程来给下马威的。

后者大多是那些高二、高三喜欢自称"年级老大""学校老大"的男生。

起初他们只是威胁,幼稚地警告他一句"以后小心点""别这么跩""以后我们叫你干吗就干吗"等。

换作别的学生,只要认怂点头答应,基本就什么事都没有了。

但喻繁不是。

喻繁应对这些人时,永远只有一句:"傻子。"

喻繁起初没朋友,总是跟几个高年级的男生混在一起。

庄访琴不知阻止了多少次,调取监控,让学校劝退或处分高年级的男生,同时频频跟喻繁沟通。

喻繁面对她时只有沉默。

终于,她在第四次接到学校给喻繁的处分通知后,决定去喻繁家里做一次家访。

那天是周六,因为决定得临时,她事先没有通知喻繁,打了家长电话也没有人接。她虽然不知道人在不在家,但还是打算去碰碰运气。

庄访琴至今都还记得那一天。她按照通信地址找到喻繁的家,那扇破旧的木门外围了很多街坊邻居,低声焦急地窃窃私语;门内碰撞声阵阵,伴随着激烈的、粗俗不堪的谩骂。

庄访琴终于知道喻繁为什么总是瞎混了。

街坊叫来的警察破门而入。她看到屋内一片狼藉。

喻繁正跟一个体型比他大一倍的男人大吵着。

庄访琴无视掉喻繁所有的拒绝,陪着他去了派出所,走完所有流程,带他去了医院,然后联系了当地的居委会。

她打电话时,喻繁就坐在医院的长椅上。他黑漆漆的眼珠子,紧紧盯着她,说:"庄老师,以后不要再来了。"

"要我说,喻繁这学生啊,能不犯事,顺顺利利高中毕业就很好了……庄老师?"

庄访琴回过神来,抬起头看向对方。

下一秒,她笑着点点头,说:"是啊……能顺顺利利就好了。"

陈景深回教室的时候,他同桌已经在桌上趴着了。男生一只手按住脖颈,一只手垂在桌子前面,看起来跟平时没什么区别。

陈景深扫了一眼他的后脑勺,坐下抽出英语课本准备早读。

王潞安一早就接到命令,见他回来,凑过脑袋问:"学霸,访琴叫你干吗去了?骂你没?没说要处罚什么的吧?"

垂在课桌前的那只手轻微地弯了一下食指。

陈景深装作没看见。他翻书的动作一顿,嘴角轻轻往下绷了绷。

"学霸你这是什么表情?别吓我。"王潞安说,"访琴骂你了?"

陈景深抿唇,没说话。

前桌的章娴静扭过头来:"废话,肯定骂了。"

"但访琴没怎么骂我啊!"

"那老师对你的要求和对学霸的要求能一样吗?你只要不成天瞎混,访琴都懒得骂你!"

"……"

章娴静想到什么,好奇地问:"学霸,这是不是你第一次被老师批评?"

陈景深:"嗯。"

章娴静摇头啧啧道:"王潞安,你罪过大了。"

"其实挨两句骂没关系,"王潞安问,"没说要处罚你吧,学霸?"

身边躺着的人动了动耳尖。

陈景深沉默地捏着笔,几秒后扔出一句:"没事。"

这沉重的一声,直接让所有人脑补了一出访琴赤口白舌泼妇骂街,学霸不愿给同学压力、默默承担隐忍不发的悲情大戏。

因为愧疚,王潞安早读时的声音比平时大了几倍,把英语老师吓得不轻。

陈景深低声没什么力气地跟着读了一阵。旁边的人扭扭捏捏,终于从手臂上抬起头。

"喂。"他在桌底下用腿碰了碰陈景深,"你下课再去一趟办公室。"

陈景深停下声音,偏头看他。

喻繁盯着英语课本,懒洋洋地说:"就说是我逼你过去的。"

陈景深说:"不。"

喻繁磨牙:"随你,反正被骂是你自己的事。"

"嗯。"

喻繁:"……"

英语老师经过的时候,听见喻繁把英语课本捏得吱吱响。她甩了甩鬈发马尾,装作没看见似的扭头去了另一组的过道。

两分钟后,旁边飘来一句咬牙切齿的话:"到底骂你什么了?罚你没有?"

"没。"陈景深垂着眼,安静一会儿后才说,"老师找我,不是因为聚会的事。"

"那是什么事?"

"你上课睡觉的事。"

喻繁茫然:"我上课睡觉跟你有什么关系?"

陈景深淡淡道:"我跟她申请换位子的时候答应过,会负责监督你的上课状态。"

喻繁:"……"

"没做到,批评是应该的。"陈景深垂着眼说,"没关系,只是说了两句。"

喻繁:"……"

"我没事。"

喻繁:"……"

上午第三节是数学课。

庄访琴抱着教案走进教室,一如往常地朝后排某个位置瞄了过去。

不出所料,她看到一个趴着的脑袋。

那个脑袋忽然动了。

他此刻单手撑在桌上,闭着眼心不甘情不愿地慢吞吞坐起身。

两秒后,喻繁艰难地抬起眼皮,一脸暴躁地跟她对上了视线。

庄访琴:"……"

三十

喻繁靠在墙上，支着手肘，将脑袋倚在手掌里，眼睛要闭不闭的样子。

他本来没那么困，但今天日头好，照得他身上暖洋洋的，这节又是数学课，庄访琴嘴里吐出一堆他听不懂的数字和公式，等于往他耳边放了首摇篮曲。

钓了十分钟的鱼后，喻繁脑袋猛地往下一栽，刚要摔桌上，额头蓦地被人撑住，触感微凉。

喻繁迷迷糊糊睁眼，对上了陈景深夹着笔的手指。指缝中，陈景深冷淡的下颌线微抬，喉结线条凸出。要不是一只手正抵在他额头上，他还以为这人是在认真听课。

下一刻，陈景深眼尾往下瞥过来，他们在春日的阳光里短暂地对视了两秒。

被手背抵住的地方一麻，喻繁睡意全无。他回过神来，一把拍开陈景深的手，木着脸调整椅子重新坐直。

庄访琴本以为喻繁只是想省去他们之间那一道叫醒的流程，没想到后面两节其他老师的课，她到走廊外悄悄巡看时，喻繁居然都醒着。

他们每次隔着窗户对上目光时，彼此的神色都有一些微妙。

中午放学。

章娴静一回头，就看到喻繁和王潞安两人随着下课铃一块倒在桌上。

"你俩有事吗？"章娴静一边补唇膏一边笑道，"上课不睡放学睡？"

王潞安都想永眠了，奈何他肚子饿得咕咕叫。

"你以为我想？"他挣扎地爬起来，"那不是有人非要卷我？一上午坐得跟竹竿似的，让我那位纪律委员同桌无人可盯，专门逮着我来记，一节课记了我两次名字，这谁还敢睡……"

王潞安敲了敲喻繁的课桌："卷王①，你今天是怎么回事，一上午都

---

① 网络流行词，即内卷的胜出者。

没沾桌子？"

还不是因为有人没事找事——

旁边传来一道扣上笔盖的短促声响。

"我……"喻繁咬着牙，重新坐起身，从牙缝里挤出一句，"不困。"

王潞安："……"

"那走，去食堂吃饭，我饿死了。"王潞安揉揉肚子道，"吃完再回来睡。"

喻繁懒懒地"嗯"了一声，歪着脑袋在桌肚里找一上午都没精力碰的手机。

"等等，我跟你们一起去。"章娴静起身整理了一下校服，瞥见后面坐着没动的人，顺口问道："学霸，要不要一起去食堂吃饭呀？"

"嗯。"陈景深把课本放进抽屉，垂眼想了一下，忽然偏过头低声问，"我能去吗？"

章娴静："啊？"

王潞安："……"

喻繁把手机塞进口袋，起身扭头朝教室后门走去，扔下一句冷冷的话——

"随你，食堂又不是我开的。"

喻繁在学校名气大，每次进食堂都要引起一些同学的默默关注——毕竟他当初就是在这里出的名。

这次身边再加上一位跟喻繁帅得不分伯仲的年级第一，王潞安一走进食堂，甚至觉得在场所有同学都停下了筷子。这种注目礼大大满足了王潞安的虚荣心，他瞬间就不困了。

食堂里挤满了学生，大门和窗户全都开着，但还是热，墙上的破旧挂壁风扇正扭着头呜呜转动着。

左宽来得早，已经帮他们占好了座位。打完饭过去，章娴静本想招呼陈景深坐到她对面，谁想王潞安的手一松，直接把饭盘放到了她面前。使了几个眼色未果，章娴静只能眼睁睁看着陈景深坐到自己的斜对面。

陈景深坐下后看了一眼对面人的午饭。

两素一荤,还算健康。

"喻繁,"左宽开口,神秘兮兮道,"你猜我刚才对面坐着谁?"

"谁?"

"丁霄!"左宽一拍大腿,笑道,"绝了,那家伙一看到你进食堂,饭都不吃就跑了!他才刚坐下吃了两分钟呢。"

喻繁兴味索然:"哦。"

"啧。"没意思。

左宽旁边的人问:"对了,王潞安,你们班主任是不是也收到聚会的照片了?"

"是啊,我一大早就被叫去办公室了。"提到这个王潞安就气:"哎,左宽,那QQ群是怎么回事儿啊?你不是群主吗,知不知道是谁传出去的?"

左宽:"我要是知道,能不告诉你?"

王潞安嘴里含着饭,含混道:"最近怎么这么倒霉,上周才被抓了一次……"

喻繁不置一词。

因为睡眠不足,他脸色很臭,每个同学经过他身边时都下意识消音,生怕他会把饭盘扣自己头上。

喻繁吃饭速度很快,这是他前几年养出来的习惯。

对面陈景深坐得背脊板正,饭盘满满当当,却没吃几口,勺子上躺着几粒玉米,看起来像是在吃西餐厅里一百六十八元一份的虾仁玉米。

旁边几个人还在聊照片的事。喻繁吃到中途,忍无可忍地抬头道:"你看什么?"

"没。"陈景深将勺子重新放进米饭里,跟喻繁一样盛了一大勺,张口吃了。

两个模样可爱的女生在他们餐桌后面的过道来回走了三次。

其他人都在聊天没注意,只有章娴静察觉到了。她顺着女生的视线,将目光落到陈景深脸上。

她喝了一口酸奶,扬扬下巴小声问:"学霸,你看那两个女生,之前是不是跟你一个班的?"

陈景深顺着看了一眼道:"可能是吧。"

"……"

章娴静心血来潮,忽然放下筷子问:"学霸,你是不是从来没喜欢过别人?"

没等陈景深回答,左宽就已经拧起了眉。

"废话,肯定没有。"左宽凉凉道,"你看学霸这样子,像是会早恋的人吗?人家心里只有学习,肯定等以后工作了才会考虑这种事,你就别折腾了。"

陈景深没说话。

章娴静皱眉,刚想问左宽你插什么嘴。

陈景深淡淡道:"有欣赏的人。"

"咳……"

因为咽得太急,喻繁被米饭呛住喉咙,他偏过头,一瞬间咳得惊天动地。

餐桌上其他人静了好几秒。

章娴静立刻放下筷子:"谁?"

喻繁转过头来想说什么,还没张嘴又忍不住扭头继续咳。

陈景深:"不方便说。"

"看不出来啊,学霸!"王潞安惊叹,然后伸手拍了拍自己旁边人的后背:"喻繁,你咋了?没事吧?"

章娴静好奇得要命:"透露一点儿嘛,是我们学校的吗?"

"嗯。"陈景深表情镇定,语气像在回答课堂上的问题。

喻繁咳得喉咙快冒烟了。

陈景深刚要说什么,"啪"的一声,对面的人把筷子往饭盘上狠狠一放,猛地站起身来。

王潞安吓了一跳。这阵势他见过,上次喻繁在小巷被人堵时,差不多也是这副表情。

所以这是怎么了?

他刚要问,只见喻繁绷着一张被呛红的脸,一字一句地问。

"吃完没?"

陈景深手指一扣,放下餐具:"嗯。"

"跟我回去。"

"好。"

剩下的人还没明白怎么回事,喻繁已经领着人走了。

"他俩这是……先回教室去了吧?"王潞安转头问道。

午休时间,班里同学要么回家、回宿舍,要么还没吃完午饭。教室没人,空荡荡的。

喻繁坐下的时候用力太猛,椅子往后挪了一道,发出尖锐的声音。

喻繁抓了一下头发,干脆从抽屉扯出外套摆到桌上,倒头睡觉。

趴了几秒,听见旁边的人问:"下午上课能叫醒你吗?"

喻繁捏紧拳头:"不能,滚。"

陈景深低头做了两道题。直到身边人呼吸平稳后,他才轻轻地把笔尾抵在试卷上,安静地偏脸看过去。

喻繁无意识地挑了一个自己觉得舒服的姿势,他半边脸露在手臂外,感觉到阳光刺目后,轻轻地皱了一下眉头。

午后的阳光绵长地贴在他脸上,连绒毛都看得一清二楚。

陈景深看着他眼睫下的那一片阴影,忽然有些分不清当下是现实,还是又一次的梦境。

中午是休息的好时光。

因为今日天气格外好,胡庞没回教师宿舍,在教学楼的阳台上背着手乱晃。

经过七班教室时,他下意识往里望了一眼。

然后跟刚小心翼翼站起身的陈景深对上了视线。

看到年级第一连午休时间都在认真做卷子,胡庞很是欣慰,甚至觉得陈景深身边那个年级倒数第一的后脑勺都顺眼了很多。

胡庞笑了一下,刚要张嘴说什么,陈景深忽然冷淡地朝他点了一下头。

胡庞下意识跟着点了点头,随即一顿。

这互动怎么有点熟悉?

胡庞还没反应过来,只听见一声很轻的"唰",他眼前霎时一片蔚蓝——

陈景深把里面的蓝色窗帘拉上了。

第五章

喻繁，你教不乖是吧

三十一

喻繁连续两天上课都没睡觉,让庄访琴着实高兴了一阵。

但她很快发现,他虽然不睡觉,但也不听课。

又一次让她发现这人在数学课上掏出语文课本后,庄访琴忍无可忍,一下课就把人带到了办公室。

"我原以为你上课不睡觉,是在学好了,"庄访琴抱着手臂坐在椅上,"结果全是演给我看的,是吧?怎么,怕被班委记名?我看你以前也不在意那些啊。"

喻繁困得不行,脱口道:"还不是你——"

非让别人监督我上课不要睡觉,没监督好还要批评别人。

话到临头,喻繁又觉得哪里有点怪。他抿了一下嘴,立刻止住了。

"我?我怎么了?"庄访琴茫然道。

喻繁懒洋洋地靠在桌上:"没怎么。"

庄访琴又被他这要说不说的架势气到了,拧开保温杯握在手里道:"你再这样下去,以后毕业了能干什么?你这分数想进职业学院都难,知道吗?"

"嗯。"

庄访琴知道他又在敷衍自己,忍不住抬头瞪他。

她瞪着瞪着,目光又软下来了。

其实比起成绩,她更担心的是喻繁的心理状态。她见过喻繁的眼神,冰冷得几乎毫无知觉。

当然,这和他的家庭也有关系。在那样的环境下长大,孩子怎么可能还有心思读书。"

"算了,我知道再说下去也没用。"庄访琴放下杯子宣布道,"如果这次期中考试,你还是那种自暴自弃的分数,我会再去你家里做一次家访。"

喻繁脸色顿时就变了,他沉下脸:"我说过,你别再过来——"

"等你什么时候当了校长再来给我下命令。"

喻繁身子不自觉站直:"你去了也没用,他管不了我。"

庄访琴不为所动。她其实早就想再给喻繁做一次家访,不单纯是为了成绩,只是想再跟喻繁的父亲谈一谈,尽力让他注重孩子的家庭教育。

"这事等你考完了再说。"庄访琴摆摆手,不打算跟他再在这个话题上纠缠,"要上课了,回去吧。"

喻繁回教室时,王潞安正坐在章娴静的座位上,让陈景深帮他划重点。

王潞安:"回来了,访琴骂你什么了?"

陈景深停下笔,不动声色地看了他一眼。

他的脸色比去时要沉得多。这很少见,喻繁前几次去庄访琴的办公室,都是一脸无所谓地去,再一脸无所谓地回。

"没什么。"喻繁没发觉身边人的打量,他正在思考怎么阻止庄访琴和喻凯明见面。

换家里的锁,不让喻凯明回家?

搬家?或者干脆退学?

想法越来越极端,他潜意识中,极度抗拒喻凯明接触自己熟悉的任何一个人。

"学霸,我发现那本《笨鸟先飞进化版》真好用。访琴刚发下来的那份试卷我居然大部分题都能看懂。"王潞安问,"你说我这次数学有机会考八十分吗?"

"看试卷难度。"陈景深说,"如果你能把我画出来的那几道题吃透,分数不会太低。"

王潞安立刻笑开了花，抱着书起身："好嘞，我这就回去跟它们大战三百回合……喻繁，这几天放学咱就不去台球馆了吧。"

　　喻繁没理他。他刚才情绪太糟，现在才忽然想起来，能拦住庄访琴最简单的办法，就是期中考试拿个好分数。

　　上课铃响后，周围人全回到自己的座位上。

　　今天下午最后两节都是自习课，喻繁拿出手机，给左宽发消息。

　　喻繁：有答案没？

　　左宽：你不是从来不屑抄答案的吗？

　　喻繁：这次要抄，有没有？

　　左宽：没，你们老师没跟你们说吗？这次期中考试，要开信号屏蔽器。你运气挺好，这是学校第一次开这玩意儿。

　　喻繁木着脸把手机扔进抽屉，混进堆着的校服外套里。

　　外套随着重量往下一歪，露出了在里面躺了很久，一次都没被翻开的练习册。

　　喻繁余光落在"笨鸟"这两个字上，忽然想起王潞安刚才说的话。

　　这玩意儿很好用？

　　王潞安连进化版都做，那普通版应该挺基础的……

　　没准我能看懂。

　　但这是陈景深买的，被他看见我用了岂不是很没面子？

　　喻繁想着，顺势偷偷瞄了身边人一眼。

　　陈景深正低头刷题，笔尖在草稿纸上勾勾画画。他做题的时候总是一副面瘫脸，偶尔皱一下眉，一副与世隔绝的模样。

　　平时章娴静在前面有说有笑陈景深都没反应，我只是翻一本练习册，更不可能被发现。

　　喻繁胸有成竹地想。

　　感觉到身边那道视线消失后，陈景深笔尖微顿，眼尾不露痕迹地撇过去。只见他同桌左手胳膊整个撑在两张桌子之间，动作浮夸，像是试图挡住谁的视线。

　　可惜手臂过细，陈景深一眼望去还是能看个七七八八。

他同桌跟做贼似的，另一只手在桌肚里掏啊掏，掏啊掏。

黄澄澄的《笨鸟先飞》重见天日。

陈景深："……"

只见喻繁小心地、轻轻地翻开书，安静地看了十分钟，脑袋忽然又偏了过来——

陈景深在他看过来之前，飞快地收回目光，在试卷上随便蒙了一个"B"。

确定陈景深没发现后，喻繁松了一口气。

这本书确实很基础，解题过程也很细，前几页有两道题甚至是初中知识，课本上那些重点公式，这上面也有。

喻繁初中的时候没现在这么浑，高一开学测试时数学能拿七十多分。但后来的考试，他心情好时就把会的写了，心情不好时就只填选择题，以及在填空题上乱蒙，分数就慢慢掉到了个位数，这也是庄访琴气愤的原因之一。

他捏着笔，开始认真看题。

一开始挺顺的，过了几页他就有些吃力。直到下课铃响时，他还卡在一道题上。但无奈周围的人陆陆续续都开始动了，喻繁只能面无表情地把练习册塞回抽屉里。

"王潞安。"陈景深放下笔，转头叫了一声。

"欸？"王潞安愣了一下，"咋了，学霸？"

"给你讲道题。"

"啊？"

王潞安受宠若惊，立马就过来了。

题是陈景深现编的，就在草稿纸上。喻繁本来没在意，直到陈景深念出题目，居然有一半文字跟他刚才卡住的那道题合上了。

他一脸怀疑地看向陈景深，对方神色平淡，毫无反应。

陈景深说得很细，甚至把公式都念了一遍。喻繁往嘴里扔了颗口香糖，边嚼边听。

他终于知道王潞安为什么喜欢找陈景深讲题了。

王潞安一开始听得很专心,听着听着觉得不对,几次想开口,又被陈景深的讲解堵了回来。

于是他只能在对方说完之后,才弱弱地说:"不是,学霸……这题我会啊。"

陈景深夹着笔,挑眉:"是吗?"

"是啊,这题这么简单,我以前就会!"

"哦。"看见旁边在偷偷奋笔疾书的人,陈景深说,"那你很厉害。"

当晚,喻繁把《笨鸟先飞》藏在校服外套里,带回了家。

他随意地冲了个澡,很难得地坐到书桌前。

喻繁已经不记得自己上一次挑灯夜读是什么时候了。初二之后,他就没再回家学习过。

他翻开本子,接着之前的页数往下看。

十分钟后,他烦躁地抓了一下头发。这练习册虽然简单,但架不住他基础差。前面几页还好,越往后他花费的时间就越多。

下周就期中考试了,这进度怎么看都来不及……

临时抱佛脚真的有用吗?

喻繁握着笔,忽然有点茫然。他这芝麻点大的基础,就算再努力,也不可能考出漂亮的分数。

他觉得,可能找别的办法拦住庄访琴,比学习更行得通。

要不我还是算了吧。

喻繁扔下笔,刚准备把本子合上——

"嗡"的一声,桌上手机忽然振了一下。

紧跟着,它又接连响了很多声。

喻繁往后一靠,将腿盘在椅子上,笔随意挂在耳后,之后拿起手机点开。

陈景深给他发了几条视频。

什么东西?喻繁拧着眉,犹豫地点开。

画面里是一本展开的练习册,是他手里的《笨鸟先飞》,翻开的地方也正好是他现在停留的这一页。

陈景深捏着笔,把其中一道题圈了起来。

因为一只手拿着手机,所以这个圈画得有点勉强。

"你现在基础差,分数很容易往上拉。只要肯努力,小幅地提升基本没有问题。"

夜晚的老小区,充斥着麻将声和小孩的哭闹声。

陈景深的声音干净低沉地响在房间里,窗外的动静似乎一下就飘得很远:"这部分的知识点,只做这道就行。点 A 和点 E 相连,这里加一条辅助线……"

喻繁沉默地听了一会儿,把笔从耳朵上拿下来,跟随他的声音慢吞吞动起笔。

看完一个又一个视频,中途暂停又播放,一小时已经过去了。

喻繁把陈景深的消息滑到底下。

陈景深:发错人了。

消息是五十四分钟之前发来的。

喻繁停笔,回了个问号。

下一秒,手机一振。

陈景深:是要发给王潞安的。

喻繁:什么?

喻繁:王潞安用的不是进化版?

陈景深:哦,辅导书也拿错了。

喻繁:……

喻繁绷着眼皮,打出一句"傻吧你",刚要发出去,对面又发来一条视频。

视频中,繁繁使劲儿蹭着陈景深的手,陈景深似乎坐在椅子上,五指屈着挠了它几下,散漫地问:"干什么?想出去?"

繁繁:"汪!"

"我牵不动你。"

"汪?"

"上次那个哥哥?他没空带你去。"

"汪汪……"

陈景深"嗯"了一声:"知道了,我帮你问问他。"

视频结束。

陈景深:这个才是要发给你的。

喻繁抓起肩上的毛巾捂在脸上揉了揉鼻子,莫名地扬了一下嘴角,然后拇指在屏幕上点了一下。

喻繁:傻吧你?

翌日自习课,喻繁又偷偷摸摸掏出了《笨鸟先飞》。

一页题快看完,轮到最后一道,他代了几个公式都行不通。

陈景深昨晚的视频里好像没有这类题型。

他皱着眉,下意识扭头:"这题——"

完了。

陈景深转头跟他对上了视线。这一刻,喻繁一下不知该把这东西销毁,还是怎样。就在他犹豫不决的时候,陈景深很自然地收起自己桌上的试卷。

"拿来我看。"

"……"

不就是讲个题吗?你有什么不好意思的?

而且,这本练习册本来就是他帮忙遛狗的报酬。

喻繁舔了一下嘴唇,撤下横在他们之间的那条手臂道:"哦……"

喻繁听题时下意识会咬拇指。

陈景深讲完这道题,下意识想多问一道,却被清脆的敲门声打断。

语文老师站在教室门口,说:"同学们,下节自习课我会过来抽背《陈情表》。"

班里一阵哀号。

"老师,这时候抽背是个什么说法?"王潞安立刻问,"是不是期中考试要考这个?"

"不要胡说。"语文老师道,"不过这本来就是一个大考点,赶紧复习吧。"

语文老师前脚刚走,班里那些在做卷子的同学瞬间有了动作。

大家全都把东西塞进抽屉,然后掏出了语文课本。

陈景深重新看向自己的同桌:"会了吗?"

喻繁愣了一下,回神:"哦……会了。"

刚才那点尴尬似乎飞远了。

喻繁这才想起来,期中考试不只有庄访琴那一科,物理、语文、英语……都够呛。

他把《笨鸟先飞》收起来,和大家一起掏出语文课本,找出那篇《陈情表》。

为了快点背熟,周围的人全都张开口念,声音密密麻麻挤在一块,跟念经似的。所以他就算跟着开口,也不会有人发现。

喻繁发出的几乎是气音:"行年四岁,舅夺母志。祖母刘……刘……"

刘什么?这字怎么念?

喻繁反复顺了大半节课,好不容易才把前面那一小段念顺了。

喻繁忍着被文言文弄出的那点火,接着往下念道:"逮奉圣朝,沐浴清化。前太守臣……"

臣什么?这谁背得出来?

喻繁抓耳挠腮,忽然发现陈景深正在看他,而且在笑。

狭长的眼睛轻轻地弯起,笑得很淡,也很安静。

喻繁看着他愣了好一会儿,才问:"你……笑什么?"

"没。"陈景深正色,很快收回视线。几秒后,他又看过来,眼尾还带着那点残留的笑意。

"想到以后还能跟你坐在一起,我就很高兴。"

语文老师再次走进教室,喻繁捏着课本,半响才把脑袋扭回来。

课本上的字还是密密麻麻。喻繁脑子有些僵,第二段怎么看都不顺,干脆从头再捋一遍。

行年四岁,舅夺母志。祖母刘……刘……

刘什么来着?

陈景深这人有毒。

201

三十二

最先发现喻繁在学习的是王潞安。

他带好纸和笔,打算一下课就去找陈景深讲题。没想到扭过头,看到两个凑在一起的脑袋。准确来说,是喻繁单方面凑过去,陈景深依旧坐得笔直。

喻繁手臂屈着搁在桌上,下巴懒洋洋地支在上面,脑袋有些歪。从王潞安的角度看,他几乎贴在陈景深的衬衫衣袖上。

王潞安想忍到下课再去问,但他等啊等,实在没忍住,拿出手机给喻繁发了一条消息。

王潞安:繁,你说吧,背着我偷偷学习,是不是就指望期中考试的时候来一个强势逆袭,超越我的排名,杀我一个措手不及?

喻繁:……

喻繁:滚。

王潞安:不过我怎么感觉,你这两天跟学霸关系变好了。

王潞安:哦不,好像之前也挺好的。聚会那回你还送他回去来着……

王潞安:但现在好像更好了。

这说的是什么话?

我只是为了期中考试而已。

等考完,他就过河拆桥,卸磨杀——

"听懂了没?"陈景深问。

喻繁把手机扔回去,闻言苦大仇深地皱着眉。

陈景深已经讲得够细,这时候说没听懂,显得他很呆。

"懂了。"

陈景深垂下眼看他。怕错过哪个步骤,喻繁听得很认真,人也不知不觉越过了两张课桌的中线,另一只手因为听不懂题而烦躁地抓头发。头发很密很黑,看起来很软。

几秒后,没听见声音,喻繁后知后觉地抬头。

他抓头发的劲儿重了一点:"看什么?别看我,看题。"

陈景深偏开眼,把刚才那道题重新拆开解。

喻繁:"干吗?我说我听懂了。"

"嗯。"陈景深说,"我自己想再讲一次。"

喻繁别扭扭地重新看题:"随你。"

连着几天晚上,一到九点,喻繁就能收到陈景深"发错"的消息。

陈景深手机举得随意,发过来的视频多了,喻繁就看到很多题库卷子以外的东西。

陈景深的书桌、笔筒甚至台灯,都是灰色调的,桌面上除了纸笔和耳机之外没有其他物件。他做题时会露出一点衣角,偶尔是黑色的,偶尔是灰白格子的,再配上他那冷淡低沉的嗓音,整个视频给人的感觉都是冷冰冰的。

陈景深没再说自己发错了,喻繁也不问,两人心照不宣地聊出了很多页聊天记录。

期中考试前一天,喻繁洗了澡出来,拿起手机没看见消息。

他挑了一下眉,确认了一下时间,晚上九点十五分。他散漫地坐到椅子上,拿起肩上的毛巾擦了擦发尾,目光在陈景深的微信头像停了几秒,然后点进去,消息还停留在昨天。

他怎么迟到了?

喻繁打开对话框,刚打出一个字又忽然反应过来,就飞快地删了。

陈景深本来也没答应过每晚九点都要给他发视频讲题。

喻繁握着手机后知后觉,自己似乎有点理所当然了。

陈景深没义务每天上网教他,他们之间没有约定,没有交易,也不是那种能天天聊天的关系。

他把手机扔到桌上,单手打开笔盖,随手把前额的头发往后撩,兀自翻开练习册。

自学吧,反正他现在已经大致能看懂一些简单题目下面的解析了——

"嗡!"喻繁扔下笔,心想,你迟到了二十分钟,又面无表情地打开手机——

南城七中扛把子群组有人@了你。

左宽：@王潞安 @喻繁，玩游戏吗？手机游戏吃鸡二对二。

王潞安：我来了，等我。

章娴静：你今晚不学习了？

王潞安：我仔细想了想，我已经努力两个星期了，不差这一晚上。再说，如果这次考试还是没考好，那今晚就是我最后一个自由之夜！

左宽：别废话了，赶紧上号。喻繁呢？

喻繁百无聊赖地滑了一下聊天记录，刚准备打字，手机忽然振了起来，屏幕上方跳出一个弹窗——

陈景深邀请你进行视频通话。

喻繁愣了一下，半晌才反应过来。

他猛地坐直身，盯着屏幕等了一会儿，邀请还在，对方没挂。又过了几秒，他飞快地抓了一下刚洗完的乱糟糟头发，才把视频接了。

陈景深将手机立在桌上，角度清奇。他似乎刚洗完澡，接通的时候在低着头擦头发。

喻繁盯着屏幕里的人，心里莫名升起一丝别扭。

"干吗？"喻繁很快整理好表情，冷漠地问。

听见声音，陈景深抬起头扫了他一眼。

喻繁离手机很近。

陈景深偏开眼，淡淡问："找了几个题型，录完了你再看会很晚。能视频吗？"

你打都打来了，还问这个？

喻繁去讨论组里回了一个"不"，然后找了个东西把手机立了起来。

嫌屏幕小，他把手机挪得很近："好了。你说吧。"

…………

最后一道题讲完，喻繁伸了个大大的懒腰，条件反射地想趴下睡觉，这才反应过来自己没在教室。

他把自己挪出镜头外，又往屏幕上看了一眼。

陈景深像是说累了，拿起玻璃杯喝了口水，喉结随着吞咽的动作滚了几下。

"还有哪里不会？"

喻繁回神，又把半边脸挪回镜头，垂着眼一副漫不经心的样子："没了。挂了。"

"好。"

视频里沉默了一会儿。

喻繁手指在挂断键上停了好半天，最后移开。

"陈景深。"他叫了一声。

"嗯。"

"看看狗。"喻繁说，"你这几天都没发。"

陈景深很难得地愣了一下，不过很快恢复神情："好。"

画面中，陈景深叫了一声"繁繁"，接着切换镜头，繁繁已经抬起前腿搭到了陈景深的腿上。

陈景深今天穿了一件灰色长裤，见繁繁在朝他吐舌头，伸手在它的下巴上挠了几下。

"你这狗耳朵为什么是立起来的？"喻繁靠到椅子上，表情放松，懒懒地问。

"剪的。"

"哦……什么？"喻繁怔了下。

"之前的主人打算让它做工作犬。"陈景深淡淡解释，"耳朵垂着会影响听力，所以剪掉一些再缝起来，就能立起来了。还有些人会剪掉尾巴，方便它们上山下地。"

"……"

喻繁不自觉地坐起来，回想了很久："我记得它尾巴好像没断？"

"嗯，断之前被我带回家了。"

喻繁莫名松了一口气，又躺回椅子上。

像是感知到这两人在讨论自己，繁繁激动得汪汪乱叫。陈景深拍了一下它，但它仍旧低低地发出呜咽声。

于是陈景深干脆伸手拢住它的嘴巴。

繁繁"呜"了一声，终于消停。

"喻繁。"陈景深淡淡道。

喻繁盯着手机屏幕："干什么？"

视频仍旧停留在狗身上，繁繁已经消停了，乖乖地立在灰色长裤旁边。

陈景深把手挪到它耳侧，随意地捻了几下："明天好好考。"

喻繁深吸一口气，硬邦邦地挤出一句"哦。"

电话挂了之后，喻繁保持着原先的姿势，忽然觉得有些口干舌燥。

他盯着聊天框看了几秒，"啧"了一声，扔掉手机从椅子上起来，"哐"地把窗户开到最大。

晚风灌入室内，喻繁在窗前站了几秒，伸手粗暴地把前额的头发往后拨。

天气怎么这么热？学习果然令人上火。

期中考试考完一定不学了，什么破几何函数……

刚才陈景深凭什么摸着狗跟我说话啊？

期中考试第一天，上午语文，下午数学。

喻繁踩点进的考场。

他在年级最后一个考场，进去的时候监考老师已经到了，讲台底下睡了一半。

这教室里全都是年级垫底的那十几个人，实力相当，信号屏蔽器一开，整个教室基本歇菜。

所以，监考老师毫无压力地在讲台上看起了报纸。

左宽往桌上一趴，觉得没劲儿，准备问旁边坐着的人要不要提前交卷去上网。

他一扭头就震惊了。

只见他那个前几次都跟他一起从开考睡到结束的兄弟，这会儿坐得比玩游戏时还要端正，在低头奋笔疾书。

左宽："……"

感觉到他的视线后，喻繁停笔，看着他冷冷地丢出一句："把头转过去。"

左宽换了个姿势,继续睡了。

考完语文,考场跟他们在同一层的王潞安过来约他俩去校外吃饭。

三人去了附近的一家川菜馆。

"他跟中了邪似的,'唰唰唰'写了一整张语文试卷!"左宽震惊道,"连作文都写了!"

王潞安:"我……昨天打游戏的时候就跟你们说了,他最近在学习,你们都不信……"

喻繁:"有完没完?"

"没完。"左宽说,"所以到底什么情况?"

"没什么。"喻繁模糊地扔出一句,"只有这次期中考试而已。"

看出他不乐意说,其他两人也就没再往下问,转头去聊其他话题。

喻繁正听得无聊,兜里的手机振了一声。

陈景深:考得怎么样?

很久没收到过类似的问话了,喻繁一时间有些恍然。

他不爽地敲着字。

喻繁:没考《陈情表》。

陈景深:嗯,猜到了。

老子在你旁边背了两天,你猜到了不会说一声?

喻繁咬牙切齿地关掉了对话框。

吃完午饭。王潞安拿纸擦了擦嘴:"我爸非让我考完就回家午休,下午再来。你俩怎么说?"

数学下午三点才开考,中间有三个多小时的自由时间。

"我去玩两把。"左宽问旁边的人,"一起不?"

喻繁:"不。"

左宽:"那你干吗去?"

我回考场再把公式看一遍。

喻繁当然不会这么说。他把手机揣进兜里,起身头也不回地出去了,扔下一句:"散步。"

207

前后考场是两个极端,坐在前面教室的考生,午休时间基本留在教室复习。而后面的教室……基本是空的。

喻繁的教室在实验楼。经过教学楼时,他忍不住朝一班的位置看了一眼。

好几个学生都倚在阳台上看书,其中没有陈景深。

喻繁回考场时里面果然空无一人。他从桌肚拿出习题,刚要找笔,手机又闷重地"嗡"了一声。

喻繁眉间松了一下,拿起手机低下眼。在看清消息的那一瞬间,他神色倏地变冷,刚拿起的笔又被放回到桌上。

陌生号码:仗着自己人多,就在食堂乱朝人撒泼的疯子,有本事现在出学校来见我。

喻繁刚准备锁屏,对面紧跟着又发过来五六条。

陌生号码:怎么?不敢回?之前往我脸上盖饭盘的时候不是挺牛的?

陌生号码:对了,之前我看你的学生资料,上面怎么只有爸没有妈啊?

陌生号码:你妈死了?

陌生号码:怪不得总是一副哭丧脸。

…………

一班考场,空气流速似乎都比其他教室都要慢一点。

所有人都抓紧时间复习。

做完一道题,陈景深又从口袋里拿出手机,低头看了一眼,没有新消息。

监考老师走进教室,把试卷放到讲台上,看到坐在第一桌的人手里还拿着手机,稍稍有点意外。

"还有五分钟就要考试了,"他咳了一声道,"把你们的课本、手机全部收好,放到教室外面去。"

陈景深神色平淡,刚准备关上手机,被他屏蔽了的讨论组忽然跳出一条消息预览。

熟悉的名字一晃而过,陈景深动作一顿,点了进去。

章娴静：完蛋。隔壁学校的朋友偷偷给我报信，说她学校今天聚了十几个人，今天就要过来堵喻繁！

王潞安：不可能啊，喻繁在学校呢，他们十几个人冲进学校堵人？胖虎不把他们一个个撂地上。

左宽：就是。

章娴静：她说那群人有办法把喻繁骗出来，你们有人跟喻繁在一块儿吗？

王潞安：没有啊，我刚给喻繁打了个电话，没人接……

左宽：完了，我也没打通，群里几个兄弟都在哪里？赶紧聚一聚。

王潞安：我这里是访琴监考，暂时出不去，你们先在学校附近找一下人。

监考老师看着第一桌的人，皱了一下眉，重复道："同学们把手机全都交上来，听见没——哎，同学，你去哪儿？马上开考了！同学，同学……陈景深！"

台球馆后面的狭窄暗巷。

喻繁看着面前十几张半熟不熟的面孔，心情有点复杂。

"又见面了。"为首的平头男道，"喻繁。"

喻繁没说话。

"怎么不吭声了？上次你给那个书呆子出头的时候不是挺狂的吗？"平头男后面的男人说，"当时你要是不管那件事，我今天说不定就不来了。"

喻繁依旧沉默。

又一个人笑道："估计是今天心情不好，烦得说不出话……"

"是挺烦的。"喻繁说。

那人没听清，眯起眼："你说什——"

…………

平头男本来还跟个大佬似的在抽烟，到最后，烟都要烧到尾巴了，他也没吸一口。

"哥，要不算了吧。"这块地方没么偏僻，看到巷口偶尔经过几个人,那人有些慌。

喻繁准备见缝插针地跑掉。

他不傻。但巷口有人守着,他得把人引来才能跑。

又被带到巷子中间,喻繁刚用手肘把抓着他衣服的人顶开,就听到耳后传来一阵风声。

他还没来得及回头看,衣领忽然被人用力一扯,紧跟着耳边倏地刮过一阵风,一个熟悉的书包出现在他的视线当中。

喻繁还没反应过来,整个人就被那只手用力地往后拽了两步。

这是什么力气……

他闻到了一阵淡淡的薄荷香。

喻繁神经一紧,转头一看。

陈景深面无表情地站在他身后。

陈景深怎么会在这儿?

考试呢?

喻繁:"你……"

"跑。"

喻繁一脸蒙地站在那儿,还想再问,却被人抓住手腕,拽着朝巷口跑去。

下午三点,学校附近冷冷清清,没有老师也没有学生,周围的店铺里也没几个人。

奶茶店的老板娘坐在门口跟人聊天,正好聊到最近常来他们店里的那位学霸。

"看起来挺乖的一个男生,总是跟那些不爱学习的混在一起。倒也不是说那些人不好,但总归不是一个路子上的人嘛!我觉得——"

她的话戛然而止。

她看到,那个她嘴里很乖的男生,冷着脸强制地拽着她平日里觉得最浑的那一个,一阵风似的从她店面前掠了过去。

老板娘:"……"

喻繁不知道自己被抓着跑了多久。

之前消耗了太多体力，他现在喘不上气，有那么一瞬间，他觉得自己要缺氧而死。在他死掉之前，前面的人终于停了下来。

他们到了一个公园里空荡的沙地上。

喻繁全身瘫软，倒在地上，张开嘴大口大口地呼吸着，肩膀用力地上下起伏，心跳快得犹如擂鼓。

不知什么东西进了他的头发，冰凉地贴在他头皮上。喻繁还没回过神来，手指倏地收拢，抓住他的头发，抬起他的头。

陈景深蹲着，居高临下地看过来。

他眼皮很冷漠地绷着，看他的眼神就像看一只待宰的狗崽子。

"喻繁，你教不乖是吧？"

喻繁心脏一紧，无法动弹。

三十三

陈景深手上用了力，不算重。

被拉扯的地方有一点隐晦的疼，又不会让人受不了。

上一个碰到喻繁头发的人，至今看到南城七中都要绕道走。

喻繁不喜欢别人碰他头。谁往他头上薅一把，他能在几个人里精确地把那人挑出来，重重地还回去。

但现在，喻繁坐在沙地上，半张着嘴，轻喘气看着陈景深，久久未动。

他太累了，被抓住头发也没觉得反感，反而有那么一丝放松，甚至诡异地想把全身力气都放在那只手上——

什么教不乖？

谁要乖啊？

攥着他的力气突然消失，喻繁脑子里飘的那些乱七八糟的话也一瞬间停了。

陈景深五指在他头发里虚虚一拢，揉了一下，然后抽出了手。

书包被随便扔到了地上，底下沾了很多沙。

喻繁盯着他的手，忽然懒得骂了。

于是喻繁卸下劲儿,往后靠到墙上。

陈景深扫了他一眼,又很快撤开,没说话。

你什么态度。

喻繁的脚伸过去碰了碰陈景深的鞋,刚想说什么,脑子忽然闪过一件事。

几点了?他立刻拿出手机,发现上面有很多未接电话和消息。因为考试调了静音,他之前一直没听见。

现在是下午三点二十七分。

他飞快地在讨论组里发了句"我没事",然后抓住陈景深的衣袖用力扯了一下。

"干什么?"陈景深问。

"你说呢?"喻繁说,"考试!"

"校门关了。"

"我有办法进去。"喻繁撑在墙上起身,回头看了一眼还在整理书包的人,急得皱眉道,"起来。"

"超过十五分钟,不让进考场。"

喻繁隐隐约约想起,好像真有这个规矩。

他眼皮跳了一下,站着冷下脸,开始思考怎么把监考老师骗出来,让陈景深混进去。

进去容易,但陈景深坐在第一桌,太显眼了,老师回来一眼就能发现。

旁边的人拎起书包起身,喻繁边想边看过去。

陈景深的校服衬衫被弄脏了,他衣领凌乱,左袖也脏兮兮的。

陈景深把书包搭到肩上,刚想说什么,手臂都被人牵过去,衣袖被粗鲁地往上一扯。

他垂眼,才发现自己的左手青了一块,是刚才跑得太急碰到哪里了吧。

他抓住陈景深的手臂,想把人拉走。他没拉动。

陈景深站得稳稳的:"去哪儿?"

"医院。"喻繁说。

"没那么严重。"

"让你打就打，"喻繁皱眉道，"我出钱，别废话。"

陈景深依旧不动，随口扯了一句："不去，不想闻消毒水味。"

"你上次带我去医院时怎么没这么磨叽？"

陈景深垂下眸来，没什么情绪地挑了一下眉。

喻繁："那你捂着鼻子进去。"

喻繁耐心有限，换作平时已经扔下人走了。

他冷着脸跟陈景深无声对峙了一会儿。

出租车停在老小区门口。

陈景深四处扫了一圈，很旧的街区，头上的电线杆缠在一起，居民楼外墙斑驳，狭窄的街道两侧还有推车出来卖水果的小贩。

喻繁很少打车，平时都是走路或乘公交车。

付了钱后，他把人领下车。真领，站在小区门口的时候，他手里还拽着陈景深的书包带子。

陈景深："你从小就住在这里？"

旁边人敷衍地"嗯"了一声，迟迟未动。

喻繁微微仰头，像是在确认什么。

陈景深顺着他的视线看去，只看到二楼一扇紧闭的窗户。

确定家里没人后，喻繁扯了一下他的书包："走了。"

楼道窄小，两个男生差不多就占满了。喻繁掏出钥匙开锁，用脚轻轻地把门抵开。

一股酒气从里面飘出来，比医院的消毒水味还臭。屋子不大，沙发电视、麻将桌，客厅基本就满了。地上倒着很多空酒瓶，桌上还有一盘吃剩的花生米和鸡爪。

陈景深感觉到自己的书包被拽了一下，他收回视线，任由喻繁牵着走。男生脸色冷漠，似乎对这种情景习以为常。

喻繁的房间是单独锁着的，进去还得用钥匙。

打开门，喻繁把人推进去，扔下一句"你先坐"，扭头又去了客厅。

喻繁房间的窗户大敞着，通着风，干干净净，没什么味道。

陈景深站在原地，沉默地扫视着。房间很小，一张木床，还有旧衣柜和桌椅。除此之外没有别的家具了。书桌上面全是岁月的痕迹，有撕不干净的贴纸、用圆珠笔写的字，还有刀痕和不知怎么戳出来的凹孔。

床头的墙上贴着奖状，贴在下面的基本被撕得只剩边角，上头倒是有些还能辨别出几个字。

目光聚到某处时，陈景深微微一顿。

喻繁进屋时，陈景深已经在椅子上坐着了。

他反锁上房门，把刚找来的椅子扔到陈景深旁边，然后弯腰打开右边第一个抽屉——

陈景深看到满满一柜子的应急药品。

说是药品都算美化了，实际上就是消毒水、绷带、创可贴这些能应付了事的东西。此外，还有一罐没有标签的透明玻璃罐，里面是暗红色的液体。

喻繁挑出几样搁桌上，撩起衣袖说："把手拿来。"

陈景深摊开手放到他手里。

楼下传来收废品的喇叭声，偶尔有汽车鸣笛，楼层低，楼下麻将砸桌的声音都听得见。

陈景深很散漫地坐在椅子上，安静地看着他小心翼翼地拿棉签给自己的左手消毒。

口袋里的手机振了一下，陈景深手指轻轻一蜷。

喻繁立马停下来："疼？"

陈景深沉默两秒，绷着嘴角道："很疼。"

消个毒都疼？

"怕疼还过来干什么？乖乖待在教室考你的试不好？"喻繁嫌弃地拧眉，下手轻了一点。

陈景深看着他的发旋，忽然问道："墙上的都是你的奖状？"

"不是。"

"'亲爱的喻繁小朋友，恭喜你在菲托中小学生夏令营中表现突出，获得最热心小朋友称号'……"陈景深念出来,"小朋友干什么了?"

"……"喻繁抬眼看了一眼墙,还真看到了这么一张奖状。

"谁记得?"喻繁说,"再废话,把奖状塞你嘴里。"

陈景深轻轻地眨了一下眼,莫名有点跃跃欲试。

收拾好伤口,喻繁打开那个玻璃罐,一股浓浓的、有些呛鼻的味道传了出来。

"是什么?"陈景深问。

"药酒,我爷爷留下的。"喻繁想起这位同桌很金贵,蘸了药酒的棉签停在半空,"不过很臭,你擦不擦?"

陈景深没说话,只是抬了抬手,把青了的地方抵到了棉签上。

将药酒抹上皮肤,喻繁把棉签扔到一边,用拇指抵在上面轻轻地按了两下。

他边按边说:"忍着,要按一会儿才好渗进去。"

按好之后,喻繁松开他的手,重新拿出一根棉签给自己消毒。

陈景深坐着看他:"要我帮你吗?"

喻繁熟练地把棉签往伤口上擦,眉毛都没皱一下:"不要,我手又没断。"

几分钟后。

喻繁艰难地把手绕到后背,将棉签伸进后衣领,努力地摸索疼痛的位置。

怎么会有人跳起来用手肘顶人后脖子?

陈景深起身:"我来。"

喻繁:"不……"手里的棉签被人拿走。

陈景深走到他椅后,往他后领里看了一眼。脖颈下方到肩这一块,青紫一片。

陈景深眼神沉了一下,棉签刚要蘸上去——

面前坐着的人忽然解开一颗校服衬衫的纽扣,然后随意地把衣领往后一拽,露出大片皮肤。

"快点。"喻繁把陈景深的椅子拉过来,将手肘支在椅背上,脑袋一

215

趴,催促道,"随便涂涂就行。"

喻繁脖子很直也很细,陈景深将手指按在上面涂药酒。

喻繁倒吸一口气。

"痛?"陈景深问。

喻繁硬邦邦地说:"没。"

"那你抖什么?"

"谁抖了?"喻繁一字一顿地说,"行了……别按了。"

他说着就想起来,却被陈景深桎住脖子,不让动。

"等会儿,药还没渗进去。"陈景深说。

喻繁后悔了。

他就应该等陈景深走了再上药。

随着陈景深的一句"好了",喻繁立刻坐直,猛地把衣领拽回来扣好。

他抓起东西乱七八糟塞回柜子里,桌上的手机"嗡"地响了起来。

左宽在电话那头非常激动:"我逃考准备出来救你,结果翻墙的时候被胖虎抓个正着,罚我在他办公室站到现在!你人没事吧?"

喻繁起身,倚在窗沿边说:"没事。"

"怎么回事?你真被堵了?"

"嗯。"

"来了多少个人?你去之前怎么不叫上我们?"

"挺多。"喻繁道,"他们找了丁霄把我骗出去,我以为只有他一个。"

没想到丁霄居然认识隔壁学校的人。

他往后瞄了一眼,看见陈景深也拿出了手机,坐在椅子上沉默地翻着消息。

左宽絮絮叨叨说了半天才挂。

喻繁放下手机转头,陈景深正好拎起书包起身。

陈景深把满屏都是未读信息的手机扔进口袋:"我回去了。"

把人送到楼下后,陈景深拦了辆出租车,然后想起什么似的问:"晚上九点能视频吧?"

喻繁双手抄兜站着,闻言愣了一下:"嗯。"

"今晚讲物理。"陈景深用拇指钩了一下书包肩带,话锋一转,"你上次期末数学只考了九分。"

喻繁:"……"

"所以,这科缺考也无所谓,其他科目拉高分就行。"

喻繁刚想说不会聊天可以闭嘴,可在张嘴的下一瞬间却哑了声。

陈景深很短暂地摸了一下他的头,随意一揉,淡淡道:"走了,晚上说。"

车尾消失在红绿灯拐角。

喻繁站在原地,半晌没动,直到又一个红绿灯过去才回过神来。

刚才陈景深是不是又把手放我头上了?

喻繁的手还抄在兜里,很僵硬地转了个身,慢吞吞地往回走,表情时而清冷,时而狰狞。

陈景深今天碰了他头两次。

陈景深的手怎么这么欠揍?我们很熟吗,你就伸手?

喻繁抓了一下头发,心想这必须给点警告。

今晚视频一开就往桌上扔把刀,让他先道一百次歉。

晚上,喻繁心不在焉地玩了一会儿久违的《贪吃蛇》游戏。

九点,视频准时弹了过来。喻繁拎起那把削完苹果的水果刀,面无表情地接通,刚要说话——

"将手机拉高点。"陈景深扫了一眼屏幕说。

"干什么?"

"再高点。"

你磨叽什么?

喻繁皱起眉,抬手拿起东西准备吓唬他。

"好了。"陈景深翻开题集,"刚才看不见你。"

"……"

喻繁面无表情地跟屏幕小窗口里自己的那张臭脸对峙了一会儿后,把刀放下了。

三十四

翌日清早,实验楼最后一个考场颇为热闹。

第二组最后一桌周围围了十几个男生,叽里呱啦说个不停。

"我有个朋友跟丁霄一个考场的,他说丁霄到现在都没来学校。"

"急什么,躲得了和尚躲不了庙!"

一群人越聊越激动。

只有当事人满脸镇定,一言不发地坐在中间看物理公式。

左宽总结道:"反正两边的账都得算。"

一生要强的七中男生。

"行了,先顾顾眼前的事行不行?"章娴静坐在旁边的桌子上,倚墙跷着二郎腿,"昨天你们翘考试,胡庞现在估计都怒了。"

这里围着的人,除了她和王潞安是庄访琴监考,没跑掉外,其余的昨天都溜出考场了。

"我无所谓,考不考都一样……"左宽想到什么,话头一转,"不过我没想到你们班那学霸居然这么讲义气。"

差生逃考试,除了老师外没人在意。

但年级第一的座位昨天是空的,一晚上过去,半个学校的人都知道了。

直到喻繁昨晚被问得受不了,简单说了句"是陈景深把我带走的",他们才知道年级第一居然是为了喻繁翘的考试。

王潞安:"那当然!学霸为人一直都很好。"

"不过……"有人想了一下那个画面,"面对十几个人,他怎么敢冲过去?"

喻繁忽然反应过来,背公式的思绪停顿了一下。

对啊,陈景深为什么会那么勇敢?

"别问,问就是感天动地同桌情。"王潞安说,"我听说他还是当着监考老师的面走的,太厉害了。哎,我跟你们说,昨天访琴不是我们那个考场的监考吗,她坐在讲台上,那脸黑的——"

"你等等。"喻繁皱起眉,"陈景深是开考后走的?"

"差不多吧……后来访琴还下讲台问过我,知不知道你俩去哪儿了,我说不知道。当时我偷瞄了一眼她的手机,在跟学霸的妈妈通话呢。"

考试前十分钟,学校大门就关了。

陈景深是翻墙出来的?

"没什么大不了。"左宽摆摆手,"少拿一次年级第一而已,他之前都拿那么多次了,就当让后面的人呗。"

"就是因为次次拿年级第一,突然有一次拿不到了才更容易失落吧。"旁边的人说,"而且回家肯定要挨批。"

后面他们絮絮叨叨又说了什么,喻繁都没再仔细听了。

他盯着物理公式,看了几遍都没看进脑子。直到口袋里的手机振了一下。

陈景深:到考场了吗?

喻繁:到了。

陈景深:嗯,马上考试了,别乱跑。

喻繁:"……"

这是什么语气?你是家长吗?

喻繁把手机揣兜里,突然从座位上起来。

周围聊天的人都停下来看他:"干吗去?"

喻繁头也没回,扔下一句:"老师办公室。"

下午,考完最后一科后,陈景深拿起笔往教室走廊走。

把文具放进书包后,他拿出手机翻了一下。一个多小时的考试时间,他收到了十一条短信。

妈:逃学的事情,你爸和他家里的人都知道了,包括那个女人。

妈:你是不是想让我在他们那里丢人?

妈:我会尽早处理完事情回国,到时候你需要给我好好解释这次的情况。你令我很失望。

…………

和昨天的通话内容大同小异。

陈景深冷淡地看完这些短信，然后退出界面打开微信，问置顶聊天的人试卷有没有写满一半。对方没回复。陈景深拎起书包，转身刚要离开，就被人叫住。

"陈景深，"监考老师在后面拍了他一下，"胡主任让你去他办公室一趟。"

陈景深到主任办公室门前，刚准备敲门——

"主任，我要补考。"

听见熟悉的声音后，陈景深动作一顿，抬起的手慢慢放了下来。

他透过窗户往里面看。王潞安和左宽在离门不远的地方，看样子是陪人来的。一直没回他消息的那人，此时就站在办公桌前。

胡庞头疼地看着眼前的人："这是第几次了？啊？你今天找我几次了？上午来的时候我就跟你说了，不行！"

"为什么不行？"喻繁没动。

"哪个学校期中考试有补考的规矩？"胡庞没想到有朝一日他要跟喻繁解释这个，"再说了，你这种故意逃学的情况，哪来的资格补考！"

"我说了，没逃学，我是被人骗出去的，然后被堵了回不来。"喻繁重复道，"我骗你干什么？"

王潞安："真的，主任，我可以做证！隔壁学校带十几个人到学校后门的台球馆堵我们学校里的同学，这事儿您不管也就算了，还剥夺被堵学生补考的权利，这不合适吧？"

"我说了，这事考完试后我会处理。"胡庞心烦，"不过有你什么事？你来干什么？"

王潞安："为同学打抱不平！"

这一整天胡庞都觉得挺魔幻的。

平时课都不上，考试交白卷的问题学生，居然追在他屁股后面要求补考。

你能拿个十分吗，就嚷着补考？

胡庞揉揉眉心："出去。"

喻繁:"我要补考。"

胡庞:"马上就要开始月考制度——"

"我要补考。"

"你如果想证明自己,等月考的时候再说。赶紧出去,我约了其他同学谈……你站到那儿去干什么?"

喻繁挪了挪步子,把办公桌前的位置留了出来。

"腾位置方便您谈话。"喻繁后靠到墙上,"您如果不答应补考,我以后就住这儿了。"

半晌,胡庞拿起保温瓶喝了一大口水。

他气笑了,直点头:"好,好……"

"陈景深也要考。"喻繁脱口道,"他也因为被堵了才没赶上考试。"

"行。"胡庞脸都气红了,"你这么想考,那就定在明天。周六上午,这次没考的一个不落,全都通知过来!我亲自去教室给你们监考!"

遭到无妄之灾,左宽瞪圆眼:"那什么主任其实我不——"

"没问题。"怕对方反悔,喻繁立刻起身,顺着说,"谢谢胡主任,主任您真好,主任再见。"

左宽:"……"

陈景深走到走廊另一边,直到那三人走远之后,才敲门进办公室。

胡庞问了他昨天的情况。陈景深如实说了。胡庞见情况和喻繁说的都能对上,表情一下凝重了许多。

胡庞谈了半小时的话才放人,再三叮嘱他不要再出现这样的情况后,通知了他明早补考的事。

离开办公室时天空已经被晚霞染红。

走出主任办公室的视线范围后,陈景深从口袋里拿出手机。

喻繁:写不完,一堆题看不懂,你到底会不会教?

喻繁:明天早上八点补考数学,实验楼一〇九教室,记得过来。

喻繁:收到没?

陈景深安静地站在楼梯间,垂眼把这几条消息看了很多遍。

直到一个视频通话弹过来。陈景深按下接通键。

喻繁坐在他房间的那张木椅上，满脸愣怔地盯着手机屏幕："我……按错了，想打语音的。"

他很快调整好表情，冷着脸问："你看到我消息没？"

陈景深说："才看到，刚要回。"

"哦……"喻繁靠到椅子上，把手机拉到眼前确认道，"你怎么还在学校？"

"考完了，帮忙搬下桌椅。"

陈景深往上抬了一下书包肩带，问："期中考试也能补考？"

"谁知道啊？"喻繁视线挪到旁边，又飞快挪回来，"还不是胡庞，非要我们补考，还说要亲自到考场来监考。"

"是吗？"

"是啊，麻烦死了。我不答应他还跟我急——"喻繁声音一顿，皱起眉狐疑地盯着他，"陈景深，你又笑什么？"

"没有。"

"没有个头。"喻繁说，"不准笑，你笑起来很欠揍。"

陈景深抿嘴忍了一下，喉结随着滚了滚。

喻繁鬼使神差地截了个图。截完之后又是一愣——我疯了吗？截屏有声音吗？陈景深应该没听到吧？

"喻繁。"陈景深忽然叫他。

"干什么？"喻繁决定先发制人，"我刚才按错——"

"谢谢你。"

"……"

陈景深站在夕阳里，静静等待着手机里的人开骂。

喻繁呆若木鸡地跟他对视了几秒，然后"哐啷"一声——手机掉了。

陈景深看着对方手忙脚乱地捡起手机，喻繁的脸出现在屏幕里的下一瞬——

"嘟！"视频挂了。

三十五

回家车上。陈景深估摸着时间,拿出手机给喻繁发了一条消息。

陈景深:晚上还能视频吗?

消息成功发送。微信号没被拉黑。

到家时阿姨已经做好晚饭。中年女人双手抓着围裙擦了擦,干笑着打招呼:"回来了……我已经做好晚饭了,趁热吃吧!"

她虽然已经在这户人家烧了一年多的饭,但这家人的小孩——或者说这家人——性格都比较冷淡,相处方式也很奇怪,所以她每次跟他们对话时,还是会有些局促。

毕竟她做这份工作这么多年,还是第一次看到在屋里装这么多监视器的家庭,除了厕所外几乎每个地方都有,以至于她工作时都战战兢兢的。

可能这就是有钱人家吧。

"嗯。"他一如既往地扫了她一眼说,"放桌上就好,您回去吧。"

吃完饭,陈景深冲了个澡,出来时手机依旧没消息。

倒是讨论组在热热闹闹地聊天。

喻繁:九点来几个人打游戏。

王潞安:啥?

左宽:我没看错吧,这是南城七中未来的年级第一在亲自约游戏吗?我来。

王潞安:那我也勉强玩一会儿。

左宽:@喻繁,人呢?还有五分钟就九点了,自己约的局自己不见了?

…………

喻繁扔了句话就没再冒过泡,看起来似乎不是真要玩游戏,而是想了个办法告诉某人,九点老子不来。

陈景深盯着那句话看了几遍,打开抽屉想拿练习册,瞥到了被放到最里面的笔记本。他擦头发的动作一顿。半响后起身，拿起旁边的黑布轻松地往房门上一抛，熟练地遮住了上面的摄像头。

陈景深回到桌前，抽出那本黑皮笔记，随意一翻。

几张夹着的字条展露出来。长方形，边缘被剪得很粗糙，有两张还破了角。但比起上面的字，其他一切似乎都没那么残破了。

因为上面的字实在是丑。

字迹是用铅笔写的，歪歪扭扭，有字有拼音，如春蚓秋蛇，在小学生里算是最埋汰的那一拨。拿给其他人看，十个人里估计有十个看不懂上面写了什么。

但陈景深看得懂。

因为给他这字条的人当时跪趴在地，写的时候嘴里念念有词——

"坚强符，腻害符，不哭符，勇敢符……勇敢的勇怎么拼啊，陈景深？"

陈景深告诉他，然后说另一个字的拼音也写错了，是"厉害"不是"腻害"。

"是你错了，就是'腻害'，老师教我的。"

全身脏兮兮的小男生严肃地纠正着他的错误，然后把这几张字条塞到他手里，揉揉鼻子昂首挺胸地说。

"别哭了啊，不就是平安符被他们撕坏了吗？这些符你带着，以后我保佑你啦。"

陈景深许久之后才有动作。他用手指轻轻地捻了捻"符纸"，沉默地重新夹起收好。

喻繁倚着铁栏坐在阳台上，吹着风连喝了两罐冰汽水。

陈景深这种突袭也不是一次两次了……怎么一次比一次让人上火？

他又喝了一口，盯着隔壁的黄灯，觉得好像陈景深身后的夕阳。

"哥哥。"楼下传来一声清脆的呼唤。

喻繁歪了歪脑袋看下去："说。"

是那个住他楼上的小女孩，正在一楼的楼梯口仰头跟他对视。上次吃了他的馄饨之后,她就没那么怕他了。

她问:"哥哥,你脸好红哦,你醉了吗?"

喻繁面无表情道:"是的,我醉了喜欢打小孩,你在下面等着。"

小女孩震惊地瞪眼,然后转身"噔噔噔"地跑了。

喻繁最后还是去打游戏了。

说出去的话泼出去的水,他到了九点准备反悔,三个兄弟却已经在游戏线上等他。而且他想了想,与其坐在阳台乘凉下火,不如打游戏过瘾。

他躺在床上打得心不在焉,落地就死,一下又后悔了。这还不如吹风呢。

成盒的下一秒,他划动屏幕退出去看了一眼时间,又看了看微信。

一个消息都没有。

他盯着某个头像,心里咬牙切齿地骂了一句。

你什么意思?只是给个暗示,还真就不弹视频了?

选择性服从是吧?

喻繁绷起眼皮,很不爽地朝那个狗狗头像看了一眼,刚准备回游戏——头像忽然跳到列表第一个,杜宾犬的右上方多了个红点。

陈景深发了讲题视频过来。

喻繁切回游戏的时候,其他三位兄弟还在战斗。

见他回来,王潞安道:"喻繁,你刚才怎么出去了?没看到我天神下凡一通乱杀……"

"你们玩,我走了。"

"啊?"左宽说,"你叫我们来,打一把就走了?干吗去?"

喻繁:"看狗。"

喻繁退出了游戏,坐到桌前点开那段视频。

陈景深声音响起的那一刻,喻繁下意识把手机往上举了一点。

意识到屏幕里不会出现自己的脸,喻繁狠狠揉了一下鼻子,尴尬地红了耳朵,闷头开始看题。

周六清早七点三十分,奶茶店门口聚了一群吊儿郎当的男生。

老板娘反复看手机,确定今天是休息日没错。

左宽:"你真不困啊?"

喻繁玩着手机,懒懒道:"你赶紧,马上进去了。"

"知道……"左宽往旁边一瞥,"哎"了一声,动动手肘碰了碰旁边的人,"学霸来了。"

喻繁倏地抬眼看去。

南城夏热冬凉,五月的气温已经高过其他许多城市。

陈景深身上的校服外套终于脱掉了。他臂长腿长,穿夏季校服总显得比之前更利落。在陈景深听见声音看过来之前,喻繁已经飞快地低下头。

左宽这两天对学霸的态度好了许多,他问:"学霸,一会儿能抄你的不?"

陈景深看了他旁边人一眼,淡淡道:"不能。"

你好歹意思意思说个"尽量"呢。

旁边没动静,左宽扭头又说了一遍:"哎,你同桌来了。"

喻繁:"来就来了,跟我有什么关系?向我报告什么。"

你之前跟人不是玩得挺好吗?怎么一夜之间就没关系了?

喻繁说完又把头低了回去,没再看陈景深一眼。

旁边有人忽然叫了一声:"胡庞过来了!"

胡庞这会儿没戴眼镜,没看清他们在干吗。

所以他就站在校门口眯着眼骂:"二十分钟后开考了,你们还站在这里干什么?!赶紧给我滚过来——景深你也抓紧。"

一行人跟着胡庞往实验楼走,见陈景深走在最前面,喻繁干脆就落在最后面。以至于他进了教室后,只剩下胡庞面前的那个座位了。

旁边是陈景深。

他在心里"啧"了一声,面无表情地坐下。

考场里坐着十几个年级差生和一位年级第一名。

胡庞扫视一圈后,内心颇为感慨。

距离开考还有十分钟,他两手握着试卷,抵在课桌上整理了一下,道:"这次你们补考的试卷跟其他同学的不一样,难度稍微高一点,没办法,临时补考只能这样。我先跟你们讲明白,考试过程中别想着睡觉,也别想用手机作弊,更别想偷看陈景深同学的试卷。"

说这话的时候,他目光在陈景深左右两个同学身上转了一圈。

喻繁支着下巴玩笔,臭着脸想,谁稀罕抄。

"主任,丁霄今天不来补考?"左宽坐在后面,满脸不怀好意地问。

"把你口香糖吐了!"胡庞道,"他家里人跟我请假了……行了,这事我说了我会处理的,等周一上学了我会跟他好好谈话。我先警告你们啊,可别想着惹什么事,一切交给学校处理。"

最后几句胡庞是对着喻繁说的。

他批过太多张喻繁的处分条了,大致知道这人是什么性格。

人不惹他他不惹人,人要惹他,他晚上估计都睡不着。

当事人昨晚确实没睡好,但不是因为丁霄。

喻繁也没明白自己这次是怎么回事,被堵的时候他其实还是蛮生气的,但后来忽然就抛脑后了。要不是王潞安他们一直在提,他都要把这人忘了。

胡庞还在头顶上说着,喻繁打了个哈欠,然后不自觉地往旁边瞥了一眼。

看过去之后自己先是一愣。

我看他干什么?

喻繁刚要收回视线,只见陈景深忽然伸手拿过桌边的矿泉水瓶,抬手想拧开。

拧了一次,他没拧动。

陈景深今天穿的短袖校服,手上的青紫暴露出来,消了大半,没贴创可贴,有一道暗红的痂。可能是扯到了痛处或别的,陈景深凝了一下眉。

第二次,他又没拧动。

陈景深刚要试第三次,水瓶被人抽走了。

他转头,看到他同桌面无表情地看着别的方向,手里拎着他的矿泉水瓶一扭,轻而易举打开了。

然后他同桌又拧上,"砰"的一下放到他桌上,转头回了座位。

说话说到一半被忽然站起来的人吓到的胡庞:"……"

他刚想说,你这是什么态度,只见陈景深一脸平静地拿起水,仰头喝了一口。

补考开始。

喻繁不得不承认,陈景深真的是押题大师。

以前看都看不懂的题,他这一次居然认识好多道,当然还是不会的居多,但在一个多星期的时间里能达到这个程度,已经非常非常难得了。

开考三十分钟后,教室里其他人已经开始看风景和玩笔。

只有两个人还在做。

胡庞看得目瞪口呆,两手背着反复在喻繁身边经过几次,整个人都有些不可思议。

收卷铃响了,胡庞一声令下,卷子从后往前传了过来。

左宽就坐在喻繁身后,递试卷时左宽小声问他,要不要去隔壁学校兜一圈。

隔壁技校有宿舍,大多数学生是从下面市县或者外地来的,很多人一学期都住在学校不回家。

到了周末没人管,那些混混儿反而更喜欢出来晃荡。

喻繁合上笔盖,刚准备说什么,只听见旁边传来椅子拉开的声音。

陈景深起身,把试卷递给胡庞。

"做得怎么样,卷子有难度吗?"胡庞顺势问道。

"还好。"陈景深顿了一下,突然说,"谢谢主任给的这次补考机会。"

"这次也是破例,这不是遇上突发事件了嘛。你要记住教训,人生可没有这么多次能重来的机会。"胡庞说着说着,突然想到什么,阴阳怪气地挑了下眉,"不过这次能补考,你们还得感谢一下喻——"

"砰!"一沓试卷被扔到他面前,把胡庞的话截了回去。

胡庞瞪眼,那句"喻繁你胆子肥了是吧"还没说出口,只见喻繁抬起手臂——

"主任再见。"

冷硬地扔下这句后,喻繁直接钳着陈景深往教室外走了。

陈景深比喻繁高一点,他弯着头任由自己被对方带着走。喻繁脚步很快,直到他觉得胡庞安八条腿都追不上来的时候才停了下来。

啧,胡庞嘴巴怎么这么大,是多稀罕的事情吗?过了一晚上还要拿出来说?

喻繁心有余悸,才发现他把人带到了学校那棵百年榕树下。

"喻繁。"陈景深声音落了下来。

喻繁在心里骂了他两句,心想,你交试卷就好好交,交完就赶紧走,留在那儿跟胡庞废什么话?但他又并不打算跟陈景深说话,于是他抛出一个冷飕飕的眼神,抬眼准备让陈景深自己意会——

他一扭头,日光被层层叠叠的树叶切割成碎片,零零星星地打在陈景深发顶。

喻繁忘了自己正把人圈在胳臂里。

他看着陈景深冷淡的眉眼,微微一怔,刚想把手松开。

"当时知道能补考很开心,没忍住。才说了谢谢你。"

风从身后拂来,树叶沙沙作响。

三十六

可能因为是单眼皮,也可能因为那狭长的眼睛,陈景深的眼神总透着一股生人勿近的意思。

用喻繁的话来说,就是欠揍,很欠揍。

但当陈景深低下头来认真地看着某处或者某个人的时候,那些常年绷着的防备和冷漠又会消失,乌沉的眸子也变得很亮。

如果从一开始,你就用这种礼貌的眼神看我,那我也不会找你茬儿了。

喻繁很莫名其妙地想着。

直到身后传来一阵零散的脚步声,喻繁才终于彻底回过神来,"嗖"

的一下收起了自己的手。

几秒后,他又想到什么,伸手狂揉自己的耳朵。

左宽的声音由远及近:"不是,我说你跑这么快干什么!胡庞又没在后面抓你……而且你拽着学霸干吗,我们是要去隔壁学校,学霸还能跟着去不成?"

陈景深站直身,淡淡道:"我一起去。"

众人默契地沉默了几秒:"……"

左宽很虚伪地说:"这不好吧。"

我觉得你会拖后腿。

"没事,我们这好多人呢,学霸你别担心,肯定把你这一份也还给他们。走呗喻繁,趁现在是午饭时间……"左宽盯着前面的背影,皱眉,"你一直揉耳朵干吗?都揉红了。"

"被蚊子叮了。"喻繁冷酷地说。

左宽:"那你背对着我干吗?"

"不想看你。"

你是真的一丁点儿都不礼貌啊。

左宽:"那您往前走几步?去隔壁学校。"

左宽是典型的叛逆学生,从小爱看《古惑仔》。

喻繁高一的时候跟他玩过一阵子,见他天天出去瞎混,就渐渐不再跟他出去了。

"今天不去。"喻繁说,"我回去了。"

左宽:"……"

喻繁揉够了耳朵,把手抄进兜里,头也不回地往校门口走,走了两步又停了下来。

他扭过头,冷冷地横了陈景深一眼:"还有你……滚回家去。"

喻繁到家后洗了把脸。他看着前额被沾湿的头发,心想,是不是该剪头发了。

搁在洗手台上面的手机振了一声,喻繁将手机在毛巾上蹭了蹭,拿起来看。

陈景深：我到家了。

下一秒，一张繁繁的照片发了过来。

陈景深抓着狗脖子上的皮革项圈，手腕间的线条微微凸起，半强迫地把正在睡觉的可怜狗狗叫醒营业。

你烦不烦，谁想看你的狗。

喻繁盯着狗看了一会儿，又垂眼去看拽着狗的手，直到不知谁的消息发过来时，才面无表情地锁屏。

他站在镜子前沉默，然后伸手拧开水龙头，又冲了一次脸。

周一，早上七点半就出了太阳。

喻繁到校的时候校门已关，里面正在奏国歌。他绕到后门翻墙而入，直接逃了升旗仪式回到教室。

教室里空无一人。

喻繁两手抄兜，边打哈欠边回到座位，走了两步忽然瞥到什么。他停在黑板报前，抬头一看。

他们班在运动会上拿到的某张奖状的胶带脱落，有一角垂落下来，遮住了获奖人的名字。喻繁不用看就知道这张奖状是谁的。

喻繁扭头回到座位，打开自己旁边的窗户，让新鲜空气进入两天没开过的教室里，然后一头栽到课桌上准备睡觉。他死鱼般地趴了几分钟，把脑袋往窗户那头一偏，慢吞吞地睁开眼。

下一秒，喻繁从桌上起来，去讲台的抽屉拿出胶带。然后拎起自己的椅子往后走，"砰"的一声搁到黑板报前。他踩上椅子，伸手把奖状掉落的那一个角展平，露出"陈景深同学"五个大字。

年级第一连个奖状都贴不好，真没用。

喻繁撕开胶带贴了好几层，然后想了想，干脆把剩余几个角全都加固了两层。处理到最后一个角的时候，门外传来模糊的脚步声。

喻繁此刻一只手掌还贴在墙上，企图把那张奖状按牢。他还没有反应过来，下一秒，教室后门出现一个高瘦的身影。

喻繁条件反射地扭头，忽然跟奖状的主人撞上了视线。

陈景深站在后门,两手自然地垂在身侧。或许是刚听完校领导讲话的缘故,他的神色有点疲懒。

两人一动不动地对视了一会儿,陈景深突然挪开眼,看向他手掌按着的地方。

喻繁:"……"

有那么一瞬间,喻繁想把手里的胶带吞了。

喻繁的脸色从困倦到愣怔,再到茫然,最后是带着一点冷漠。但凡是个求生欲强一点的人,都知道这会儿该闭嘴装瞎。

陈景深问:"在做什么?"

"撕奖状。"喻繁说。

陈景深将手腕不动声色地抵在椅背上,半扶着椅子,问:"为什么要撕?"

喻繁:"我不乐意跟第二名贴在一起。"

陈景深又看了眼贴得乱七八糟的几层胶带。

喻繁和墙面对峙片刻,心道,我在扯什么……只感觉到被人轻轻抓了下。

"我下次努力。"陈景深顺着他的话问,"这次能通融一下吗?"

喻繁站在椅子上垂眸看他一眼,臭着脸踩着台阶下来了。

今天的升旗仪式结束得比之前都早,解散时距离第一节课还有十来分钟。

同学们陆陆续续回来,一进教室就看到最后一组那两个身影。

喻繁一回到座位就趴下了。他其实睡不着,但他现在不太想看到陈景深的脸。

喻繁其实装得蛮好,大多数人都以为他睡着了。

吴偲过来时也是这么认为的。所以他没什么顾忌地站到陈景深桌边,先是看了喻繁的后脑勺一眼,然后低低叫了一声:"学霸。"

陈景深抬眼看他。

"班里这不是马上又要调整一次座位吗……我问过班主任了,她说只要你答应,就可以把我俩挪到一桌去。那什么……我知道其他科目

232

肯定帮不上你，但我每次语文作文都是四十八分以上，满分也不是没拿过，我觉得在这方面我或许还是能给你一点点小建议的。"

吴偲是真想和学霸坐一块，于是尽力推荐自己："我们之前也做过同桌，你知道我上课从来不睡觉说话，绝对不会打扰你，所以——"

吴偲的声音戛然而止。

因为旁边那个趴着的脑袋动了。喻繁从手臂里抬头，没什么表情地看向吴偲。

吴偲尴尬地抿了一下唇："喻同学，我没别的意思……如果你不想换座位的话就算了……"

"谁说我不想？"喻繁几乎脱口而出。

下一秒，喻繁坐起身来靠到椅背上，硬邦邦又丢出一句："爱换换，无所谓。"

那你为什么表情这么凶……吴偲没敢把这句话说出来。

教室里吵吵闹闹，喻繁转头看向窗外。

吴偲："那学霸……"

"不换，你问别人吧。"

喻繁听见旁边的人冷淡地回应道。

那股忽然冒上来的火气忽然消失了。

这一来一去的情绪让他觉得有点莫名。桌子忽然被人拍了一下，紧跟着面包被放到他桌上。

王潞安咬了一口自己手里的面包："喻繁，你没来得及吃早餐吧？我刚去食堂顺便给你买了一份。"

"谢了。"

"对了，我跟你说，期中考试成绩出来了。"王潞安得意一笑，"访琴刚跟我说我考得不错。你看着吧，等成绩一发，我马上去跟访琴提换位子！"

他得意完还不忘了拍恩人马屁："学霸，这次多亏了你，改天一定请你吃饭！"

陈景深："不用。"

233

"学校阅卷这么快?"章娴静疑惑,"不过不管你考得好不好,你俩不都得换座位吗?"

王潞安:"那不一样,换位子可以,但必须是我开口提的!不然我多没面子!"

"确实。"喻繁忽然道。

王潞安这么一说,喻繁一下就明白自己刚才为什么恼火了。他对陈景深,就是王潞安对纪律委员的那种心态。坐不坐在一起无所谓,但陈景深不能自己去跟老师申请调走……也不能被人撬走。

陈景深扫他一眼,没有说话。

庄访琴跟阵风似的走进教室。

"赶紧坐好,离上课还有十分钟,我简单跟你们说一下这次期中考试……王潞安你赶紧吃。"她皱眉道,"还有,某些同学怎么又没去升旗?"

某些同学散漫地说:"迟到了。"

换作以前,喻繁现在应该已经站到黑板报边上去了。

但今天庄访琴似乎格外好说话。

"以后迟到也得到操场来……不是,以后不准迟到了!"庄访琴清了清嗓子,"行了,回归正题。这次期中考试,我们班进步……非常大。"

说到最后,她忍不住笑了起来。

"每个同学的分数或多或少都有进步,我们班的平均分排到了年级第八。"她边说边打开多媒体电脑,成绩表很快出现在屏幕中,"年级第一依旧是我们班的陈景深同学,其他科目都考得挺好的,就是这语文……作文还是扣了挺多分,等着吧,语文老师已经准备和你私下谈话了。"

看到陈景深的各科成绩,班里人全都没忍住,回头往后面看。

和公布上学期的期末成绩那会儿一样,当事人捏着笔低头,对自己的分数毫不在意。

这就是学霸吧。众人在心里感慨着。

她往下滑:"时间不多,我重点表扬一下进步最大的几名同学。王潞安、胡玉珂、陈晓晓……喻繁。"

喻繁正想着陈景深怎么又装酷,陡然听见自己的名字,下意识抬起了头。

"总分往上提了八十多分，尤其是数学，从九分提到了四十九分。"庄访琴微笑着看着他，"你这不是能学好吗？"

第一节课下课后，各科老师陆续过来，让课代表把试卷发下去。

王潞安连连惊叹。

喻繁绷着表情道："有病去治。"

王潞安抓起喻繁的数学试卷端详道："两星期不到，你数学能提高四十分？你补考的那份数学试卷不是挺难的吗？"

喻繁压下嘴角，故作不在意地说："学习而已——"

"学霸，你也太牛了吧！"章娴静满脸佩服道，"两个星期就能把两坨烂泥扶上墙！"

谁是烂泥？

喻繁后靠在椅子上，忍不住往旁边看了一眼。

陈景深明明跟刚才知道自己是年级第一那会儿一样，没什么表情。但喻繁却能感觉到，对方此刻有点儿开心。

陈景深淡淡道："不全因为我，他们有天赋。"

"不必再说了，学霸。"王潞安说，"这次的成绩，我爸看到要疯了一样往我手里塞钱——这周末，我和喻繁做东，请你去百乐街玩一天！"

谁要跟他去玩？

带这种书呆子出去有什么好玩的？

章娴静正想说学霸是没有周末的，只见陈景深偏过头去问他的同桌："真的？"

喻繁将双手揣兜里，很勉强地从喉咙挤出一个"嗯"字。

王潞安："那就这么说定了！我都想好了，我们先去吃午饭，下午就找点事做，唱歌、看电影、玩密室都行……"

喻繁觉得他吵，想赶人。

陈景深从书包拿出一沓用白色袋子装着的纸，放到喻繁桌上。

喻繁愣了一下，警惕地问："什么东西？"

"考试进步的礼物。"

"啊？不是吧学霸，他有我没有？"王潞安一下就心理不平衡了。

见喻繁没动，他酸溜溜地用手指把塑料袋挑开，露出里面的东西，边看边说："学霸，你这不行啊，怎么还偏心呢，怎么说也得给我送——"

塑料袋贴在纸面上，隐隐透出上面的田字格。

"字帖。"陈景深问，"你也想要？"

王潞安："谢谢，不用了。我想了一下，你和喻繁的关系确实更好一点，偏心是理所当然的，我不委屈。"

喻繁扭过头问："你什么意思？嫌我字丑？"

王潞安震惊地想：这话你也问得出口？

陈景深陈述："你语文扣了五分卷面分。"

"五分怎么了？我有六十一分让他扣。"

"卷面最多只能扣五分。"

喻繁："……"

王潞安手欠，翻了一下那些字帖："哎，喻繁，第一张字帖居然就是你名字里那个'喻'字。"

"我自己打印的。"陈景深道，"先从名字练起吧。"

柯婷听了好久，忍不住插话道："名字不是写了好多年吗？还需要练呀？"

章娴静在喻繁桌上随便抽了张试卷，竖起来给她同桌看喻繁写的名字："你看看。"

柯婷："好像是……是可以练练。"

喻繁："……"

喻繁咬牙，准备把字帖塞进陈景深嘴里。

"这个还能自己打印？真的哎，下一张字帖是'繁'字。"王潞安又翻下一页，"那下一张……咦？陈？"

他再翻："景。"

他顿了顿，再翻："深？"

章娴静、柯婷："……"

喻繁："……"

三十七

  两张课桌之间陷入一阵诡异的沉默,几人全都被这个礼物深深地震撼到了。
  喻繁练自己的名字他能理解。
  练学霸的名字干吗?
  而且这礼物吧,别人喜不喜欢他不知道,喻繁肯定不喜欢。
  王潞安有点纳闷,又有点好奇这张字帖下面又会是什么字,于是他不由自主地往下翻——
  "砰!"喻繁一只手把字帖给按下了。
  王潞安心想:果然——
  只见喻繁抓起白色袋子,一边横着眉嫌恶,一边把字帖塞进了自己的抽屉里,然后扭头问:"陈景深,你欠揍吧?"
  王潞安一脸疑惑。
  兄弟你是不是塞错地方了?不该塞回学霸抽屉里吗?
  送礼物的当事人一脸镇定,一边手臂放松地搭在桌上,手指没什么力气地夹着支笔。
  "之前没打印过字帖,就用自己的名字试了一下。"陈景深说,"不想写那几张可以扔掉。"
  "用你教?我扔之前还要撕成碎片。"
  陈景深:"嗯。"
  章娴静眯起眼,目光在他俩之间转了一圈。
  她怎么觉得哪儿怪怪的,却又说不出来。
  上课铃响了,生物老师出现在走廊外。
  王潞安刚准备回到座位,忽然想到什么,朝喻繁摊开手掌道:"你怎么这么懒?垃圾桶就在后面,我顺路帮你扔了吧。"
  陈景深抽课本的动作停了一瞬,抬起眼皮冷冷地扫了王潞安一眼。
  王潞安的手被推开。

"我自己会扔，"喻繁把手又放回口袋，含糊地说，"回你座位。"

王潞安："……"

喻繁原打算等期中考试一结束，就把抽屉里的那些什么《笨鸟先飞》练习册全烧了，然后在课桌上大睡三天三夜。

但计划赶不上变化，喻繁这几天的状态跟前两个星期一样，每节课都支着下巴懒洋洋地在听。两星期的埋头苦读把他的生物钟搞坏了。白天睡不着，晚上十二点，一看完陈景深发来的讲题视频就犯困。

明明之前经常和陈景深视频到半夜两点……

周五大课间，左宽从窗户探出身子："喻繁，走，去厕所！"

"不。"喻繁拒绝道。

"我看出来了，你是打算卷我卷到高中毕业。"王潞安耷拉着肩膀往外走，困得眼睛都睁不开，"走，左宽，我陪你去。"

"喻繁！陈景深！"高石站在教室门口喊道，"老师叫你们去胡主任办公室！"

胡庞有两个办公室，一个在教师办公楼，一个在七班教室楼下。为了方便巡视教室，胡庞一周有四天都在这栋楼的教室。

两人刚到办公室外，喻繁往里看了一眼。

胡庞办公桌对面坐着一个女人，丁霄就站在她身后，双手交错放在身前。

陈景深刚要敲门，他的衣袖被人扯了一下。

"进去别说话。"扔下这句话后，喻繁伸手拧开门，懒散地喊了一声，"报告。"

喻繁扫了丁霄一眼。对方看到他，立刻把脑袋压得更低，肩膀还微微一耸。

丁霄妈妈之前已经见过喻繁一次了，这次见到他，她的情绪更加激烈。

"主任你看看！"中年女人指着喻繁，她面容瘦削，语气激动，"你看我儿子一见到他就害怕！说明我儿子肯定受过他不少欺负！"

胡庞摆手："哎，家长别激动。我们好好谈。"

待女人稍微平静下来，胡庞才看向刚进来的两个人："喻繁，你自己说,从高一食堂那一次后,你还有没有欺负丁霄同学?"

喻繁说:"没有。"

"那他为什么这么怕你!"丁霄妈妈问。

"不知道。可能因为你儿子是个尿货吧。"

女人瞬间炸了,猛地拍了一下桌:"你这小孩子是怎么回事?说什么呢?你家长呢?上次你家长就没有来!不行,我必须跟你家长见一面,让他们好好教教你——"

喻繁云淡风轻道:"不用你操心,管好你自己的儿子就行。你看看他,都成什么样子了。"

胡庞皱眉,刚想让他好好说话,却见面前的女人抓起手包就朝学生砸去!

喻繁眼底一冷,刚要有动作,肩膀忽然被人抓住往后拽——

陈景深站到他前面,一扬手,女人的手包被他拍开,"砰"的一声掉在地上。

办公室的门被推开,庄访琴及时赶到,她在窗外看到了刚才那一幕,震惊又不解道:"怎么回事主任?今天丁霄不是要给我班里的同学道歉吗?这位家长在做什么?"

学校花了几天的时间查清了学生逃考的事。

他们首先是调了后门的监控,发现正好能拍到台球馆附近那条小巷的巷口。从监控里能清晰看到,喻繁的确是被隔壁学校的人带进去的,也的确是陈景深进去把他带出来的。

后来他们联系了隔壁学校的负责人,负责人很快依照容貌特征找到了那帮学生。那些人本身和丁霄也不熟,巴不得找个带头的出来扛事,就一字不落全说了。

一个平头学生手机里还有和丁霄的聊天记录,真相很快清晰。丁霄知道喻繁跟隔壁学校的学生有纠葛,于是就联合对方搞了这么一出。

"丁霄说他在学校被喻繁欺负,才会做出这种事情。"胡庞头疼,敲了敲桌子严肃道,"但这位家长,你刚刚的行为也不对。你如果真的想好好处理这件事就坐下,不然只能请你现在离开,我们下次再谈。"

女人做了好几次深呼吸才勉强平静下来，然后愤恨地瞪了喻繁一眼。

可惜另一个男生一直挡在他前面，那男生个子太高，她这个眼神没能传达过去。

直到陈景深松开他的肩膀，喻繁才回过神来。

庄访琴关上门，站到他们两人的面前："这位家长，你说我班里的同学欺负你孩子，请问有证据吗？"

"还需要证据？"丁霄妈妈说，"他高一的时候把饭盘扣在我儿子头上，也是你帮他道的歉吧？现在怎么还好意思问我这种话？"

庄访琴："那件事情喻繁已经受到处分了，你不能仅凭这一件事就断定喻繁后面还在欺负你的孩子，所以到底有没有证据？"

喻繁忽然想起初三那年，有男生找他。

然后那男生就带着几个家长找到学校来，同时，学校通知了喻凯明。

那时候他站在办公室里，被对方好几个家长围着骂，还被推了一下，他没什么防备，轻易就被推倒了。

喻凯明当时抽着烟，骂了他几句，然后笑着跟对方家长道歉，说回家后会好好管教。

从那时候起，再遇到那些动手的家长，喻繁都会反击。

但此时此刻，他看着站在自己身前的两个人，刚提上来的那股劲儿忽然消失了，肩膀莫名其妙地松弛下来。

算了。他借着位置好，直接坐到了沙发的扶手上。

女人皱眉，转头看向他儿子："来，宝贝，把你在家里对我说的事情复述一遍。别怕，妈妈在这里。"

缩在角落一言不发的丁霄看了一眼他妈，终于小声开口道："他……欺负我。就，就在实验楼一楼的厕所。"

女人："你们看！他就是欺负我儿子！"

丁霄说的地方，是学校出了名的没安监控的角落。

胡庞这时就是后悔，非常后悔。他当时觉得那块死角不大，实在没必要多浪费一份钱……

喻繁懒洋洋的声音从后面传来："你们一大一小来这儿碰瓷儿呢？"

240

"你闭嘴。"庄访琴瞪他一眼,重新看向女人,"他什么时间欺负人了?当时附近有没有其他同学?"

丁霄妈妈皱起眉道:"我就不明白了,我儿子这种为人老实、学习成绩优异,进过好几次一班考场的学生说的话你们不信,你们非要信他这种……"

"他作弊进来的。"冷淡的声音打断了她的话。

办公室瞬间安静了下来。

一直垂着脑袋的丁霄忽然抬起头,怔怔地看着陈景深。

丁霄妈妈愣住了,一下没反应过来:"你在胡说什——"

"高一下学期的期中考试和期末考试,他都作弊了,我亲眼看见的。"陈景深淡淡道,"手机藏在鞋里,现在翻监控的话,应该可以看到。"

他们学校考试每次都开监控,会有一名老师在监控前盯着。

但监控通常只是在老师抓到学生作弊之后才会调出来确认,毕竟一名老师没法顾及二十个教室。

陈景深是跟着喻繁来的,刚才还帮了喻繁,所以女人潜意识是把他当作跟喻繁一样的差生:"你怎么可能看见!他这两次可是坐在一班里考——"

"哎,认识一下。"坐在沙发上的人忽然在后面偏出脑袋来。

喻繁忍不住伸手,将手指点在陈景深手臂上,边指边说:"他,年级第一,场场考试都坐一班,一班第一个课桌上写着他的名字,人品、学习都甩你儿子八百条街。你拿你儿子跟他比?"

其他人:"……"

那女人在原地呆站了几秒,然后弯腰捡起那个包,再次冲向喻繁。

胡庞的脸都皱到一块去了,赶紧上前拉人:"不能打学生!你不能打我们学校的学生!庄老师!你先让他俩回去!"

庄访琴把自己的两个学生带回了办公室。

她连喝了七口茶才顺过气来。

八班班主任拿着教案回到办公室,看着这一幕,忍不住笑道:"怎么,罚站呢?"

241

庄访琴:"想骂,但今天这事他们占理,又不知道该骂什么。干脆让他们站一会儿,我看着也消气。"

站她面前的两人:"……"

"听说了。我刚才经过主任办公室时,听说马上要去调考试监控呢。"八班班主任坐下来道,"你这还好,查清楚就能解决的事儿……我班里那个才让我烦心呢。"

庄访琴:"怎么?"

你们还聊起来了?

喻繁看了一眼时间,碰了碰陈景深的手背,小声说:"骗她说你肚子疼。"

陈景深偏头下来,小声回:"你怎么不骗?"

"……"

喻繁往后一挪:"傻吗你?我说的话她不信。"

陈景深:"那……"

"说啊,大声点啊。"庄访琴说,"我和顾老师等你们说完了再聊。"

喻繁:"……"

等两人安静下来后,庄访琴才说:"您继续说,顾老师。"

"是这样,我这里缴到了班里某位女同学写的情书,哎哟,那肉麻的啊……我都没敢看完。"

"没办法,现在的学生都早熟。"庄访琴摇头感慨。

"这不是重点。重点是,那封情书的收件人,是你们班里的男生。"顾老师抬起头,"趁他现在也在办公室,我就直说了啊。我是不允许班里学生早恋的,如果那女生最后还是通过什么别的途径把心意传达到你那儿了,你可务必要坚守住自己的纯洁啊,喻同学!"

喻繁:"……"

陈景深没什么表情地眨了一下眼。

"这你放心。"庄访琴骄傲地说,"喻繁从高一到现在,所有能受的处分都受了,唯独早恋这条,碰都没碰过。"

喻繁冷着一张脸没说话。

242

这是在夸他吗？

顾老师："我知道，但不怕一万就怕万一。我们班那姑娘多好看啊。"

"放心，放心，肯定不会。"庄访琴抬头问，"喻繁，我可是答应顾老师了，你别让我失信啊！"

喻繁："要不我给您写个保证书，保证高中都不谈恋爱？"

"那倒不用。"庄访琴终于笑了，她看向喻繁身边的人，随口道，"景深，你是他同桌，以后帮我盯着他。"

喻繁："啊？"

"好。"陈景深淡淡地答应，"不会让他早恋的。"

三十八

胡庞的办公室就在教学楼里，里面的人嗓门大一点，隔壁教室就能听去个七七八八。

到了晚上，这段故事已经传遍南城七中各个班级群。

王潞安：说时迟那时快！丁霄他妈冲上来的那一刻，学霸反应敏捷！挺身而出！挡在喻繁的面前一把拍掉那女人的包包，然后冷酷潇洒又低沉地说——"我的同桌，你别动。"

章娴静：然后呢？

王潞安：然后丁霄他妈质疑学霸，一直没有开口的喻繁忽然激动地站了起来！一只手指着陈景深，一只手指着丁霄他妈的鼻子，霸气嚣张又张扬地说——"他是我的底线，你骂我可以，但不能骂我的同桌。我同桌全年级第一，就是比你儿子厉害。"

喻繁：滚蛋。谁编的故事？

喻繁坐在桌前，边擦头发边回复。因为戳得太过用力，手机屏幕可怜地"砰砰"直响。

王潞安：是这样。是胡庞办公室旁边的十二班的人亲耳听见的，然后那群人告诉了九班的，九班又告诉了八班，左宽又告诉了我。

左宽：所以这事到底是真的还是假的？下午问你，你又不说。

你这不是废话?

他可能说出"你骂我可以,但不能骂我同桌"这种话吗?

喻繁:退群了。

王潞安:哎哎哎,别啊。来商量一下明天出去玩的事呗。

章娴静:学霸都没冒泡呢,有什么好商量的。

王潞安:我私聊问过了,学霸说随我们怎么安排,他都OK。

喻繁将毛巾搭在肩上往后一靠,看他们热热闹闹地讨论起明天的行程。

手机"嗡"地振了一声。

九点,陈景深准时发了解题视频过来。

喻繁盯着预览界面上露出的手看了几秒,打字——以后别发了,不学了。

打完之后,他手指游移在发送键上,停了两分钟。

犹豫间,对面又发来两条语音。

"最近挑的题难一点,你试试跟得上吗?喻繁,下次月考,我们冲一下年级前六百名吧。"

谁要冲年级前六百名啊。谁跟你"我们"啊。

喻繁点开下一条。

"我买了《笨鸟先飞进化版》,明天带去给你?"

你出去玩还带辅导书?

"滚。"喻繁按下说话键,"你带来试试,我让你自己坐在路边把它写完。"

第二天睡醒后,喻繁才慢悠悠地去看他们昨晚讨论出来的游玩行程。

左宽和章娴静都说要来。他们聊了几百条消息终于敲定,先去玩一家刚开业、评论非常好的主题密室,再一起去吃晚饭。

见面地点就定在那家主题密室。

因为那条语音,喻繁看到陈景深的第一反应,就是去看他手里有没有拿什么可疑物品。

还好,他两手空空。

"抱歉,路上堵车。"陈景深说。

"没事,我们本来就约的三点,这还没到时间呢。"王潞安立刻说,"来,学霸,你看看想玩什么主题?这儿的主题都挺有名的。"

喻繁兴味索然地靠在柜台边玩《贪吃蛇》游戏,感觉到那股淡淡的薄荷味离他越来越近。

陈景深今天穿了白色T恤和黑色裤子,工装裤把他的腿拉得很长。平时在学校时大家都穿着宽松校服,所以看不出来,他的肩膀单薄却宽阔,往那儿一站,旁边的左宽和王潞安都显得短了一截。

陈景深很自然地走到喻繁身边站定,扫了一眼王潞安手里的密室介绍说:"我都行。"

王潞安又看向喻繁,喻繁转过头去:"随便。"

他对这些东西一点儿兴趣都没有。

"那玩最刺激的!"章娴静指着墙上那幅占据中心位的海报道,"就是这个!"

喻繁看了一眼。海报中央是个披着红盖头坐在喜床上的阴森森的女人,旁边写着几个血红色的大字——《鬼出嫁》。

老板一打响指:"好眼光啊美女,这是我们这儿最恐怖的主题,重恐追逐本,还正好是五人密室!那些来探店的没一个不怕的,绝对刺激好玩!"

王潞安腿一软:"不了吧,其实我觉得旁边那个童话温馨解密的密室挺不错的,'迷失在森林找不到睡美人的王子该何去何从,一切全靠我们冒险破局'……"

"你自己帮废物王子找去吧。"章娴静翻了个白眼,"这样,他俩随便,那我们三人投票,现在算一比一。左宽,你怎么说?想玩哪个?"

王潞安心想可笑,高一他们偷偷用班里的电脑放《午夜凶铃》,左宽站在窗外看,叫的嗓音比他还大。看完之后好长一段时间他俩就跟绑定了似的,每次上厕所都要同去同归,有时候还得拽上喻繁——

"这还用问?"左宽走到海报前,拍了拍那张《鬼出嫁》,拇指一抹鼻子,看着章娴静说,"孬货才玩童话,真男人肯定都玩最猛的。我当然跟你选一样的。"

王潞安:"……"

五人就这么被带到了密室的入口。

工作人员要求他们戴上眼罩,搭着彼此的肩进去。喻繁走在第一个,他被人带着左转右绕,进了一间屋子。

等广播通知他们摘下眼罩之后,才发现四周漆黑无边,这间古风房屋里就他们四个人。

"啊啊啊!"左宽的尖叫声隐隐约约传过来,听起来离他们蛮远,"救命啊!我不行!我为什么一个人——你别放这音乐,我要晕了……"

他嗓门太大,大到外面的工作人员都用对讲机通知他们:"那什么,我们这个环节有个人是要落单的,你们需要换角色吗?"

王潞安将手放在嘴边,大声回应:"左宽——不是兄弟不帮你——实在是兄弟也怕——"

"我们不换,"章娴静拿起对讲机回答,"那人就喜欢刺激,大哥们使劲儿吓他。"

嫌吵,喻繁翻了个白眼,刚想说他过去,衣角忽然被后面的人扯了一下。

陈景深站在暗处,喻繁回头时只能看到他模糊的轮廓。

"喻繁。"陈景深看着他,"我也怕。"

喻繁皱眉道:"怕你刚才怎么不说?"

陈景深说:"不想在你面前丢脸。"

"你现在更丢脸。"

"没办法,"陈景深抓着他的衣角说,"太恐怖了。"

喻繁:"……"

外面又传来左宽的一声凄惨尖叫。

喻繁用看废物的眼神看了身后的人几秒,才想起在这种环境下陈景深估计也接收不到。

"尿包。"他收回脚步,一字一顿地说。

陈景深"嗯"了一声:"我是。"

喻繁:"……"

章娴静正想问,你俩嘀咕什么呢,只听"啪"的一声,门被密室里的 NPC[①]踹开了。

穿着古代新郎服、满面青白一嘴红血的人跌跌撞撞进来,试图贴到每个玩家的脸上:"她要杀我!她要杀我——"

喻繁感觉到自己衣角被人扯得更紧,陈景深似乎被吓得后退。

"这 NPC 比你矮一截,你怕什么?"喻繁下意识把手往后伸,拍了拍陈景深的手腕,示意他把手挪开。

衣服一松。

喻繁刚想收回手,身后的那只手倏地把它握住了。

陈景深手心微凉,抓得有点紧。

NPC 听到他的话,冲到喻繁脸前尖叫:"你礼貌一点——啊,她要杀我!"

喻繁面无表情地看着这张鬼脸,他晃了晃陈景深的手:"陈景深,你往后退。"

陈景深:"退不了,我不敢睁眼。"

有那么一瞬间,喻繁怀疑陈景深是装的。

可 NPC 一走,室内灯光亮起。

王潞安抱着章娴静,脸已经埋到了她肩上。章娴静满脸嫌弃地拍着他的背:"没事儿,走了走了……真走了,我骗你干什么?"

王潞安:"呜呜呜……"

喻繁:"……"

他晃了晃陈景深,冷冷道:"松点,别抓这么紧。"

密室玩到一半时,左宽才和他们会合。

他脸都吓白了,抱着王潞安的手臂还是害怕,于是他回头问另一个好兄弟:"喻繁,咱俩也牵个手吧?"

喻繁拽着陈景深,另一只手拎着灯,灯光由下往上,把他的脸映得

---

① 这里指密室里的工作人员,即不受玩家控制的角色。

凶残至极："滚。"

左宽："……"

NPC气喘吁吁地回到控制室，把脸上的"符咒"掀起来，原来是刚才在外面接待他们的老板。

老板边看监控边跟一会儿要出去吓人的工作人员交代——

"他们马上就要做单线任务了，来，给你分析一下。"他指着屏幕说，"这个女的，还有这个长得凶的不用吓，这两个胆子都大。主要吓剩下三个……尤其这个最高的，他一直躲在另一个男的后面，没怎么吓到，一会儿努力吓他！"

单线任务开始了。每个玩家要独自走到走廊尽头取一样东西，剩下的玩家只能在屋内等。

其他人都做完了，就连左宽都跌跌撞撞地回来了，只剩下最后一位胆小鬼——

陈景深站在门口，忽然回头问："我如果回不来，你会出去找我吗？"

喻繁："不会。"

"你能一直跟我说话吗？听不见声音我会怕。"

"不能。"

"你会站在门口等我吗？"

"你是在玩游戏，不是要上战场。"喻繁忍无可忍道，"你去不去？不去我踹你了啊！"

陈景深去了。

老板盯着监控，兴奋地叫工作人员："快快快快！吓他！先把他吓回去一次，逼他再来一趟！"

陈景深刚要碰任务道具，那个穿着新娘服的女鬼NPC猛地出现，蜘蛛似的疯狂往他这边爬来，凄惨地尖叫："呀——"

面前的人没反应。

女鬼NPC以为是自己没发挥好，于是又尖叫一声："呀——"

男生拿起物件，冷淡地看了她一眼。

然后他转身走了。

走的时候他低头看了看地板,步子一转,绕开了她的工作服。

女鬼NPC:"……"

老板:"……"

走到拐角,陈景深忽然回头:"你好,能再叫一声吗?"

女鬼NPC:"呀——"

房间里。

左宽痛苦地捂着耳朵:"怎么又叫?"

"学霸怎么还没回来?还一点儿动静都没有。"章娴静说,"不会真被抓走了吧。"

喻繁站在门口又等了几秒,不耐烦地"啧"了一声:"我去找……"

"嗒嗒嗒!"急促的脚步声从走廊尽头传来。

喻繁试探地叫了一声:"陈景深?"

"是我。"

在走廊的另一边,陈景深跑着回来,喻繁站在门口,下意识朝他伸了一下手。

陈景深直接扑了过来,抱了他一下,就像刚跑完三千米长跑那次一样。

喻繁微微一愣,还没反应过来已经被松开。

左宽:"学霸,那女的是不是也扑你身上了?你是不是吓坏了?"

陈景深把东西放到桌上,淡淡地扫了他一眼,说:"嗯。吓死我了。"

在监控里看了全程的老板:"……"

吓死你了?这是真的吗?

喻繁这一场密室玩得格外累,手上牵着个尿包,那些NPC还不服输地一直想贴他脸上。

最后的任务是两两组队轮流去给女鬼"超度",只有一个人能留在房间里等着"躺赢"。这个名额最后给了左宽。

喻繁带着陈景深去"祠堂"给女鬼"作法"。

路上,周围的灯光稍微亮了一点,至少能让人看清队友的脸了。

狭窄的人造小巷里,喻繁扭头看了一眼,陈景深依旧是平时那张面瘫脸。他忽然有点好奇，陈景深被吓到时是什么表情？

几秒后，喻繁收回视线，摇了摇陈景深的手："这没人，松手，我手心都出汗了。"

陈景深瞥他一眼，松开了。

拐弯时，喻繁放慢脚步，故意落了陈景深一步。

然后他伸出手，往陈景深腰上一戳——

几乎同一时间，"女鬼"的尖叫声忽地响起。喻繁愣了一下，看着前面朝他们冲过来的"女鬼"，心想——

他没来得及想。

灯光暗下来之前，陈景深抓着他跑了起来。

喻繁一瞬间蒙了，连喊了好几声："陈景深！陈景深！"

陈景深没应，他跑得很快，路也很窄。喻繁一堆骂人的话已经在嘴里堆成了山，求生欲让他下意识回头看了一眼。

他往后一看，跟女鬼 NPC 正面对视了几秒。

在这种时候，人的心理会变得比平时脆弱一些。

喻繁："跑快点，你没吃饭吗？等等，你这是往哪儿跑，这里不是回房间的路——"

喻繁朝前一看，发现前面的庭院场景里摆了一乘红色的、拉着帷幕的喜轿。

喻繁心想，不会吧？不会有人敢进这种地方吧？这进去了不就是待在里面等着别人来吓？

下一秒，喻繁被拉进去了。

喻繁："……"

轿子里的空间比他想象中的还窄。

一个一米八五的男生和一个一米八〇的男生挤在里面，几乎没有多余的空间了。

喻繁半蜷着身，将鞋踩在轿子的侧面，整个背部贴在后面。

喻繁缓了口气，咬牙切齿道："陈景深，你——"

"刚才有鬼碰我。"陈景深声音微哑，问，"你没吓到吧？"

喻繁一下哑了火。

不是，就戳了一下，你不至于吓成这样吧？

喻繁刚要说什么，轿子被人轻轻一晃，紧跟着，轿身被人在外面用力地抓着。

他只能闭上嘴待着，配合外面人的表演。为了防备 NPC 冲进来吓人，喻繁一直盯着轿帘看。

片刻之后，他皱起眉，似有所感地抬头。

轿子里一片漆黑，几乎什么都看不见。除了被灯光映得诡异暗红的轿帘外，还有陈景深那双漆黑的眼睛。

陈景深在黑暗里沉默地看着他。

喻繁无意识地蜷了一下手指："看轿帘，肯定要冲进来。"

"我不敢看。"陈景深说。

"谁让你往这里跑？"

陈景深思考了下："我太害怕了。"

外面又有动静。喻繁僵硬地把脑袋扭到一边，继续盯着轿帘。

几秒钟后，他忍无可忍地抬起手，摸黑找到陈景深的眼睛，囫囵捂上道："别看了。"

陈景深低低"嗯"了一声。

喻繁另一只手也抬起来，捏住陈景深的鼻子："也别呼吸。"

陈景深："……"

三十九

陈景深看着他手心里的黑暗，听话地暂停呼吸。

几秒后，鼻子被松开。

"傻吗你，捂着鼻子不会用嘴？"喻繁用手指摸索到他的下巴，轻轻地拍了两下道，"喘气！"

直到人重新有了起伏，喻繁才收起视线。

外面的人扣了半天轿子都没有要进来的意思。喻繁的耐心被磨完了,按着陈景深眼睛的手稍微放松了一点,准备出去看看什么情况。

下一刻,轿帘"唰"的一声被一双惨白的手掀开!外面的红光照亮轿内——

NPC两手撑在两侧,比之前都要恐怖无数倍的鬼脸高清无码地冲到喻繁脸上。

她张开血口,刺耳的尖叫声直冲而来。

喻繁胆子再大,在这种密闭空间里也还是有点受不了,更何况这个NPC一看就是来报仇的,尖叫声比之前要响亮十倍。

喻繁刚松开一点的手又猛地盖了回去,重新捂住陈景深的眼睛。

下一秒,陈景深抵在他身后的手臂忽然曲起来,把他的眼睛也盖上了。

女鬼NPC的尖叫声许久之后才停下。

她撩起脸前的"头发",盯着他们看了几秒钟,才意犹未尽地慢慢后退,一边发出"呃啊"的低吼声,一边退场。

喻繁眼前一片漆黑。

惊悚音乐停下的那一刻,陈景深的手松开了。

眼皮一凉,喻繁猛地回神。他几乎是立刻撒手弯腰起身,用拳头挥开轿帘,飞快地走了出去。

他正好碰上出来找他们的其他三人。

"这灯光也太暗了吧……"王潞安害怕却又忍不住左看右看,被地上的红灯闪瞎了眼。

喻繁站在灯光里,皮肤和白鞋都被染上一层红。

见到他,章娴静问:"你们干吗去了?我都替你们作法回来了。"

"被追了。"喻繁言简意赅道。

章娴静"哦"一声道:"学霸呢?"

喻繁没应她,只是绷着脸转身,粗鲁地抓起轿帘道:"出来,没鬼了。"

陈景深半弯着腰,迤迤然地从喜轿里出来了。

章娴静正觉得这一幕有点说不出的古怪,肩膀突然被人拍了拍。

王潞安:"静姐,走吧,最后一环做完出去了。"

出了密室，老板亲自给他们端茶送水，并带上一个收钱码和评价表，说是填表能给他们打八折。

填表的时候，老板总忍不住往个子最高的男生那儿瞟。

对方瘦长的手指捏着笔，一脸冷淡地扫着纸上某个选项。

"你觉得《鬼出嫁》的恐怖程度是？"

对方手指一提，在最后那个"终极恐怖！吓死我啦！"的框框里打了个"√"。

下面还有个专门用来写反馈意见的空白栏。陈景深思索一秒，在里面潦草写下——

满意。

老板收好调研表，春风满面、欲言又止地把这批客人送出了门。

从店里出来时天已经黑透了，几人商量了一下，决定去吃火锅。

王潞安主意大，一落座就拿起菜单掌握点菜权，章娴静时不时探头过去提点意见。

喻繁起身去弄了份蘸料，回来时只剩下陈景深旁边的座位。

"静姐，你要不坐学霸旁边去吧。"王潞安看着在过道上拽了个椅子坐着的章娴静，说，"服务员端菜走来走去的，一会儿把你裙子弄脏了。"

"不，自己坐舒服。"章娴静问，"喻繁，想吃什么肉？让王潞安给你点上。"

"随便。"喻繁在空位上坐下，把蘸料随手放桌上。

点完菜后，王潞安后靠到沙发背上，长吐一口气，宣布："老子这辈子都不会再玩密室了。"

喻繁说："提前说明，我不可能再陪你和左宽去上厕所。你俩互相照顾吧。"

"不是，喻繁，你不也怕了？"左宽忍不住说。

喻繁："我？可能吗？"

"别想赖啊，我们可都听到了，做最后那个双人任务的时候，我们隔老远都听到你在喊，"左宽装他的声音叫——"陈景深！陈景深！"

喻繁："……"

左宽学完，还要跟对面的人确认："是吧，学霸？"

喻繁把筷子放到碗上后，碗脆弱地响了一声。

于是陈景深说："我没听见。"

左宽："……"

喻繁想想还是不爽，他刚刚给那密室的二星评价高了，应该给半星。

王潞安和左宽聊着聊着开始掰扯刚才在密室里谁最尿，喻繁忍着把陈景深加进这个选项的想法，拿起水杯灌了口凉水，却感觉旁边的人朝他这里瞥了一眼。

"你的调料是不是拿错了？"

喻繁微顿，低头看了看道："哪儿错了？"

陈景深沉默下来，像是短暂地回忆了一下："你能吃香菜？"

火锅店嘈杂喧闹。

喻繁将杯子举在空中，被问得一怔后，转头问："为什么不能？"

陈景深跟他对视了几秒，良久才道："没，身边很少有人喜欢吃这个，还有人对这个过敏。"

喻繁"哦"了一声："我小时候也过敏，上初中后突然就好了。"

陈景深拿起热毛巾擦手，淡声说："这样啊。"

这个时间点的火锅店很热闹，坐了十来分钟菜品才慢悠悠端上来。

吃到半途，王潞安突然端起茶杯："学霸，这次多亏你帮我，考试成绩一出，我爸激动得直给我打钱……来，我以茶代酒敬你一杯，感谢你的无私奉献！"

"不客气。"陈景深捏起茶杯，抬手跟他碰了一下，收回来时瞥了一眼身边的人。

喻繁捏着筷子，头也不抬地认真涮肉。

王潞安把茶一口饮尽，然后手欠地去碰了碰身边在玩手机的人："左宽，不是兄弟说你，咱们这都高二了，你真不打算跟我们一起奋发图强？别到时候我和喻繁手牵手上了一本，你自己去了隔壁技校啊。"

左宽甩开他的手："滚滚滚，你能上个啥一本。"

"我是认真的，你试着学学呗。我努力了两个星期，觉得学习真没那么难。"

"得了,你自己努力吧。"左宽终于放下手机,他拿起筷子叫了一声,"喻繁。"

喻繁:"说。"

"我们班有个女生找我要加你微信,"左宽说,"我把你推给她了啊。"

喻繁吃东西的动作一顿,一下就想起了隔壁班主任在办公室里说的话。

她还真找过来了。

喻繁皱起眉:"我准你推了?"

"没办法,不把你交出去,我以后没作业抄了。"左宽乐道,"别急啊?她要是真申请,你就拒绝呗,又不是非要让你加。"

喻繁懒得跟他废话,继续低头涮火锅。

吃饱喝足,王潞安买单之后问服务员拿发票,完了又问有没有人去厕所。

喻繁:"你们去吧,我在这儿等发票。"

三人前脚刚离开,前面那桌忽然传出一阵热闹的起哄声。

陈景深目光懒散地往前一看,隔壁桌像是有人在告白,好像还成功了,一男一女害羞地抱在了一起。

口袋里的手机嗡嗡振起。陈景深收回视线,拿出来扫了眼,眉目一淡,直接锁了屏。

服务员把东西送过来,身边的人说了句"谢谢",然后推开椅子起身。

陈景深跟着起来,等了两秒,才发现面前的人站着没动。

喻繁酝酿了一会儿,才开口叫他:"陈景深。"

"嗯。"

喻繁拿起茶杯,很别扭地举到他面前。

陈景深挑了一下眉,跟着拿起杯子。

喻繁刚准备跟他碰杯,只见他的手忽然往回收了一点,然后扭头看了一眼隔壁桌。

喻繁面无表情地伸手,用力地跟他碰了一下杯,把陈景深杯里的茶

255

撞得都晃了出来："你不许看。"

吃完饭后，几人原地解散。

目送其他人上车之后，喻繁才扭头往后走。

这条街离他家不远，走十来分钟就能到。他拿出手机，给王潞安转了今天他们花销的一半。

王潞安：转我钱干吗？

喻繁：不是说了一起做东？我和你AA。

王潞安：我那就是随口一说。没事，我爸给我转了好多钱，今天我请！

王潞安虽然跟喻繁认识时间没多长，但和他关系好，或多或少知道一点他家里的情况。

喻繁：收了，别废话。

王潞安最后想了想，还是收了。

王潞安：那下次我说请客的时候你就别AA了啊。

喻繁走的这条小路上没什么行人，手机忽然又响了一声。

这王潞安怎么这么磨叽……

陈景深发来一张照片。

喻繁点开照片看了一眼，拍的是昏暗的车厢，像是随手一拍。

喻繁：什么？

陈景深：车里很黑，我有点怕。

喻繁：怕什么？前面不是坐着司机？

陈景深：看了一眼，司机长得像刚才那个NPC。

喻繁：……

陈景深：能视频吗？

喻繁：不能。

陈景深：好。

喻繁刚要把手机扔兜里。

陈景深：没关系。

陈景深：我只是今天被鬼碰了一下，有点吓到了，过几个月应该会好点。

陈景深：打扰你了。

喻繁盯着这几句话看了一会儿。

手机被他拿起又放下，放下又拿起，循环几次之后，他满脸戾气地戴上耳机，一咬牙，发了个视频过去。

对方秒接。

因为走在路上，喻繁把手机举得很低，角度实在不太好。他低头睨了陈景深一眼，表情烦躁："你胆子这么小，晚上睡觉是不是还得让你爸妈在旁边守着你？"

陈景深说："我家里没人。"

喻繁想也不想脱口而出："我不可能视频陪你的。"

耳机里沉默了几秒。

喻繁："……"

我在胡言乱语什么啊。

"不用。"半响，陈景深的声音传出来。可能是在出租车上坐久了，他嗓音有点倦："回家有繁繁陪我。"

喻繁："你家狗能改个名字吗？"

"有点难，叫很多年了。"

喻繁单手揣兜走在路上，偶尔能遇见几个出来遛狗的人。他总会无意看一眼，觉得这些宠物狗都没陈景深家里的那只好看。

他们有一句没一句地聊着，中间偶尔还会有半分钟的沉默。耳机里没声音时，喻繁会下意识低头看一眼，然后隔着手机跟陈景深对上视线。

几次后，喻繁忍不住了，冷冰冰地说："别一直看我。"

"嗯。"陈景深听话地撇开一眼，又很快看回来。他问："那女生加你了吗？"

"什么？"

"八班那个女生。"

"没。"

陈景深淡淡道："你会跟她在一起吗？"

喻繁一愣。这是什么跟什么？

他皱眉："不会。我不认识她。"

陈景深"嗯"了一声，声音低了点："那你喜欢什么样的女生？"

"我怎么知道。"喻繁低头飞快地看了他一眼，过了几秒又说，"反正现在没有喜欢的。"

"以后会有的。"

"……"

"有了女朋友，以后就不能跟你视频了吧。"陈景深道，"也不能坐在一起了。"

喻繁："谁会介意那个……"

"嗯，到时候我会跟老师申请换座位。"出租车行驶在小路上，昏黄的路灯交错，在陈景深脸上闪过。他垂着眼，声音淡淡的。

喻繁："我……"

"还有黑板报上面的奖状——"

"我说了不交女朋友！"喻繁忍无可忍，把手机举到嘴巴旁边打断他，"也没喜欢的女生！你想视频就给我弹！想坐我旁边你就坐！奖状想往哪儿贴就往哪儿贴！在这儿磨磨叽叽、啰啰唆唆什么？"

喻繁一口气喊完，很重地喘了两声气。抬头一看，路过的人和狗都一脸诧异地看着他。

——我要是再在大马路上跟陈景深视频，我就是小狗。

耳机里没了声音。

喻繁要脸地转弯进了旁边的公园，拿起手机看了一眼，屏幕黑漆漆的，陈景深把摄像头挡住了。

喻繁蹙眉喊了一声："陈景深？"

几秒后，对面才很沉地应一句："嗯。"

喻繁："我刚才说的你听见没？"

"听见了。"陈景深淡淡道，"我知道了。"

忽然觉得哪里不对，喻繁狐疑地盯着手机说："陈景深，把你脸露出来。"

下一秒,遮挡在摄像头前的手指被挪开。

陈景深手机放得有些靠下,只露出他的下半张脸。

陈景深压着嘴角,沉默地跟他对峙了一会儿。然后,他终于绷不住地抬了抬手,掩在嘴边,喉结轻轻地滚了一下。

两下。

三下。

喻繁:"……"

有那么一瞬间,喻繁忘了自己刚才都喊了些什么,能让陈景深笑成这样。

"陈景深,再笑你就死定了。"他阴森森地说,"把手机拿好。"

"嗯,不是故意的。"

陈景深艰难地抬起手机,跟他对视了两秒。

陈景深偏头看向窗外,很快又看回来。

他像是压抑了一下,最后还是没压住,便垂下眼来,嗓音因为忍笑而发哑:"喻繁,我真的——"

后面没了声音。

喻繁呆滞地站在公园里,举着手机等了他一会儿。

"嘟。"视频挂了。

公园晚上有风。

喻繁原地缓了一会儿,揉了一下脸,围着身边的大树开始绕圈。

第六章

我觉得这样挺好的

四十

很快,陈景深发消息问他怎么挂了。

怎么挂了?你说呢?

喻繁没回。

陈景深也没再问,只是过了十来分钟后,又发了几张狗的照片过来。

喻繁蹲在树下吹晚风,把自己吹冷静了才打开照片一张张看完,起身回家。

喻繁回家时看见家里窗户大敞,还亮着灯,里面的电视音量大得扰民。

喻凯明正坐在沙发上边跟赌友语音聊天边看球赛,见喻繁进来,马上把自己的手机麦克风关了,交叠在茶几上的脚也不自觉放平。

十七岁的男生抽条拔节,已经长得比他还高。

平时醉酒或身边有人的时候,喻凯明倒是不太怕他,但在自己难得的清醒状态下,喻凯明是不会主动去招惹他的。毕竟这两年的经验告诉他,这样的后果很不堪。

喻繁进屋后扫了电视一眼,把钥匙往鞋柜上一扔,一言不发地走了进来。

喻凯明立刻放下脚:"我警告你别挑事……"

喻繁拿起遥控器,把六十八的音量调到十八,然后把遥控器扔回桌上,转身回屋。过程中连一个眼神都没给他。

身后的门关上了。喻凯明惊疑不定地回头看了一眼,继续拿起手机跟赌友聊天。

"我在，没睡着，刚才我儿子回来了……没吵。那小崽子今晚不知道做什么去了，脸色看起来喜气洋洋的。"

翌日晚九点，喻繁坐在桌前晃笔等陈景深发讲题的视频录像。结果视频录像没收到，对方直接给他弹了个视频通话邀请。

喻繁愣了一下，直到邀请快要自动挂断才接了起来。

陈景深肩上搭着毛巾，垂眼翻着手里的卷子。

台灯光线扫在他脸颊上，覆上一层冷色。

他像两人之前为了期中考试冲刺一样，问："周末卷子里的几道题选得不错，做一会儿吗？"

喻繁握笔的手指紧了一下，半晌才把手机立在旁边，闷头找出试卷："你烦不烦……算了，反正无聊，随便做几题。"

陈景深讲题的时候开的是后置摄像头。

一个多小时过去了，终于讲到试卷最后几道大题。

这几道大题有点难，喻繁遇到听不懂的地方就忍不住走神。

陈景深低沉的嗓音响在耳机里，喻繁心不在焉地转笔听着。

"听懂了没？"陈景深问了一声，没得到回应，于是抬起眼来，"喻繁？"

喻繁心里跳了一下，支着下巴猛地抬起头："哦，没听……"

耳机那头响起一道很小又很长的吱呀声，打断了他的话。

喻繁起初以为自己听错了，直到他看到陈景深突然转头看向一旁，紧跟着，一道灯光从他脸上一晃而过，像是车灯。

"去学校再说吧。"半晌，陈景深重新看回来，放下笔，"我这儿有点事，挂了。"

喻繁下意识"嗯"了一声，下一秒，视频就被对方挂断了。

喻繁后靠在椅子上，皱起眉盯着陈景深的对话框看了一会儿。是他的错觉吗？他怎么觉得挂电话之前，陈景深看起来有那么一点儿不高兴。明明还是那张面瘫脸。

做了大半天的题，喻繁拿起手机起身，去阳台透透风。

深夜的老小区还算安静。

喻繁坐在阳台上翻看手机。在视频的那段时间里微信收到好几条消息，都是王潞安发来的，问怎么给他打语音一直打不过来。

喻繁回了句"刚才在忙"，王潞安没回复，估计打游戏去了。于是他又点开之前不断在提醒他的讨论组，往上翻了翻聊天。

王潞安：喻繁的语音打不过去，问问你们班那个体育生。

左宽：也打不过去，这群人是怎么回事，想玩游戏都凑不齐人。@喻繁，我再试试。

朱旭：我来了。王潞安，我没名没姓吗？一口一个体育生的……我刚跟我同桌视频呢。

左宽：哪家同桌跟你们一样，每晚八点固定视频一小时啊？

喻繁手指一顿："……"

视频怎么了？不视频怎么讲题？

他扫了左宽的游戏角色头像一眼，心想算了，你这种不学习的人确实不了解。

王潞安：你们在学校每天见面还不够？每晚一小时……不觉得浪费时间啊？

朱旭：还好吧，我反正回家也没事做。

左宽：谁要听了？

喻繁手指微微颤了一下。

半晌，他关掉手机扔到旁边，把烟盒握在手里捏成团，用力往前面一抛，扔进了门边的垃圾桶里。

周一上学后，丁霄被处分的事情传遍高二各个教室。

他本人没来学校，跟他认识的人说，他家里在给他办理转学。不过喻繁对这件事已经完全没了兴趣，任王潞安和左宽在他耳边絮絮叨叨，他一个字都没仔细听。他单手支着下巴，趁王潞安和左宽就谁胆子最小这个老问题激情辩论时，朝真正胆子最小的那人瞥去。

陈景深一如既往地坐得笔直，垂下眼沉默地在草稿纸上勾画演算着。

陈景深看起来并没打算解释昨晚挂视频的原因，也没有要给他讲卷子最后一道大题的意思。

陈景深忘了？算了，爱讲不讲。

喻繁收回视线，没来由地有点烦。

直到物理老师进了教室，旁边两位聒噪的兄弟才终于走了。

喻繁靠在椅上半弯着腰，伸手进抽屉里想摸课本……然后看到了一本没见过的新东西。

《笨鸟先飞进化版》，黑色的。

翻开第一页，上面有他的名字，是他同桌的笔迹。

"我把里面的重点题画出来了。"陈景深跟他一样靠在椅背上，偏过头来看他，"昨天那张卷子，今晚我接着给你讲？"

喻繁转头跟他对视了一眼，情绪莫名就舒缓了。

他垂下眼，又恢复成了平时懒洋洋的神态，说："哦。"

第一节课下课，物理老师前脚刚走，庄访琴后脚就进来了。

她趁班里人都坐在座位上，发布了这周四下午开家长会的通知。

"所有人必须通知到家长，如果谁的家长有事不能来，就让家长事先给我打电话说明一下情况。"说完，庄访琴扫了教室后排一眼道，"行了，就这事，下课休息吧……喻繁，你跟我来办公室一趟。"

喻繁听话地跟在庄访琴身后往办公室走。

庄访琴回头看他一眼："这次的家长……"

"没人来。"喻繁直截了当。

意料之中，毫不意外。

其实庄访琴以前也努力过。她跟喻繁谈过话，但他油盐不进。后来她越过喻繁，翻出通信录直接给他的家长打电话，打了两天都没人接，直到最后接通的那一次，对方不耐烦地说，你也知道我们家里什么情况，我不会去的，学校的事跟我无关。

所以庄访琴没再坚持。

"那算了，既然这次你家长不参加，你也就不用去门口接人了，到时来教室帮我接待家长吧。"

喻繁以为自己听错了："我？不合适。别到时家长会一结束，班里的人被家长转走一半。"

"正经点。"庄访琴拿起教案拍了拍他，"不用你做什么，拿个签到表站教室门口,让家长签名就行。"

这事庄访琴一连提了四天,喻繁也反抗了四天。

奈何周四下午,第一节课刚下课,庄访琴还是把签到表硬生生塞进他怀里,让他收拾收拾,去门口接人。

还有半个多小时家长会才开始。班里几个学生在布置教室。喻繁拿着那张签到表,死气沉沉地倚着阳台栏板,看着楼下热热闹闹的风景。

他们教学楼位置极佳,往阳台一站就能看到学校大门及外面的街道。此刻,学校外面那条马路已经堵得满满当当,全是家长的车。

陈景深拎起书包放到杂物桌上,抬眼对他说:"我下去了。"

喻繁以为他是下楼接家长,回头随便应了一声。

谁想十分钟后,他看见他的同桌手臂上挂着一个红色袖章,上面写着"优秀学生代表",走到学校大门跟胡庞站到了一块。

喻繁:"他在干吗?"

章娴静顺着他的视线往下瞥:"陈景深?站岗去啊,高一高二高三各挑一位站大门,胡庞挑了学霸……他没跟你说吗?"

喻繁刚想说没有,忽然想到昨晚视频的时候,他说了一嘴自己要去看门的事。

陈景深当时晃了一下手里的笔,说那一起看。

他还以为陈景深的意思是要站在走廊一起听家长会。

"哦……好像说过。"喻繁看了一眼旁边两个人,"你们怎么还不下去接人?"

章娴静玩着手机说:"不急,我妈还堵在家门口。"

王潞安:"我爸还没出门。"

章娴静:"怎么,他过来帮忙收拾教室?"

"你懂什么!我爸开他那辆祖传小电驴,猛得很,'唰唰唰'在车流里穿梭,不用十分钟就到了。"王潞安得意地往下看,"你看看下面这阵势,得堵到什么……啊!"

喻繁被他喊得皱了一下眉。

他嗓门太大,隔壁班在扫走廊的左宽都抬头骂了他一句:"你叫什么呢?"

王潞安:"你们看那辆车!那是不是宾利?"

"啪!"左宽直接把扫把扔地上,跑过来了。

"真是……"

章娴静兴味索然:"这种车多少钱?"

"不多。"从小爱车的王潞安疯狂舔着嘴唇,"这辆看车型……几百万元至一千万元吧。"

跟着过来的朱旭倒吸一口冷气:"我们学校……卧虎藏龙……哎,车停了,快看看,是谁家里这么有钱!"

喻繁对这些东西没什么兴趣。他盯着楼下那个比别人高了一截的背影,心想,陈景深怎么站得这么傻?

每个经过的家长几乎都要往陈景深那儿看一眼,用那种看梦中情哥的眼神。

几秒后,站岗的人终于动了。

只见陈景深忽然偏头跟胡庞说了句什么,胡庞点点头,摆手示意让他去。

喻繁眼看着陈景深一路走出校门,越过涌进校门的人潮,走到了一辆……豪车旁边。豪车后座下来一位气质干练大方的女人,看不清面容。见到陈景深,她很自然地抬起手,整理了一下陈景深的袖章。

左宽:"学霸!"

朱旭:"厉害了。"

"富豪竟在我身边?"王潞安碰了碰身边人的肩,怔怔道,"哎……你要是能跟学霸搞好关系,那我们……"

"滚。"喻繁几乎是条件反射地大声说道。

喻繁抱着那份签到表说完,走廊忽然间就安静了下来。

落针可闻。

察觉到不对,喻繁眼皮猛地抽了两下,疑惑地扭头——

只见王潞安搭着章娴静的肩,嘴巴还张着。

在场几人全都站着没动,茫然又震撼地紧紧盯着他看。

267

四十一

漫长、沉默的对视。

时间不知停滞了多久,直到"啪"的一声,朱旭手里的扫把也掉在了地上,周围的嘈杂声重新入耳,王潞安才终于回过神来。

他张了很久的嘴巴终于发出声音:"啊这……我没说你,我是在和静姐说话……"

喻繁:"……"

喻繁扫了眼周围惊诧到没有反应的几人,又低眼看了看王潞安搭在章娴静肩上的手。

几秒间,他表情里的不爽和抗拒一点点迟钝地消失,眉间松开,最后只剩僵硬的茫然。

手里可怜的签到表被攥得"咔咔"直响。

半响,喻繁才从喉咙里挤出一句:"你,刚才也,碰到我了。"

王潞安看了一眼自己和他之间的距离,也就勉强能站下一个左宽,他说:"真的吗?"

"不然呢。"喻繁面无表情地盯着他道,"管好你的手。"

"行吧。"

几个男生头脑简单,两句话就把事揭过了。喻繁不露痕迹地松了口气,一转眼,对上了章娴静的视线。

章娴静张了张嘴,那一瞬间,喻繁极其僵硬,如芒在背。

好在下一刻,她拿着的手机响了。

思绪被打断,章娴静接起电话:"喂,妈——你到了?怎么到的?刚才不是还在家门口吗……知道了,我现在下去。"

王潞安看了一眼时间:"我爸估计也快到了,走,一起。"

章娴静走后,隔壁班两个过来凑热闹的人也被班主任叫回去继续扫走廊。

身边清静下来,喻繁曲着胳膊搁在栏板上,将额头抵在上面,脑袋深深地往下垂，另一只手伸进自己的头发里，羞耻地抓了好几下。

我刚才是不是疯了……都怪陈景深。

喻繁缓了片刻才重新站直，垂下眼，冷飕飕地在下面寻找罪魁祸首，一眼就看到了那道高瘦的身影。

校警室门口，胡庞正在和疑似陈景深家长的女人说话。陈景深安静地站在他们旁边。他还是刚才站岗时的冷淡表情，仿佛一个局外人，身边两人的谈话与他无关。

他们之间距离很远，喻繁模糊地看了一会儿，觉得他脸上的表情有点儿眼熟——

陈景深说有事要挂视频的那一晚好像也是这样。冷漠，封闭，不高兴。不愧是面瘫脸，面无表情也能诠释出这么多种情绪。不过他不高兴什么？

喻繁正心不在焉地想着，楼下那个黑色的脑袋突然似有所感地抬起来，隔着人流树影，很准确地跟他对上了视线。

一瞬间，那些冷冰冰的情绪又一下不见了。

喻繁跟他对望了一会儿，忽然又想到自己刚才出糗的事，于是绷着脸看着陈景深，想送他一个"国际友好手势"。

但他最后抬起手时，中指变成了不是很有攻击力的小指。

"喻繁，你在走廊干什么？"教室里传来庄访琴的声音，"已经有家长上来了，赶紧来门口登记！"

喻繁有气无力地"哦"了一声，收起他的小指头，给陈景深做了个"我进去了"的手势，转身回了教室。

校警室门口。

胡庞笑盈盈地说："虽然景深这次期中考试出了一点麻烦，但最后结果还是好的。我跟他谈过话了，以后注意一点就行。"

"麻烦您了。"女人面色淡淡地转头看着自己的儿子，"听见教导主任的话了吗？"

看清陈景深的神情，她罕见地微微一愣："你在笑什么？"

陈景深重新低下头，脸上那点少见的表情很快归于平静："没。"

269

高二七班教室没多久就坐进了几个家长。

他们默契地开始翻起了自己孩子的课桌，时不时还朝登记处坐着的那个男生身上看。

把一位家长接进教室后，庄访琴站在临时被搬出来用作登记处的课桌旁边，曲起手指敲了敲桌面："把你二郎腿给我放下来……你这什么表情？笑一笑！"

喻繁后靠在墙上说："不会。"

这些可恶的青春期男生。

庄访琴："扯嘴角就行，要不要我教你？"

喻繁："你为什么不干脆找爱笑的坐这儿？"

"谁？王潞安呀？人家上学期就干过了。"

喻繁皱眉："那就陈景深。"

庄访琴以为自己听错了，愣了半天才说："陈景深爱笑？他什么时候笑过？"

喻繁刚想说，不是总笑吗？话到嘴边又猛地想起来，在和他说话之外的时间……陈景深好像真的没怎么笑过。

你存心惹我是吧。

喻繁转了一下笔，想在心里骂陈景深几句，结果直到庄访琴都进教室去跟某个家长谈话了，他都没想出一个字。

"请问是先登记再进教室吗？"

喻繁心情颇好地"嗯"了一声，头也没抬地把笔递了过去。

他垂着眼皮，看女人接过笔，将手指按在登记表上往下滑，最后找到自己孩子的名字，在"陈景深"后面动笔写下——"季莲漪"。

喻繁愣了愣，倏地抬起头来，后背离开墙壁，不自觉地坐直了一点点。

陈景深和他妈妈长得很像。女人气质出众，放下笔就进了教室，那双漂亮的丹凤眼并未看他一眼。

家长比学生要自觉，教室没一会儿就坐齐了。

距离开会还有十分钟，喻繁把登记表还给庄访琴，转身刚要走，却被人拉住衣服。

庄访琴递给他两沓纸，一沓是"致家长的一封信"，另一沓是"家长意见表"。

"你把这些发下去，每份正好四十二张，你把你那份拿走，回去给你家长看。还有，你发完了别走，还有事情要你帮忙。"

说完，她不给喻繁拒绝的机会，转身走进教室的讲台上，继续整理一会儿要用的讲话材料。

喻繁："……"

他"啧"了一声，转身刚想进教室，临到门口又突然想到什么。

下一秒，他抬起手，把校服T恤的纽扣都扣上了。

快发到自己座位时，他看见季莲漪正在翻陈景深的课桌。

比起其他家长，她翻得更加仔细——女人拿着陈景深的草稿本，一页一页地往后翻，眉头轻皱，草稿本里任何一角都不放过。

"唰"的一声，一张纸被人放到她面前，遮住了草稿本上的内容。

季莲漪动作一顿："谢谢。"

喻繁说"不用"，然后又抽出一张信纸，连带着他桌上那张刚发下来的期中考试成绩单，把它们一起塞进了自己的抽屉里。

季莲漪终于抬头看了他一眼，简单打量后，她问："你就是喻繁？"

喻繁："嗯。"

季莲漪点点头，没有再问。

庄访琴不放人，喻繁干脆跟其他同学一起在走廊等着。

章娴静巡视着教室里的家长："王潞安，你爸真从头笑到尾啊。"

"那是。"王潞安说，"你等着，一散会，他第一个就去找你妈，问你期中考试考了多少分。"

"滚蛋。"章娴静的目光落到后排，感慨道，"学霸的妈妈长得真漂亮。"

"学霸家里的车更漂亮。"王潞安说完，回头往下面看了一眼，"他还在门口站着呢，当学霸真苦啊，又要学习又要站岗。"

"正常，胡庞还专程安排了个人在大门口录像呢，估计还要站一会儿……"章娴静目光一转，挑了一下眉道，"喻繁，你衣服怎么全扣上了？好傻。"

喻繁低头玩着手机,闻言一顿:"冷。你别管。"

家长会流程是,先让各科老师上台讲话,然后是校领导的广播演讲,最后才是班主任发言。

老师们发完言后都离开了教室,庄访琴也因为缺一份数据没打印回了办公室。教室里几十个家长在听广播里的校领导们侃侃而谈,这会儿正讲到"高中学习压力过大,家长如何处理与孩子之间的关系"。

喻繁一抬头,正好看到季莲漪慢条斯理地从座位上站起来,拎着包轻声走出教室,朝教师办公室的方向走去。

"同学。"坐在窗边的某个家长忽然叫他。

可能见喻繁之前一直在帮庄访琴做事,那位家长不好意思地笑了一下:"能麻烦你帮我把这个送到班主任那儿吗?是刚才发下来让我们填的家长意见表,我之前交错了,把另一张纸交上去了。"

王潞安刚想说,班主任一会儿还会回来的,只见他身边的人把手机扔进兜里站直说:"行。"

…………

班主任办公室的后门关着,喻繁刚要绕到前门去,里面突然传来一句——

"我希望你能给景深换一位同桌。"

庄访琴的办公位靠近后窗。只要挨着墙站,里面说什么都听得见。

喻繁垂眼眨了一下,倚着墙停在原地。

庄访琴:"景深妈妈,现在应该还在播放……"

"比起那个广播,我更想跟你谈一谈。"季莲漪看了一眼表,"我一小时后要开一个电话会议,需要提前离校,恐怕等不到广播演讲结束了。能给我一点时间吗?"

庄访琴思索了两秒,起身把旁边的椅子挪到她身边:"您坐。您想给孩子换位子的原因是?"

季莲漪开门见山道:"我看到了他同桌的成绩单。"

"哦,您是说喻繁。其实他最近成绩进步不小……"

"我知道。我还知道,他是在景深的帮助下进步的,我在景深的草稿纸上看到了一些高一甚至初中的解题思路。"季莲漪很温柔地笑了一下，她说，"庄老师，我其实一直不理解，你们老师怎么总喜欢让成绩优秀的同学去帮助差生呢？这些应该是老师的工作吧。"

庄访琴："这您应该还不了解，其实是景深主动要求我换的座位。而且我认为，学生在学校里不该只是学习知识，也要学习一些优良的传统美德，比如帮助他人。"

"是，我对他帮助同学没有意见。但我听他之前的班主任说，他这位同桌不仅学习成绩不好，还抽烟、打架，处分累累。抱歉，我实在不能接受我的孩子跟这样的学生坐在一起。"

季莲漪顿了顿："而且我刚才也见过那个叫喻繁的学生了。穿着邋里邋遢不说……他的头发长得我都看不见他的眼睛。请问学校平时不管学生的仪容仪表吗？"

怎么管得这么宽？喻繁不爽地靠墙上。

"我明白您的意思了，景深妈妈。这方面的事，我会跟景深先谈一下再做决定。"庄访琴话锋一转，"其实我也一直想找个机会跟您谈一谈，这次既然正好碰上了，我就一起说了吧……景深这孩子，学习方面没的说，一直很优秀。但我发现他似乎有些内向，平时也不太爱和其他学生交流，为此我找过他之前的班主任，要过她的家访记录。"

庄访琴抬眼道："您似乎一直在干涉他的社交？在高一还没有分班之前，他就换过两个班、七个同桌，都是您主动要求的。"

季莲漪双手拎包放在腿上，沉默地看了庄访琴一会儿。

"是的，他高一最早那个班级环境要差一些。同桌的话，要么是女生，我担心他分心；要么是一些上课爱说话的男生。我想给我孩子一个良好的学习环境，所以才要求换座位，这应该不过分吧？"

"但您给他换座位的时候，有没有征询过他的意见呢？"

季莲漪："他知道我是为了他好。"

口袋里的手机嗡嗡地振了起来，喻繁拿出来扫了一眼。

王潞安：我和左宽在食堂呢，你们有没有什么想吃的 @喻繁 @章娴静。

273

喻繁本想说没有,但他觉得自己现在需要下下火。

喻繁:绿豆冰沙。

王潞安:这个来不及了,你换一个呗?今天食堂人多,绿豆冰沙的队伍看起来得排十来分钟……我来帮我爸买饮料的,他要请班里的家长喝,赶着回教室。

喻繁:那算了。

喻繁把手机扔兜里,继续听着。

庄访琴陆陆续续又问了几个问题,季莲漪的回答都是"我是为他好"。

庄访琴叹了好几遍气,看了一眼时间道:"我看家访记录里写过,您家安了很多监视器,甚至连房间都有……当时老师建议您适当拆除一些,给孩子一个属于他自己的空间,不知道您……"

喻繁胸前闷了一股气。

他拿起那张意见表,折了一边角,又一点点抚平。

"我和景深他爸工作忙,常年不在家,不做一些防范措施,怎么确保孩子的人身安全?"

季莲漪重复道:"我是为他好。"

又聊了好一会儿,季莲漪才起身跟庄访琴道别。

临走之前,她一再要求:"请你尽快给他换一位新同桌。"然后她转身出门,正好碰见蹲靠在墙边的男生。

季莲漪:"……"

见她出来,对方并没什么特别的反应。他只是站起来,拍了拍后背上沾的灰,面无表情地绕开她,进了办公室。

把东西交给庄访琴后,喻繁从办公室出来,转身去了实验楼。

今天开家长会,实验楼连个人影都没有。

喻繁坐在实验楼一楼的阶梯上。他两腿很随意地叉开,两边手肘都抵在膝盖上,沉默地玩起手机。他玩了几局《贪吃蛇》游戏,都是没撑多久就输了。觉得没意思,他又随手划开其他软件,等他回过神时,眼前已经是那只欠揍的杜宾犬。

他慢吞吞地在对话框里打字:陈景深……

他要说什么来着？好像没什么要说的。他总不能说，你怎么什么都听你妈的，你是不是尿包。

喻繁盯着这几个字想了一下，抬起手指又想删除，对话框突然跳出一句新消息——

陈景深：还在学校吗？

喻繁：陈景深在。

陈景深：？

喻繁：打错了。在，干吗？

陈景深：在哪儿？

喻繁：实验楼一楼。

过了几分钟都没再收到回复。喻繁盯着对话框看了一会儿，回复道：访琴找我？

还没发出去，忽然瞥见一道蓝色。

喻繁转头，看到朝他走来的陈景深。

南城七中傻里傻气的夏季蓝色校裤穿在陈景深身上仿佛有拉长腿效果，他两手垂在身侧，其中一边好像还拎着什么东西。

陈景深走到他面前，嘴巴张了又抿起，偏过头轻轻地咳了一声。

喻繁没看他，只是瞥了一眼他的鞋："找我干吗？"

陈景深说："这个。"

莫名地感觉到一股甜丝丝的凉意后，喻繁抬起眼，看到了他钩在手指上的塑料袋，里面躺着杯绿豆冰沙。

陈景深说："回来的时候食堂没什么人，就顺便买了。喝吗？"

绿豆冰沙是他们学校食堂夏天最畅销的东西。学校为此专门买了两个大冰箱，保证学生们每天放学都能喝上清凉爽口的夏日甜品。

喻繁眨了一下眼，接过来戳开，猛喝了一口。

陈景深走上两个台阶跟他平行。喻繁反应过来，扭头脱口道："脏——"

陈景深已经坐下来了。他们跟在教室时一样，肩膀之间隔着距离。

陈景深看他一眼："你不是已经坐了？"

喻繁咽下冰沙，觉得浑身上下都凉丝丝的，整个人凉快不少。他回

275

道:"我衣服本来就不怎么干净。"

陈景深说:"我也是。"

喻繁看了一眼他干净得像漂过的校服,无语了一阵,又问:"你怎么不回教室?"

开家长会的时候学生通常都在教室外面等,连左宽和王潞安都不例外。

陈景深拿出手机,没什么表情地说:"开完会再回。"

喻繁没吭声,百无聊赖地盯着他的手指,看他打开手机上某款游戏。

直到陈景深进入游戏,他才反应过来,皱眉道:"你怎么也玩这个?"

陈景深说:"看你玩,觉得好玩。"

喻繁往他那儿靠了一点,边看他玩边说:"学人精。"

陈景深"嗯"了一声,然后吃掉自己周围所有小蛇。

今日无风,蝉鸣阵阵,绿绿葱葱的枝叶垂在空中不动,时间仿佛变得很慢。

喻繁心不在焉地看了一会儿,突然开口叫他:"陈景深。"

"嗯。"

"我头发是不是太长了?"

陈景深的指尖顿了一下,说:"不会。"

"哦。但遮住眼睛,会让人觉得很邋遢吧。"喻繁随口说,"过几天剪了。"

喻繁其实不是存心要留这么长。他上一次去剪头发,只是跟Tony老师说了一句"打薄一点",最后戴着帽子上了两星期的课,任庄访琴和胡庞怎么骂都劝不动。

如果去贵一点儿的理发店,可能不会这么狼狈?

喻繁漫不经心地想着,只见陈景深玩游戏的手突然停了下来,转头朝他看了过来。

他一愣,下意识抬头说:"你干吗?要被吃……"

陈景深抬起手,他前额的头发忽然被往后撩开。

喻繁整张脸很难得地暴露在空气中，白白净净的，表情有些呆怔。他头发很黑，又密又软。

喻繁稍稍回神，心想，又来了是吧，又碰我头是吧……喻繁抬眼想骂，对上陈景深的眼睛后，又忽然熄了火。

陈景深眼皮单薄，眼角微挑，微垂的眸光带着平时少见的打量和审视，像是在想象他剪了头发后的样子。

喻繁很讨厌被打量。

陈景深抬眸，扫了一眼面前的男生。

平时张牙舞爪、凶神恶煞的人，轻轻一扯就会变乖。

"别剪了。"

陈景深淡淡地说："我觉得这样挺好的。"

四十二

喻繁盯着他乌沉的眼睛，使劲儿绷着脸，过了好几秒才硬邦邦地挤出声音："谁……管你？我就要剪。"

陈景深挑了挑眉没说话。

喻繁觉得不够："今天回去就剪。"

陈景深抿了一下唇。

"我全推光……"喻繁话音刚落，一股熟悉的预感冒了上来。他皱起眉，没有感情，一字一顿地问："陈景深，你是不是又要笑了。"

"没。"陈景深抽开手，飞快地重新低下头去看手机，低得喻繁只看得见他一半的侧脸。

头发蓦地被松开，沉闷的空气钻进去都显得清凉。

喻繁迅速反应过来，突然半站起身，凑过去用手去钩陈景深的脖子，用手掌心去掰他的脸。

陈景深躲了一下，喻繁一开始没掰回来。但后面陈景深的劲儿忽然小了，任由他自己把脸转过去。

喻繁单手从下边捏着他的脸，恶狠狠质问道："笑什么？"

陈景深嘴角被他扯下来,表情难得鲜活道:"想了一下你光头的样子。"

"嗯,"喻繁圈着他脖子的手又用力了一点,"那等我剃了,你就在旁边使劲给我笑,不放学不准……"

"还有,"陈景深抬起眼皮看他,眼睛笑着说,"喻繁,你脖子好红。"

"我生气的时候就这样。"

陈景深沉默地眨了一下眼睛,几秒后才动了动嘴唇——

喻繁把人松开,坐回去猛吸了一口绿豆冰沙。

算了,爱笑笑吧,老子不看还不行?

陈景深把游戏关了,瞥了一眼他的衣领道:"怎么把衣服扣上了?"

喻繁这才想起来,怪不得这么热……

他单手熟练地解开说:"之前冷。"

手机响了几声,喻繁拿起来看了眼,是章娴静发来的,说他们这两桌今天是值日生,让他回去打扫教室。

"家长会结束了,人走完了。"喻繁收起手机,拿起绿豆冰沙,碰了碰旁边的人道,"回教室。"

他们回得晚,章娴静和柯婷已经洗完黑板和窗户回家了,只剩地板的清洁没做。

喻繁拿起扫把扔给陈景深:"你扫,我去洗拖把。"

他们动作很快,最后只剩下教室外面的走廊没弄。

两人一人拎着扫把,一人拎着拖把,懒洋洋地朝走廊外挪。喻繁前脚刚迈出一步,就听见旁边有一阵很低的轻语声——

"我没想到她会翻我日记……呜……如果我妈非让我跟你分开,怎么办?"女生呜咽地问。

"没事,就算你妈、你爸、老师……全世界都阻拦我和你坐在一起,只要我们互相愿意,就一定不会被人分开……你别哭了啊。"

喻繁扬了一下眉,觉得这男的声音有点耳熟。

他一转头,看到了朱旭那属于体育生的健壮背影。

走廊尽头,朱旭把他那位同桌堵在走廊的死角里。

金乌西坠。他们站在金黄的夕阳中小声地说了一会儿话。

喻繁回神，刚想把陈景深推进去，后面的人却先一步抓住了他的衣服，把他往后一拽，两人重新退回了教室里。

楼下响起一道喇叭声，正好把他俩的声音掩盖住了，走廊外没什么动静。

教室里面比外面还要安静。

半晌，喻繁转身，头也不抬地推人，小声说："走了。"

陈景深看了一眼外面："走廊不扫了？"

"不扫了。"喻繁拽他道，"回家……"

晚上，喻繁看到朱旭在讨论组里哀号自己的事。

朱旭：不过我们已经约好了，不会让任何人影响我们！

那你们能不能别影响别人？

喻繁打出这句话，想了想又删掉了。算了，发出去估计还要掰扯半天。

过了九点，等了半天没等到视频邀请，于是他退出讨论组，点开某人头像，给对方发了个问号。

陈景深很快也回了个问号。

喻繁手上闲着，干脆给他打了过去。

陈景深过了好一会儿才接。他靠在椅子上，比平时接视频时看起来要懒散得多，他问："怎么了？"

"今晚不讲题？"喻繁问。

"想讲，但是……"陈景深顿了一下，"你没发现少了点什么？"

喻繁愣了一下："少什么？"

"下午走太急了，忘了带书包。"

喻繁捏手机的力度不自觉紧了一点，结果用力太大，手机不受控制，"啪"的一声掉在桌上。

喻繁赶紧把手机抓起来，面无表情地说："哦。那我挂了。"

"聊一会儿吧。"陈景深说。

两个男的大晚上有什么好聊的？白天坐在一起不能聊？

外面传来一道开门声，喻繁下意识往门那儿看了一眼，拿起手机往阳台走。

陈景深看着屏幕那头摇摇晃晃的夜色，问："你家人回来了？"

喻繁"嗯"了一声，手在栏板上撑了一下，熟练地坐上阳台。

他突然想起来能和陈景深聊什么了。他把手机举到面前，说："陈景深，拍你房间给我看看。"

陈景深少见地愣了一下，然后干脆地切到后置摄像头，挪动着转椅一点点给他看。

他的房间和他的书桌差不多，干净整洁，色调暗淡。空间跟喻繁家里的客厅差不多大。

喻繁看了一圈，靠在防盗铁网上说："往上挪挪。"

陈景深停顿了一下，把手机微微抬起。

看到了自己想看到的东西，喻繁眯起眼，明知故问道："等会儿，墙上那个用黑布盖着的是什么？"

下一秒，陈景深把摄像头切回去。他面色淡淡地说："摄像头。"

"你房间为什么会有这种东西？"喻繁问，"不别扭吗？"

"习惯了。用黑布遮住就行。"

"听不见声音？"

陈景深"嗯"了一声："没安拾音器。"

那还行。

看来陈景深也没他想得那么惨，也没那么不自由。那块黑布盖得严实规整，一看就是长期以来的手法。

喻繁不自觉地松一口气，懒懒地"哦"了一声。

想问的问完了，他说："聊完了，挂——"

"喻繁。"在耳机里，陈景深忽然叫他的名字，"你有过喜欢的人吗？"

喻繁的腿不自觉地曲起来，刚放松下来的五官重新紧绷着。

喻繁从初二就开始干"不良少年"这一行，打架、抽烟、喝酒都干过，唯独早恋这项青春期叛逆行为沾都没沾边。

原因无他，从小到大，只要有人跟他示好他就脸红。不管什么时候,无论对方是谁。

这能说出去吗?不能。

"当然。"喻繁不自然地坐直身。

"真的?"陈景深懒懒地垂着眼皮,看不出什么情绪,"访琴怎么说你没早恋过?"

"可能吗?我从小学到现在喜欢了三……"喻繁顿了一下。

他虽然没经验,但三十来个有点夸张吧?

"十三个。"他面无表情地说完,"从没被老师抓过。"

陈景深:"小学?几年级?"

这叫什么?这就叫撒一个谎要用无数个谎来圆。

喻繁编故事时忍不住视线乱瞟,瞟到了屋内墙上的奖状,顿时来了灵感——

"四年级,参加夏令营的时候。"喻繁说,"就上次你看到的那个,菲什么夏令营,记得吧?我不是拿了奖吗?说我乐于助人。"

陈景深:"……"

喻繁没察觉到视频里的人表情忽然变得有点一言难尽,继续编道:"我帮助的那个人,就是我第一个女朋友。"

视频里的人沉默了一会儿,喻繁等了半天,皱眉:"你听没听见?"

"听见了。"良久,陈景深才开口,"谈了多久,对方是什么样的……小学生?"

"你怎么这么多问题?"

说实话,喻繁压根儿忘记这件事了。

家里变故太大,初一之前的事他都记得很模糊,或者说,是他不想回忆。

毕竟在很久之前,他的生活里还有另一个人存在。那人走了之后,他就开始下意识地不去想以前的任何人和事。

他盯着那张奖状想了一下,只能隐隐约约记起——

"一个挺爱哭的小学生吧。"喻繁说,"很久以前了,记不清了。"

"这样。"

编完故事，喻繁松了一口气，刚要重新靠上防盗铁网——

手机"叮"了一声，王潞安发消息来邀他打游戏。

喻繁在陈景深开口之前，二话不说慌不择路地把视频挂了。

陈景深：后来你们怎么分手的？

喻繁抹了抹脸，重新冷静下来。

喻繁：分手了是伤心往事，你还一直问？

喻繁：打游戏去了，再发拉黑。

今晚的游戏喻繁打得很认真，很难得地跟兄弟们激战到深夜两点。这导致他放下手机，一沾到枕头，整个人就昏昏沉沉睡了过去。

喻繁这几年几乎每晚都做梦。

除了一些光怪陆离的梦，剩下的梦的内容大同小异，唯一的区别就是他打赢了或输了。有些是往事，有些是臆想。

甚至在几个月以前，梦里不是他死了，就是喻凯明死了。这导致他那段时间醒来以后都要躺在床上缓好一会儿神，才能确定自己是醒了还是"灵魂出窍"。

直到新学期开学，他这种梦忽然渐渐减少。他开始做一些很简单，也很轻松易懂的梦。

譬如今晚——

他梦见实验楼的楼梯间，陈景深坐在台阶上低头闷笑，而他勒住陈景深的脖子，逼陈景深抬头。

…………

翌日清早。

陈景深刚进教室，就感觉某人恶狠狠地剜了他一眼。

他似有所感地看过去，正好看到他同桌把那久违的校服外套往课桌上一盖，整个脑袋都倒了下去。

陈景深坐到座位上，抬手敲了敲旁边的课桌道："早餐吃了没？"

无人应答。

过了片刻，陈景深把临时赶完的作业放到他手边："起来赶作业。"

无人应答。

临到早读，左宽从隔壁班过来，说自己太困了，约他们出去一会儿再上课。

王潞安："嘘，小声点。我俩去，喻繁睡了……"

话音刚落，喻繁"噌"地坐起来，默不作声地站起身。

平时要踹一下陈景深椅子让他让路的人，今天头也不回地右转，踩在椅子上一跃，直接翻窗出了教室，闷声朝厕所去了。

王潞安、左宽双双疑惑。

陈景深："……"

看明白了，他不是真睡，而是不想理他。

十分钟后，早读开始。

语文课代表还在跟语文老师询问今天读哪一课时，陈景深手臂伸过去，碰了碰旁边的人。

两人手臂贴上的下一秒，喻繁"嗖"的一下把手撤走了。

陈景深："……"

他夹着笔抵在课桌上，转头问："我惹着你了？"

他同桌一动不动，盯着课本，冷漠地说："没有。"

陈景深："那你怎么一大早就生我气？"

四十三

喻繁单手支着撑在脸边，把他和陈景深的视线彻底隔绝开。

他盯着课本上的字，依旧头也不转道："没有。谁生气了？我没生气。"

陈景深说："那怎么不理我？"

"困，不想说话。"

喻繁能感觉到，陈景深沉默地看了他一会儿。

几秒后，身上的视线消失，旁边的人低声跟语文课代表一起念起了课文。

喻繁不自觉地卸了劲儿，手用力揉了几下脸。他的确没生气，做梦这事不能怪到陈景深头上。

早读结束,今天前两节是数学课,庄访琴还没来,各组组长都趁这个时候收作业。

柯婷起身从前排往后收,到了喻繁这儿,小心翼翼地问:"喻繁,你要交数学作业吗?庄老师说今天不交作业的,两节数学课都要站着上哦。"

喻繁靠在椅子上弯腰找课本,头也不抬地说:"没写,不……"

"我和他的。"陈景深从桌肚拿出两张数学试卷,放到柯婷面前。

喻繁一愣,先看了一眼自己抽屉,又抬头看向柯婷手里刚接过的两张试卷:"你什么时候拿走的?"

"你去厕所的时候。"

"你又学不来我的字,还想一起站两节课?"

陈景深淡淡道:"这次应该可以。"

喻繁不信,站起身去抓柯婷手里的试卷道:"拿我看看。"

看到卷子上的字,他眉毛快拧成结,反应跟之前一模一样:"什么东西?这像我的字?"

说后面那句的时候,他下意识抬头找人认同。

被他盯着的柯婷只能低头看卷子,然后小声地说:"挺……像的呀?"

喻繁张开嘴刚想说什么,腰忽然被人碰了一下。

陈景深看着门外的身影:"访琴来了……"

"轰!"喻繁一激灵,整个人往旁边一躲,撞到了自己的桌椅,把他的桌子连带着前面柯婷的椅子都挪了个位。

桌椅发出的剧烈动静吸引全班同学都回过头来看。

陈景深还保持着抬手的姿势,跟大家一起转头看向那个被吓得弹开的人。

"喻繁!"庄访琴踏进教室,站在门口就喊,"不好好坐在座位上,和课桌碰瓷是吧?是不是想站到后面去上课!"

说实话,喻繁挺想的。

但他同桌已经伸出贵手,把他的椅子和桌子重新拉了回来。于是喻繁只能扔下一句"没有",又木木地坐下。

284

庄访琴白她一眼,边往讲台走边询问组长们谁没交作业。

喻繁坐下之后两手揣兜,盯着数学练习册的封面。

陈景深低头扫了一眼他的校服:"痛吗?"

"不痛。你别跟我说话。"喻繁声音毫无起伏道,"我现在没法跟你说话。"

陈景深问:"那什么时候能跟我说话?"

喻繁预估了下:"上完第二节课吧。"

王潞安是全班唯一没交数学作业的。他拿着课本站着,没什么心思听课,就把隔壁桌的对话都偷听过来了。不过这两人聊什么呢?怎么听着像加密对话。他扭过头去,正好看到陈景深很淡地"哦"了一声,转回脸来,抬头看着黑板。

王潞安盯着陈景深的侧脸愣了愣,下意识拍了拍旁边的人,小声说:"学霸在笑呢?"

纪律委员推了推眼镜,并没有理他,只是打开自己的纪律本子,在上课说话那一页熟练地写下"王潞安"。

两节数学课结束,庄访琴放下卷子,单手撑在讲台上说:"行了,下课之前,我简单换几个座位。"

喻繁原本懒散的坐姿不自觉地绷紧了一下,下意识看向台上的庄访琴。

对了,他都差点忘了,期中考试后要换座位。

陈景深应该也要换走吧。毕竟他妈都那么说了。

喻繁后靠在椅子上,看庄访琴低头去翻新的座位安排表,忽然觉得有点闷。这种心情类似于他回家时发现家里灯亮着,于厌烦中带一点抗拒。

过了几秒,喻繁又猛地回过神来。

他有什么好烦的?陈景深换走不是正好?以后没人上课总盯着他,没人天天讲题烦他,陈景深也不会再因为他不学习而被庄访琴叫去训话。

旁边传来窸窸窣窣的动静,喻繁偏过头,看到陈景深正弯腰鼓捣课桌。

访琴还没说呢,有这么迫不及待吗?

走走走,你赶紧走,烦死了——

"蔡云和谢恩恩换一下位子,班长和周小叶换一下,还有……"庄访琴的目光飘到他们这边来,"吴偲,你和纪律委员换一下。"

庄访琴合上本子:"行了,趁课间赶紧换,别耽误下节课。"

庄访琴前脚刚走,后脚教室里就响起了挪动课桌的声音。这种小规模的换座位反而比大家一起换更热闹。

察觉到旁边人的视线后,陈景深扭过头:"能说话了?"

喻繁看着他:"你怎么没换走?"

"我为什么要换走?"

"你妈……"喻繁顿了一下,悬崖勒马道,"那你收拾什么书包?"

陈景深挑了一下眉,陈述:"下课了,收课本。"

"……"

作为这次换座位的最大受益人,王潞安实实在在开心了一天。

下午第二节课下课,王潞安走到走廊,心情颇好地靠在窗边晒午后的太阳。

章娴静单手支着下巴,漂亮的长发披散着说:"至于这么高兴吗?我看纪律委员坐到第一桌,每节课还是得回头盯你两三回。"

"无所谓,他只要不在我旁边盯我就行。"王潞安想起什么,两手曲着支在窗沿道,"学霸,我昨天家长会看到你家车了,真厉害啊。"

王潞安对这方面没那么敏感,他是真心实意地夸陈景深家的车好。王潞安想了想,还是补上一句:"也看到你妈妈了,真漂亮。"

陈景深把笔扔进笔袋,不咸不淡地说:"谢谢。"

王潞安:"我一看就知道你是遗传她的基因,尤其是鼻子和……"

喻繁抓起水瓶往窗外扔道:"吵死了。"

王潞安错开身,伸手稳稳接住水瓶,顺便往隔壁班的走廊看了一眼。

他把瓶子放回喻繁桌上,碰碰左宽的手臂:"左宽,你们班那女的是怎么回事,刚要过来,看到我又回头走了,是不是欣赏我啊?"

左宽顺着他的话往回看了一眼:"得了吧,轮得到你?就我上次吃饭说的那个,人家看的是喻繁。"

　　被点名的人一动不动地坐着玩手机,脑袋偏都没偏一下。

　　喻繁点开《贪吃蛇》,刚要开始新游戏,不料瞥到好友排行。

　　他顿了一下,忍不住用手肘去戳旁边的人:"你什么时候超的我纪录?"

　　陈景深看了他一眼:"昨晚挂视频后。"

　　他们声音低,其他人都没听清楚。王潞安没什么意思地"哦"了一声:"怎么这么多人欣赏喻繁,就因为他长得帅吗?"

　　左宽:"不然呢?"

　　"也不全是。"章娴静懒洋洋地分析道,"主要还有喻繁身上那种坏男孩的气质。"

　　喻繁有点被无语到,终于抬起头来说:"聊别人去。"

　　左宽不服了,皱起眉道:"怎么,我不是坏男孩?我坏死了!"

　　喻繁:"……"

　　"那不一样,"章娴静开始分析道,"喻繁长得比你帅就不说了吧,还话少,个高,有这种长得快能遮眼的头发……"

　　左宽抓着自己的头发道:"我这不够长?"

　　"看是谁吧,喻繁这种脸,半遮半掩的就有那种忧郁的感觉。你……你还是别留了,像非主流。"

　　左宽:"……"

　　王潞安弯下腰去打量他兄弟:"我说喻繁怎么不爱剪头发呢,原来安的这心,就想吸引女同学。"

　　下节课自习。陈景深在做一张竞赛卷子,闻言演算的速度慢了点。

　　慢了这么一点,就被喻繁发现了。

　　"闭嘴吧。"心跳没来由快了点,喻繁抬起手,胡乱把前面的头发往后拨了拨,"我放学就去剪。推光。"

　　王潞安:"真的假的?"

　　喻繁:"骗你有钱——"

"完了完了完了！"朱旭匆匆从隔壁跑过来，在他们窗前使劲儿拍，"胖虎来了！快跑！"

王潞安吓一跳："来就来呗，我们又没抽烟，跑什么？"

"他身后带了两个理发师！"朱旭说，"他刚把高一那些仪容不合格的全一刀剪了！现在正往我们教学楼来呢！"

站在窗外的两人都还没来得及反应，就感觉到旁边"轰"的一声，是椅子猛地被挪开的声音。

喻繁从抽屉拿出《笨鸟先飞》，卷起来放手上，将手机扔兜里就站了起来。

想到还有今天的数学作业，喻繁弯下腰又开始在抽屉里翻找。

王潞安愣愣道："你干吗？"

"你说呢？"喻繁说，"坐着等胖虎给你剪头？"

"哦哦哦。"王潞安回过神，连忙进教室拿东西准备跑路。

但他掏着掏着，又觉得不对，扭头问："等等，你跑什么？你不正好想把头发推了吗？"

喻繁掏卷子的动作一下僵住。

"谁知道他带的那几个理发师什么水平！"半晌，他挤出一句。

王潞安："反正你都是要推光，管他什么水平呢！"

"我推完还要在这儿，"喻繁指了指自己的右脑勺道，"留个字母。胖虎能给我留吗？"

王潞安想说，那也太土了吧，看到自己兄弟那张棺材脸后又闭了嘴道："应该不能。咱们还是跑吧。"

喻繁捏着练习册，想踹踹旁边人的椅子让他让开。

没想到陈景深在他伸腿之前就站起身，拿起书包往肩上一搭。

喻繁一怔："你干吗？"

"跟你们一起。"陈景深说，"我也不想剪头。"

喻繁顺势看向陈景深的头发，是有一点长，但不明显。

王潞安这会儿已经收拾好书包过来了："没事学霸，你这头发还行，一会儿往上捋捋，胖虎肯定不会抓你。"

"以防万一。"陈景深问,"你们去哪儿?"

王潞安愣道:"这几天后门抓得紧,出不去。估计打会儿球。"

"能加个人吗?"

"能啊,怎么不能……"

陈景深垂落的书包带子被人扯住,他转头望去。

"凑什么热闹?"喻繁冷着脸说,"好好上你的课。"

"真不想剪。"陈景深垂眼看他道,"反正是自习,带我去吧。"

高二周五下午两节自习课,球场几乎全是高一的男生。

朱旭去抓了几个高一没训练的体育生跟他们打篮球。

两边打得有来有回。他们高挑的身影在球场里穿梭起跳,没多久就引来不少人围观。

最帅的那两位尤其受人瞩目。

陈景深很久没这么畅快淋漓地打球了。自从他初中参加篮球队、季莲漪差点把整个篮球活动逼停以后,就很少有人再找他打球,他也自觉地不去参加。

比分最胶着的时刻,陈景深投进一个干脆利落的三分球,实现了反超。冲在敌方篮板的王潞安和左宽都激动地上来拍他,直呼厉害。

喻繁最后回防、经过他身边的时候,拍了一下他的肩。

"漂亮。"

过了一会儿。喻繁转身晃掉对方两个人,漂亮地投进一个球。

听见对手一声无法掩饰的惊叹后,喻繁没忍住笑了一下,转身低头往回走,头发冷不防被人按了一下。

喻繁一蒙,抬头看人。

陈景深难得地把衣领的两颗扣子都解了,汗水打湿了他额前的头发,露出他瘦长锋利的轮廓。他垂下眼,笑了一下说:"漂亮。"

一场比赛结束,所有人都筋疲力尽。

夏天打球又爽又折磨人。空气燥热,几个男生甚至原地躺下喘气休息,胸膛剧烈地上下起伏着。

喻繁抹掉下巴的汗,拿起石椅上的冒着水汽的矿泉水瓶仰头猛灌,瓶里的水瞬间少了一半。

他回头,看到陈景深站在身后。

陈景深也是浑身汗淋淋的,校服跟他们一样乱。但或许是他那张脸太冷,看起来完全没有其他男生那种脏乱臭的视觉效果。

其他人都在拿着水灌,只有陈景深两手空空。

冰水划过喉间,沁人心脾。喻繁满意了,问他:"不喝水?"

"想喝。"陈景深说,"在等。"

"等什么?"喉咙还是干。喻繁说完,仰头又灌了一口。

"水。"

"什么?"

陈景深低眼,从他手上扫过去:"你手里的水是我的。"

喻繁:"……"

怎么可能?他只喝了两口水,石椅上其他瓶子都是空的——

喻繁低头,看到滚落在地上、还剩大半瓶的矿泉水瓶。

喻繁手里的矿泉水被捏得"咔嗒"响了一声,他嘴里还含着一小口没咽下去的水。

陈景深:"喝好了?"

喻繁愣着没动,很低地发出一声"嗯"。

"那?"

喻繁跟机器人似的,把水往外递了出去。

直到手中空了,喻繁才反应过来,瞪大眼含着水说:"嗯嗯,嗯嗯嗯嗯嗯……"

等等,你等我再给你买一瓶——

陈景深拎着水瓶,脖子微微仰起,把剩下的水喝了。

"咕嘟!"喻繁把嘴里的冰水咽进去了。

陈景深放下瓶子:"说什么了?"

喻繁:"……"

嘴里一片发麻,喻繁下意识想舔嘴唇,临到头又变成了抿嘴:"没什么。"

男生打球经常将十来瓶水放在一起，喝错太正常了。这有什么大不了的？

休息了一会儿，大家收拾东西离开。

后面的男生还在热热闹闹地聊刚才球赛的事。陈景深扭头问："一起吃饭？"

喻繁闷不作声地摇头。

陈景深："作业带了没？"

喻繁没什么表情地点头，走路的速度快了一点。

陈景深转头扫他一眼，没再说话。

喻繁本来想走快点把人甩掉，谁料正好碰上放学高峰期，门口乌泱乌泱的都是学生。喻繁只能放慢速度。

他和陈景深并肩走着，身边人忽然叫他："喻繁。"

"你现在是——"陈景深忍笑道，"又不能和我说话了吗？"

四十四

喻繁往旁边看了一眼。

陈景深纽扣还没系上，衣领和前额头发都还有点乱，身上那独有的书呆子气散了很多，五官也不再绷得那么冷了。

陈景深垂下眼的那一刻，喻繁立刻收回脑袋。

"不是不能，是不想。你很烦。"

出了学校大门，路一下就通畅了。喻繁不自觉捏紧手里的作业，匆匆扔下句"走了"，头也不回地走进人流之中。

今天周五，又是放学时间，街上人流很大。就连老小区前面一间无名小吃铺门口排的队伍都占了半条道。

再前面是喻繁平时最常去的理发店。店面很小，玻璃门敞着，不知名的土味 DJ 歌曲从里面传出来。理发店门外放着一块小黑板，上面用彩色粉笔写着："老板谈恋爱了！今日所有项目都打折！"

看到打折，喻繁下意识在门前停了一下。

下一秒，玻璃门立刻为他敞开。

熟悉他的店员顶着一头杀马特紫发，朝他扬扬下巴道："喻繁，放学了？"

喻家父子在这一片已经有了"名气"，街坊邻居避之唯恐不及。倒是这店里的"杀马特"精神小伙儿们不太在意，喻繁每次来剪头，他们都要跟他聊上两句。

喻繁"嗯"了一声，指着那牌子道："你们老板不是二胎了？"

"他说他和老板娘永远热恋。"对方"嘿嘿"一笑，"别问了，剪头不？今天打折，剪头就八块。剪吗？"

剪，当然剪，还要推光。他今天都在陈景深面前放了话了，更何况现在还打折。

喻繁站在原地没动。

"哟，你还带课本回家了？"看到他手里的东西，"杀马特"怔了怔，又问，"话说你这头发，学校也不抓你啊？"

正在店里给客户剪头的另一位店员哼笑道："可能老师也觉得这样挺帅。"

喻繁前额头发有点长，但不是那种直愣愣的长。可能因为他平时喜欢抓头发，头发总是很自然地蓬松鼓起，是其他男生洗完头都要求吹出来的造型。加上他的脸和那两颗淡淡的痣，氛围感太强了。

喻繁单手抄兜，突然偏过脸问："你会剃字母吗？"

对方愣了一下："会。二十六个字母我都能给你剃出来。"

喻繁思考几秒道："能剃双龙戏珠吗？"

"不能。"

"哦。"喻繁转身走人，在风里留下一句，"那不剪了。"

"……"

回到家，喻繁径直回房间，掏出自己房间钥匙时微微一顿。

他皱了一下眉，弯腰仔细看了一眼。他房间的门锁旁边有两道不太明显的划痕。

他们这一片前几年治安不好，住户大门经常被撬，被撬开的门锁要么坏了，要么被划得伤痕累累。他家这门上的显然要浅得多，刮得也不多。但要说是岁月痕迹，又有点长了。

喻繁用手指在上面磨了一下。然后他把钥匙按进去，顺利地开了门。门锁没坏。

喻繁在门口站了几秒才起身走进自己的房间。关门之前，他扫了一眼旁边喻凯明紧闭的房门。

晚上九点。陈景深视频弹过去，直到快挂断才被接起来。

陈景深从题集中抬头看向屏幕。他还没看清人，对方就已经率先发难——

"看什么看？"喻繁盘腿坐椅子上擦头发，表情不爽，他硬邦邦地说，"理发店今天关门。"

陈景深道："周五关门？那他们挺不会做生意的。"

喻繁撇开眼，含糊地"嗯"一声："明天剪。"

讲完一道经典题型的题后，陈景深又挑了一道相似题出来让他做。最近学的东西越来越难，喻繁看得头疼，整个人趴在桌上抓头发。

视频里安静了两分钟。陈景深忽然开口道："其实不剪也行。"

喻繁动作一顿。

他开的是后置摄像头，这会儿手机正平躺在桌上，只留给陈景深一个漆黑的影像。

但陈景深还是抬起眼看了过来，像是在跟他对视。

"剪了的话，以后上课睡觉很容易被发现吧。"陈景深淡淡地说。

不知多久没在正经课上睡觉了的喻繁眨了一下眼睛："哦，是吧。"

"而且剪光了的话，会睡觉不舒服。"

"你怎么知道？"

"很小的时候嫌热，剪光过。后来那段时间一直没睡好。"

"啧。"喻繁顺着台阶滑下来了，一副很烦的样子，"那算了……以后再说。"

陈景深"嗯"了一声说："题做出来没？"

"没，在看，别催。"这次是真烦。

陈景深低头转了两下笔,说:"好。"

那天胡庞带着一帮人气势汹汹地冲到高二七班,最后扑了个空。

章娴静见到他后一阵瞎编,说陈景深病了,喻繁和王潞安送他去了医院。

胡庞对陈景深是百分百信任,当即也没再说什么,只是大手一挥,让后面的人把章娴静的鬏发尾给剪了。

因为这事,章娴静第二天把气都撒到王潞安的手臂上,差点给他捶出肌肉。

期中考试后没多久,又是一场月考。不过南城七中的月考流程没有期中考试那么复杂,甚至不用换座位,类似课堂测试。

周三刚考完,周五老师们就批改完毕,发下来开始讲卷子。

下课后,王潞安拿着喻繁的数学卷子,酸涩道:"你,数学,凭什么能比我高三分……"

仲夏炎炎,空气燥热,教室头顶几台大风扇没气儿似的吱呀转。

喻繁正折起物理卷子在扇风,闻言抬眼道:"什么意思?"

"不是,我上学期的期末考试数学比你高几十分。这次数学卷子这么难,你能考七十分……"王潞安无法接受道,"你老实告诉我,是不是背着我偷偷补课了?"

章娴静跷着的二郎腿晃了晃:"可能吗,他……"

"算是吧。"

喻繁手劲很大,扇出来的每阵风都能徐徐飘到他同桌脸上。

两人都是一愣。

章娴静震惊地看着他说:"真的假的?"

"我就知道!不然成绩怎么可能冲这么快!"王潞安凑上来问,"哪个补课班?我跟你一起去。"

喻繁扇风的动作慢了点,下意识瞥了陈景深一眼。

不知怎么,喻繁有点不太想说。明明同学之间互相帮助是件挺正常的事。

陈景深正在做卷子,表情冷淡专注。

喻繁本以为他没在听他们说话,下一秒陈景深就抬起眼皮跟他对视,淡淡道:"你找的不是一对一的老师吗?"

王潞安:"是吗?"

喻繁:"是吧。"

"那提高得快很正常啊,一对一老师都是针对性教学的。"吴偲拎着张刚刷完的卷子过来,说完弯腰道,"学霸,这题你选的什么?"

吴偲现在跟王潞安坐同桌。当初庄访琴去问他愿不愿意换座位的时候,他一口就答应了。一个是他不近视,坐哪儿都行;一个是他觉得王潞安平时说话挺有意思。

坐了一段时间后,他觉得这位子换得还不错。周围的同学虽然成绩比较差,但上课不吵,下课还热闹。

陈景深直接从抽屉抽出卷子给他看。

"行吧,一对一贵不贵啊?"王潞安问。

喻繁拿出手机打开游戏,含糊道:"还行。"

"陈景深。"

窗外传来一道很低的声音。

正好一局《贪吃蛇》游戏结束。喻繁眼皮跳了一下,侧头看过去。窗外站了个男生。他校服拉链跟某人一样,都是拉到顶端。他有点矮,头发有点自然卷儿。

可能是因为听过喻繁不少光荣事迹,两人对上目光的时候,对方有点害怕地后退了一步。

陈景深:"有事?"

"能出来一下吗?"男生轻声道,"想跟你讨论一下明天物理竞赛的事。"

陈景深放下笔出去了。

陈景深转来班里这么久,第一次见到有其他班的同学来找他。

王潞安支着下巴往窗外看,有点好奇地说:"这男的几班的?感觉没见过。"

"五班的吧。"吴偲说。

"你怎么知道？"

吴偲一愣："我和他以前一个班，当然知道。他是学霸以前在一班的同桌，物理很厉害，竞赛水平很高，叫苗晨。"

哦，以前的同桌。

喻繁往外看了一眼，很快又收回目光，继续低头玩《贪吃蛇》游戏。

"这样。"王潞安恍然，"那他怎么都不跟你打招呼？"

吴偲："我和他不是很熟，他跟女生关系好一点……还有学霸。他算是以前我们班里为数不多能和学霸多说两句话的人了吧。"

门外那两人站在后门说话。喻繁挨得近，两边都听得见。

"明天的竞赛，我们能一起过去吗？"苗晨咬字很清晰，说话挺好听，像他们学校每天下午放学时广播里的声音，"考场是在御河中学吧？我对那儿的路不太熟。"

"不了。"陈景深说。

"哦……"苗晨顿了一下，"那考完正好十二点，能不能一起去吃午饭？我有点想对答案。"

上课铃声响起，长达十秒的《致爱丽丝》把后面的对话全都掩盖住了。

铃声结束时，喻繁只听见苗晨说："那我们微信聊。"

"嗯。"

陈景深从后门回来，坐下后从抽屉拿出这次月考的卷子。

这节课是自习课，他问："今天讲卷子有没听懂的题吗？"

"没。"喻繁头也不抬地继续玩《贪吃蛇》游戏。

陈景深转头看他："最后一道大题听懂了？"

"嗯。"

"怎么解的？"

"……"

陈景深拿起喻繁滚到桌角即将落地的笔，放回他面前道："把试卷带回家，晚上视频的时候再给你讲一遍。"

可惜当晚在视频里，题还是没讲成。

因为视频刚接通，喻繁就听见里面嗡嗡嗡响。他问："什么声音？"
陈景深的手机原本是摆在台上的，闻言他拿起来看了一眼道："微信消息。"

喻繁看到陈景深垂眸看屏幕，像是回了一条消息。

回完后，陈景深道："除了最后一题还有没有——"

手机嗡地又振了起来。

陈景深："等等。"

反复三次之后，喻繁冷着脸，一支随手拿起来的圆珠笔被他摁得咯吱咯吱响。

陈景深："好了。先讲最后一……"

"算了。"喻繁把笔一甩，"不听了。"

陈景深动作一顿，抬眼看他："怎么了？"

说完又是一声振动。

喻繁："今晚不想学，挂了。"

话音刚落，"嘟"的一声，视频断了。

陈景深看着对话框沉默地思考了一会儿，确定自己刚才应该没说什么后，手机又嗡嗡振了起来。

妈：我说过这些社交软件对你来说没有用处，只会增加你的无意义沟通。

妈：上了大学再用。听妈的，好吗？

妈：还有，你最近遮住监视器的时间有些长了。

陈景深靠在椅子上打字。

陈景深：你那儿很晚了，睡吧。

挂了电话后，喻繁走向阳台。他靠在铁栏上，眉毛紧皱着。仔细想想，陈景深刚才也没做什么，只是回了两条前同桌的消息而已。

哦，不是两条，从他看陈景深的打字状态判断，最少回了七条。

这不是挺能聊吗？平时王潞安他们在群里搭话陈景深，也没见陈景深回过几个字，嗯嗯哦哦的，他一度以为陈景深离了他的对话框都不会打字了。

297

喻繁刚要回卧室,手机"嗡"地响了一声。

陈景深先是发了个视频来,看画面预览,应该是卷子最后一道题的解题过程。

之后他发来一条语音。

"记得做作业,有不会的题直接弹视频。我要刷几张竞赛卷,今晚都在。"

喻繁没回,靠在防盗网上刷朋友圈。

等他回过神来,自己已经在陈景深的朋友圈界面了。

很空。背景图、简介、动态什么都没有,跟本人一样无聊。

他退回跟陈景深的对话框后,准备回房间睡觉。可跳下阳台栏板后,他又摁下语音键,云淡风轻又懒懒散散地说:"不弹,睡觉了,你跟你前同桌慢慢聊。"

喻繁没关对话框,从这条语音发出去后,对方就一直是"正在输入中"。

于是他拿着手机去洗漱,把手机立在架子上盯着。

洗漱完,对方还在输入。他又拿到床上,捧着手机看了几分钟。

最后他忍无可忍地又发过去一条消息:你输入什么要输入这么久?

另一边。陈景深看着自己打出来的字,心想算了,发出去后这周末可能又没法聊天了。

陈景深:没。没在跟谁聊,睡吧。

喻繁没怎么睡好。他熬夜破了陈景深的《贪吃蛇》游戏纪录,才捧着手机恍惚入睡。

翌日,窗外照射进来的阳光打在眼皮上时,他才想起自己睡前没拉窗帘。喻繁揉着眼睛伸手去拉窗帘,窗帘质量差,根本不挡光,房间一片昏黄。

他睡不着了,迷迷糊糊拿出手机玩了一会儿,越玩越无聊。

这段时间的周末,过得好像都没什么意思。

喻繁又在床上赖了一会儿,微信跳出一条 @ 提示。

左宽:@所有人 游戏来人,五黑玩一天。

王潞安：这不就来了？

左宽：喻繁呢，叫他也来，缺个 AD。

王潞安：这都没到十一点，他够呛能起床……而且他最近不怎么上网。

喻繁：我来了。等等，我起床马上去。

今天周末，楼下那家店又小，这会儿肯定坐满人了，得换一家。

喻繁揉揉眼睛，打开地图搜，按位置排序，慢吞吞地从上往下划。

中午十二点，物理竞赛结束，御河中学校门被缓缓推开。

校门外站了不少家长。中午的太阳毒辣刺眼，门口乌泱泱全是伞。

陈景深走得太快，苗晨出教室后小跑了一阵才追上他。

"考得怎么样？"苗晨问。

"还行。"陈景深说。

"噢，那就好。"苗晨笑道，"这学校的教室也太旧了，我那个考场风扇都是坏的……前面有家鲜榨果汁店，要不要买一瓶解解渴？我请你。"

陈景深随他的话往前面扫了一眼，刚想说不用，忽然看到一道高瘦的身影。那人在他看过去之前匆匆背身，他隐约扫到了一眼侧脸。

陈景深没看到我吧？

喻繁两手抄兜，身体僵硬地混在车站的人群里，被刚刚那一眼惊得有些不敢回头。

头发被阳光照得像快要着火。喻繁木着脸回忆，觉得自己应该是昨晚没睡好，脑子抽了，才会跑到御河来上网。

陈景深到底看没看到我？他不会以为我是来找他的吧？

又一辆公交车在他面前经过。喻繁犹豫了一下，不露痕迹地回头去看——

人呢？喻繁皱起眉在校门附近扫了一圈，最后在果汁店门前的队列中看到了他同桌，以及他同桌的前同桌。

两人前后站着排队，苗晨时不时往前探脑袋问着什么。陈景深低着头，白色棒球帽垂下遮住他的眼睛，让人看不清他的表情。

刚才那点儿紧张一下没了。喻繁眼皮渐渐绷起，扭回脑袋，拿出手机打开导航，搜了一下附近其他的上网的地方。

一条消息正好弹出来。

王潞安：兄弟，你是在路上让人堵了吗？等你十来分钟了。

喻繁转身朝导航的方向走，边走边打字：找的地方满人了，在重新找，你们先……

他的T恤被人从后面拽住，喻繁顿了顿，回头一看。

冷不防撞上陈景深的眼睛，喻繁脑袋空白，脱口就说："王潞安他们找我打游戏，我家楼下满人了，所以来这儿找地方上网……"

头上一重，喻繁看着眼顶忽然出现的白色帽檐，一下没了声。

晒了半天的头发倏地凉快了下来。

"嗯。"陈景深抬手，帮他调节了一下帽檐道，"既然撞见了，要不要一起去吃饭？"

喻繁只是愣了一秒。

他看了一眼陈景深另一只手拎着的两杯果汁，挂上自认为很自然的冷脸道："不要，跟你前同桌去吃吧。"

四十五

说完，喻繁扭头想走，侧了侧身想起什么，摘下帽子递回去，冷冰冰地说："拿走。"

陈景深看了一眼他头顶翘起来的头发，默不作声地接过帽子。手上一空，喻繁脸色更冷，转身便走。结果刚迈出一步，他的T恤又被人轻轻扯了一下。

喻繁觉得是起床气作祟，他现在有点一碰就炸，回头道："你是不是拽上瘾了……"

翘起的头发被人按了回去，帽子又回到他头上。

弄好后，陈景深走到他前面说："走吧。"

喻繁没反应过来，脑袋跟着他一块转过去："去哪儿？"

陈景深："跟你去上网。"

喻繁没动，皱眉道："你不是要跟你前同桌去吃饭？"

"没有。"陈景深说，"你从哪儿听来的？"

"昨天……没哪儿。"喻繁及时住嘴，他顿了两秒，"我说过要带你去上网了？"

"没。"陈景深垂眼看他，"但我想跟你去。"

"不准去……一会儿又在我旁边看胡庞，丢人。"

半响，喻繁才挤出这样一句话。然后低头没再看他，擦着他的肩朝导航指引的方向去了。

拒绝干脆，语气嫌弃。只是脑袋上还戴着陈景深的帽子。走得也慢，步子拖泥带水。

陈景深盯着他的背影看了两秒，忍不住低头，唇角动了一下，然后默不作声地跟了上去。

两人一前一后走了一段，没一会儿就并了肩。

被树叶切割的阳光细细碎碎地洒在他们身上。

陈景深抬手，把手里的果汁递过去道："看见你了，就多买了一杯。"

"陈景深，你烦不烦？"

喻繁板着脸，走了几步才把手从兜里伸出来，接过那杯西瓜汁戳开喝。它很冰，喝着很爽。

两人走得不快，旁边经过一对母女。

"考得怎么样呀？"

女生吃着东西，说话含混不清："砸了。"

"猜到了。"她妈妈凉声道，"亏我起大早送你过来考试……你吃慢点行不行，能不能矜持点？"

"不能，考了快三个小时，我脑子都要被榨干了——胃也是。而且我今早为了不犯困，还没吃早餐呢。"

"不吃早餐去考试的人多了去了，也没见别人有你这么狼吞虎咽。"

喻繁懒懒地听着，猛吸了一口西瓜汁，瞥了旁边人一眼。

陈景深考试的时候吃没吃早餐？

估计没有，不然陈景深也不会找我吃饭。

301

喻繁收回视线。冷漠地想，饿着吧，看能不能饿矮点。

到了游戏店，陈景深伸手要推门，衣袖被旁边人轻扯了一下。

"饿了。"喻繁含糊地说，"先去吃点东西。"

陈景深看他一眼，松开门把道："好。"

两人没挑，隔壁就是一家川菜馆。

餐厅布置得有点简单，不过胜在干净。大中午没什么人，零零散散坐了几桌。每桌客人都默契地离得很远，互不打扰。

喻繁挑了窗边的座位。

他坐下后才感觉到口袋里的手机一直在振，是王潞安打来的语音电话。

喻繁接通："干什么？"

"你说呢？"对方一下给他问蒙了，"我们四个男的在游戏界面尬聊了半小时的天，你说怎么了？你再晚两分钟接电话，我都要报警了。"

喻繁松开手机看了一眼，才发现之前打出来的字还留在对话框里。

刚才被陈景深拽了回去，忘记发了。

王潞安："所以你到底到哪儿了，路程这么久？你家楼下不就有上网的地方吗？"

"我给你们点个陪玩。"喻繁说。

"嗯？"王潞安蒙了一下问，"什么意思？"

"我家楼下的店没机位，我现在在御河……"

"从你家去御河不得半小时？跑这么远？怎么，御河镶了金啊？"

陈景深正在用热毛巾擦手，闻言抬眼看了过来。

喻繁闭了闭眼，用力捂住自己那有些漏音的便宜手机，咬牙道："你……声音小点。"

王潞安"哦"了一声道："那你赶紧，左宽说御河的店也挺多的。"

喻繁说："我在餐厅吃午饭。"

王潞安："……"

挂了电话后，喻繁下了个陪玩软件，给他们点了个挺贵的陪玩。

"点了几个菜，你看看还要加什么。"这店是扫码点单，陈景深把他的手机递了过来。

302

喻繁刚想说随便，目光一扫，看到手机左下角的总金额赫然显示：三百七十三元。

喻繁眉毛抽了一下，接过手机，想看看这人是怎么在一份菜十几、二十几块钱的店里点出快四百块钱的东西的。

谁知他刚拿过来，陈景深的手机就在他手里"嗡"地振动一下。

他点开菜单——嗡。

他往下划了一下——嗡。

陈景深是用微信扫的菜单，所以没有弹窗提示。

连着被振了五次，喻繁无名火又起，戳手机的力气重了几分，屏幕可怜地"砰砰"响着，他说："你前同桌找你。"

"我前同桌……"陈景深顿了一下，"找我干什么？"

喻繁语速又快又冷："我怎么知道？是我在跟他聊？你……"

嗡，手机又振了。喻繁下意识垂眼去看。

这次振动居然有弹窗，两条短信预览弹了出来——

陌生号码：陈景深，我是苗晨。刚才没来得及对答案，想问一下你选择题倒数第二……

陌生号码：还有，那个，我昨天给你发送的微信好友申请还没通过，是我加错人了吗？

喻繁还保持着皱眉的动作，直到这两条消息预览消失后才出声道："找你，对答案。"

陈景深说："没记。"

"哦。"

喻繁打开短信，发现苗晨昨天给陈景深发了好几条，有长有短。他没细看，匆匆回了句"没记"就关了，继续看菜单。

几秒后，他忽然反应过来——不是，我为什么要帮陈景深回消息？

而且……喻繁一脸疑惑道："你没加他微信？"

陈景深"嗯"了一声。

"那你昨晚在跟谁聊？"

"我妈。"

303

喻繁眨了一下眼，无意识地松了一口气。

"说到这个。"陈景深抬眼看他，淡声问，"你昨晚是不是生气——"

"没有。"喻繁像是被戳了一下，"又没什么事，我为什么生气？"

陈景深挑眉道："不知道。刚才也——"

"没有。"喻繁面无表情地打断他，把手机扔了回去，强制打断这个话题道，"我好了。"

陈景深拿起手机，对着屏幕沉默了好几秒，抬起眼道："你……"

喻繁："说了没生气！随便你和谁聊我都没生气！你要问几遍！"

"我是想说——"陈景深把手机翻了个面，露出空荡荡的下单界面，"你怎么把点的菜全都删了。"

"……"

喻繁从他手里抢过手机，面无表情重新下了单。

店里没什么人，菜很快上来了。服务员端菜过来时，忍不住多看了左边的人一眼。

喻繁已经把进店就脱了的棒球帽重新戴上了。帽檐被他压得很低很低，低得能遮他半张脸。

喻繁闷头戳着手机，心里骂了自己一万句。

喻繁吃饭喜欢吃主食，饱腹感强。平时在家里，一碗面够他撑一天。

一碗热面上桌后，喻繁拿起旁边的调料，往里倒了大半。

陈景深扫了他一眼，淡淡道："你很喜欢吃醋？"

"嗯。"喻繁脱口应道。说话间，喻繁将手一晃，面汤里多了一大片黑醋。

喻繁盯着餐桌，在犹豫是把醋泼在陈景深脸上，还是把面倒在陈景深头上。

四十六

喻繁把醋猛地放回桌上，发出闷重的"砰"的一声，隔壁几桌人都忍不住朝他们这边看过来——

只看到一个埋得低低的脑袋，拿刀似的捏着筷子，狠狠搅拌着面前的面汤。帽子快把他的脸遮完，喻繁把面当作人在搅。

下一刻，筷子被伸过来的手指按住。陈景深把他的面汤端走了。

"太酸了，"陈景深道，"重新点一碗。"

喻繁恶狠狠地抬眼瞪他，刚想问，我吃什么你也要管——

"我是说面酸。"对上他的视线后，陈景深补充道。

自此之后，从吃饭到结账，再从餐厅到上网的地方，喻繁都没再理陈景深。

人玩起游戏来容易嗓门大，尤其五个男生一起发语音。

王潞安和左宽这局一块走下路，两人说几句就要吼起来，吵得喻繁一次次调低游戏音量。

"哎，你这技术不行啊。"耳机里，左宽在游戏语音里说，"还没刚才那个陪玩厉害。"

"嗯嗯嗯，你猜猜刚才那个人为什么能当陪玩——"王潞安惊叫出声，鼠标按得"啪啪"响，"他们中路来了！左宽你帮我挡挡伤害——你卖我？"

"兄弟本是同林鸟。"

"滚！"王潞安说，"喻繁，中路没了你怎么不说？"

喻繁："忘了。"

王潞安："你今天是怎么回事，我怎么觉得你玩得不专心啊？"

确实不专心。

把游戏人物挪到安全的地方，喻繁扭头，跟坐他旁边的人对上了视线。

"看什么看？"他不爽地问。

陈景深上机后什么也没做，就这么靠在沙发上，偶尔看看他的屏幕。

"看你打游戏。"陈景深说。

王潞安在耳机里"咦"了一声："学霸怎么在你旁边？"

喻繁："上网。"

王潞安惊讶："你们周末约出来一起上网了？"

305

"刚好碰上。"

"在御河都能碰上?"

你哪来这么多问题?

喻繁把嘴旁的麦克风挪远,冷冰冰地看着陈景深说:"看你的电脑,不然就滚回家。"

陈景深闻言转头,随便点开一部电影。

连续打了五把,朱旭说,他妈让他下楼帮忙搬东西,让他们等十分钟。正好其他人都累了,干脆就在游戏语音里挂机闲聊。

戴了一下午耳机,耳朵累得慌。喻繁干脆闭了麦,拿开耳机放到桌面上,把电脑音量开到最大,照样能听见他们说话。

喻繁往后靠到椅子上,跷着二郎腿,瞥见旁边的人后动作一顿。

陈景深也没戴耳机。他考试的文具都扔在桌上,坐姿有点散漫,在一脸冷淡地看着电影。

他电脑屏幕里是两个动画人物,男的抱着女的在天空中行走,抬头一看,是《哈尔的移动城堡》。

很难想象,陈景深会看这种电影。

喻繁看了一眼时间,已经到晚饭饭点了,外面天都暗了。

他用膝盖去碰碰旁边的人:"陈景深,你怎么还不回家?"

陈景深反问道:"你什么时候回去?"

"我可能通……"喻繁顿了一下道,"关你什么事。"

陈景深:"我也熬通宵。"

"你能学点好的吗?"喻繁皱眉道,"我家里没人管,你也没人管?"

"是没有。"陈景深说,"我家人现在都在国外,所以在外面熬通宵也没关系。"

喻繁:"……"

陈景深跟他一起往后靠,问:"这是什么表情?"

"没,只是觉得,"喻繁一动不动地看他说,"陈景深,你最近是不是在叛逆期啊?"

"喻繁!喻繁!"桌上的耳机传来他的名字,王潞安在里面喊道,

"人呢?"

喻繁面无表情道:"继续看你的电影。"

陈景深点头。

喻繁松开他,打开麦克风道:"干什么?"

"你去哪儿了,叫你半天……我和左宽正商量端午去游乐园玩呢。"王潞安顿了一下,"哦对,叫上学霸一起来呗。"

喻繁对这些不太感兴趣,想也没想:"我——"

陈景深:"可以。"

喻繁:"……"

陈景深偏过头说:"我没去过游乐园。"

那你自己跟他们组团去——

"我们一起去吧。"陈景深说。

喻繁沉默地僵持了一会儿,半晌,他烦躁地在语音里说:"随便吧。我去厕所,游戏先别开。"

周末,店里坐满了人。已经到了晚饭时间,空气里飘着食物的香气。起身的时候,他正巧听到另一个机位上的女生对着电话说:"我玩什么?没玩什么,看电视剧呢……没办法,陪朋友嘛……不无聊,他一直在跟我聊天啊,还给我买了好多吃的,就是坐得太累了。"

从厕所回来,喻繁转弯刚要回到机位,走了两步又停下脚步,扭头往前台那儿看了一眼。

又一部电影结束,陈景深动动手指,正准备看看还有什么别的能打发时间。

余光里,熟悉的身影从远处回来,两手都拎着东西,脚步慢且笨重。陈景深还没来得及看清,"啪"的一声,桌上多了一堆东西。

薯片、瓜子、蛋糕、话梅,各种口味的小零食,还有一碗牛肉粉。

"吃。"喻繁坐回机位,一脸镇定地拿起耳机说,"我再打两局就回去。"

陈景深看了一眼隔壁机位女生桌上的精致千层蛋糕和奶茶,又看向自己桌上那一包包各种口味的小零食,忍不住抿了一下嘴唇。

"好。"他随便挑了包打开,得寸进尺地问,"电影看累了,能看你打游戏吗?"

喻繁面无表情地选出英雄:"随你。"

几天后,王潞安又约了几个关系比较好的同学去游乐园。可惜大多数人端午节都要跟家里人出门,最终答应要一块来的只有章娴静和柯婷。

六月的南城明亮炎热,白天的气温高到吓人。

端午节当天,几人商量了一下,决定下午五点,各自在家吃点东西后在游乐园门口见。

他们去的这家游乐园是本地人开的,开了有二十多年了,位置偏郊区,占地面积不小,因为项目多、氛围好,一直很热闹。

今天是节日,游乐园光是进场都要排队。

进场队伍里,王潞安目瞪口呆地看着面前穿着长袖长裤,用面纱盖头,以及戴着墨镜的章娴静:"你这,不热啊?至于吗?现在也没什么太阳了。"

"你懂什么,天没黑之前都有紫外线。"章娴静从包里掏出防晒霜,去牵旁边柯婷的手,"婷宝,来,在手上涂点。"

柯婷一开始有点抗拒,章娴静那声"婷宝"一出来,她表情一顿,垂着脑袋伸手乖乖任章娴静涂抹。

涂完之后,章娴静回头问身后那两个长得白白的大高个:"你俩要不要也来点?"

喻繁想也不想道:"不要。"

陈景深说:"我也不用。"

两人今天穿着短袖、长裤,头上都扣了一顶白色鸭舌帽,一眼看过去莫名和谐。

左宽轻咳一声,伸出自己的手:"章娴静,给我来点。"

"你这么黑还有什么好涂的?"章娴静把防晒霜扔给他,"自己涂。"

傍晚的气温虽然降了一点,但挤在人堆里还是热。

喻繁双手抄兜,在高温里等得有点烦躁。这种破天气他为什么不待在家里,要跑到这种地方排队?

现在回去好像还来得及。

队伍又往前动了动，喻繁念头刚起，忽然觉得脖子凉，一阵很长的风拂过。他回头一看，陈景深手里拿着一台手持电风扇，正举在他脑袋后面。

"哪儿来的？"

"刚买的，"陈景深垂眼道，"舒服点没？"

确实很凉快，但喻繁觉得有点怪。他皱眉道："吹你自己。"

"我不热。"

"不热你买它干什么？"

话音刚落，旁边一个小商贩拿着十来台手持小风扇从他们身边经过，跟陈景深手里的是同款。

喻繁放在兜里的手捏紧了一点，声音毫无起伏地说："拿开。"

陈景深"嗯"了一声，把风扇转了回去。

只是没过几分钟，喻繁又感觉到后面有风。喻繁没再回头，装作不知道，重新耐心排起队。

十来分钟后，终于轮到他们检票。

从拥挤的队列出来后就没那么热了，入场后，陈景深把风扇扔进了口袋。

傍晚的游乐园已经亮起了灯，离门口最近的旋转木马五颜六色地闪着，天边的摩天轮挂着彩灯，在空中慢悠悠地转着。

游乐园有纸质地图，章娴静一眼就找到了自己想去的地方。

"我和柯婷去找玩偶拍照，然后再去旋转木马那边拍照，最后去城堡拍照，你们要不要一起？"

王潞安表情复杂："静姐，我一直以为你跟别的女孩不一样……"

"滚。"没什么阳光了，章娴静摘下墨镜，露出她精心化的妆，翻了个白眼道，"那我们过去了，晚上逛夜市的时候再集合。你们玩的时候注意时间。"

剩下的四个男生站在游乐园花园中央。

王潞安问："我们玩什么？"

"不知道。"喻繁转身就走，"边走边看。"

靠近门口的娱乐项目都挺幼稚,适合儿童玩。

经过快乐旋转杯时,王潞安问:"要不我们……"

左宽:"你睁大眼看看,这里面有除了小孩子和家长以外的人吗?"

经过碰碰车,左宽问:"不然试一下……"

王潞安:"不,我晕车。"

两人互相否定了一路,喻繁和陈景深走在前面,压根儿没多看这些项目一眼。

喻繁瞥向身边的人,陈景深正沉默地扫视着周围花花绿绿的游戏机,看起来确实像第一次来。只是他的表情一如既往地冷淡,看不出是感兴趣还是不感兴趣。

喻繁冷飕飕地说:"想玩什么就说。"

下一刻,陈景深就停下了脚步,扭头直直地盯着旁边看。

喻繁顺着他的视线望去,看到一个阴森森的黑色木门,门边立着一个牌子,写着"鬼屋——未知洞穴"。

喻繁:"……"

王潞安和左宽默契地笔直前进,连眼都不眨。

陈景深那句"想玩"刚到嘴边,就被人抓住手臂拉走了。

喻繁语气冷漠道:"这个不行。"

几分钟后,陈景深在双人摩天轮面前停下。

然后又被人拽走:"不坐。"

片刻之后,陈景深看了一眼双人单车摊,脚步出现了一秒的迟缓——

手腕又被牵住:"不骑。"

陈景深好笑地盯着牵着自己衣服的人的后脑勺,诚恳发问:"那能玩什么?"

他们在游乐园最中心的区域停下。

在他们的前后左右,分别是大摆锤、过山车、海盗船和这座游乐园最出名的、落差足足有一百二十九米的跳楼机。

喻繁:"选吧。"

陈景深:"……"

踏入这块区域后,感觉四周三百六十度都是别人的尖叫声,一声比一声撕心裂肺。所以左宽和王潞安一开始是拒绝的。

但他俩就是典型的越菜越想玩。

先是由王潞安一句"你该不会连这个都怕吧"宣战,左宽立刻反击"谁怕谁",最后两人都抖着腿咬牙决定,一起上去。

这四个项目的队列比其他项目要长上好几倍。他们过一会儿还要去参加游乐园晚上的夜市,从时间上看,他们没法把四个项目都轮一遍。

几人商量了一会儿,决定先玩最火的跳楼机,之后如果有时间再安排其他的。

王潞安和左宽吵吵嚷嚷地走在前面,喻繁低声问:"你能不能玩?"

陈景深说:"能。"

喻繁这才朝队伍末尾走去。

他们在一条人造洞穴里排队,里面有空调,等待瞬间就没那么难挨了。排队的时间有点久,王潞安和左宽干脆开了一局游戏,

喻繁不喜欢站着玩游戏,就没参与,他无所事事地靠在墙上看王潞安玩。

T恤被人牵了一下,喻繁下意识转身。

陈景深眸光在帽檐下垂落:"好像还要排很久。"

"嗯。"喻繁被他看得眨了一下眼睛,"你不想等?那我们去玩别的项——"

"反正有时间。"陈景深道,"背一下《离骚》和《滕王阁序》?"

喻繁:"……"

四十分钟后,他们终于排到了。

上一批游客惨白着脸从座位上下来,王潞安咽了咽口水道:"我怎么觉得他们没一个站得稳的呢?"

左宽艰难地仰着脑袋:"刚才在外面看……感觉没这么高啊……"

喻繁最后一次小声确定:"你真能玩?"

陈景深:"嗯。"

工作人员把他们身前的隔离带打开,喻繁一脸平静地脱掉帽子进

去:"那走。"

跳楼机有三排座位,一排可以坐六个人,这一侧除了他们以外,还有一对情侣。被绑上安全带的时候,王潞安和左宽对视了一眼,都从对方眼里看到了后悔。

几分钟后,跳楼机启动,他们缓缓地往上升,仿佛没有尽头。

"还不停……"王潞安绝望到要哭了。

左宽朝下喊:"我不玩了!喂!听到没有!老子要下去——"

一个比一个大声,把喻繁吵得有点烦。但他很快就松开了眉头。

跳楼机升到了最高处,一百二十九米的高度足以让他俯瞰色彩缤纷的游乐园和一片静谧的山地,以及地平线那头流光溢彩的城市夜景。

他的腿悬在空中,心里没有任何恐惧,紧张又享受地看着这派景色。

"李妍!我喜欢你!"那对情侣中的男方忽然朝天大吼,"嫁——给——我——吧——"

旁边四人都是一顿。

女方原本在小声尖叫,闻言停了两秒,紧跟着大喊道:"我——愿——意——"

"我——爱——你——"

"我——也——是——"

喻繁面无表情地看着风景,正想着怎么还不下落,手背忽然被人碰了一下。

陈景深:"喻繁,我有点怕。"

喻繁:"……"

"能不能抓着你玩?"

"不能。"喻繁冷着脸说。

陈景深看了他一会儿,扭回头道:"好。"

左宽受不了了,悬在高空太折磨人了,他闭眼大喊:"还不下落——啊啊啊啊啊!啊啊啊啊——"

跳楼机毫无预兆,猛地往下掉!

强烈的失重感让人肾上腺素疯狂飙升,周围尖叫声不绝于耳,甚至有人嘶喊到失声。

下落的过程中，喻繁几乎没有呼吸，他好像在很久以前幻想过这种从高处坠落的感觉——几秒之间坠落在地，整个世界都朝身上压下来，重到把灵魂全都砸碎。

跳楼机在触地之前突然停止，短暂地静了一会儿，然后再次上升，速度比之前还要快一点点。

喻繁终于恢复呼吸，用力地喘了几下，下意识看向旁边的人。

陈景深也在看他。

陈景深的头发被风吹散，露出他漆黑干净的眼睛。跳楼机的灯光映在他眼里，像被浸在湖中的月亮。

陈景深说："别怕。"

喻繁不知道自己现在是什么脸色，竟让陈景深觉得自己在害怕。

"我怕个——"喻繁哑声道，"陈景深，你在笑什么？"

"没什么。我只是……"

他们升到最高处，陈景深的声音混在风里。

下一刻，他们高高下落——

喻繁脑子里像有什么东西忽地炸开，心脏剧烈跳动，全身血液沸腾燥热，甚至差点和王潞安他们一起叫出声。

喻繁脑子眩晕，恍惚间，他分不清这些是因为失重，还是因为其他什么。

图书在版编目（CIP）数据

等我·遇繁 / 酱子贝著 . -- 北京：国文出版社有限责任公司，
2024.4（2025.7 重印）

ISBN 978-7-5125-1623-6

Ⅰ. ①等… Ⅱ. ①酱… Ⅲ. ①长篇小说－中国－当代
Ⅳ . ① I247.5

中国国家版本馆 CIP 数据核字 (2024) 第 064933 号

等我·遇繁

作　　者	酱子贝
责任编辑	于慧晶
责任校对	钱　钱
出版发行	国文出版社
经　　销	全国新华书店
印　　刷	河北鹏润印刷有限公司
开　　本	880 毫米 ×1230 毫米　　32 开 10.125 印张　　　　　292 千字
版　　次	2024 年 4 月第 1 版 2025 年 7 月第 16 次印刷
书　　号	ISBN 978-7-5125-1623-6
定　　价	52.80 元

国文出版社
北京市朝阳区东土城路乙 9 号　　邮编：100013
总编室：（010）64270995　　传真：（010）64270995
销售热线：（010）64271187
传真：（010）64271187-800
E-mail：icpc@95777.sina.net